4
F
E
EX
クエスト：
MAIN QUEST
プレイヤーを
大虐殺してください
NW

System

仮面（マスク）システム　Mask System

全てのキャラクターが自分で選び成長させる職業の他に、ランダムに与えられる二つ目の職業を持つシステム。生まれつきの職業は［ネイチャー］と呼称される。［ネイチャー］は他人に知られてはならない。

盟主　Monarch

リーエンに存在する五属性の頂点。盟主候補には二つ目のネイチャーと共通の目標が与えられる。

ネイチャー　Nature

他人に知られてはならない生まれつきの職業。レベルが上がりにくい代わりに通常の職業とは異なる特殊なスキルを持つ。他のプレイヤーのネイチャーは［アンクローク］することが出来る。

職業　Job System

15Lvから転職できる一次職と、そこから派生して50Lvから転職できる上級職がある。一次職は戦闘職が六種類、生産職が四種類の合計十種類。

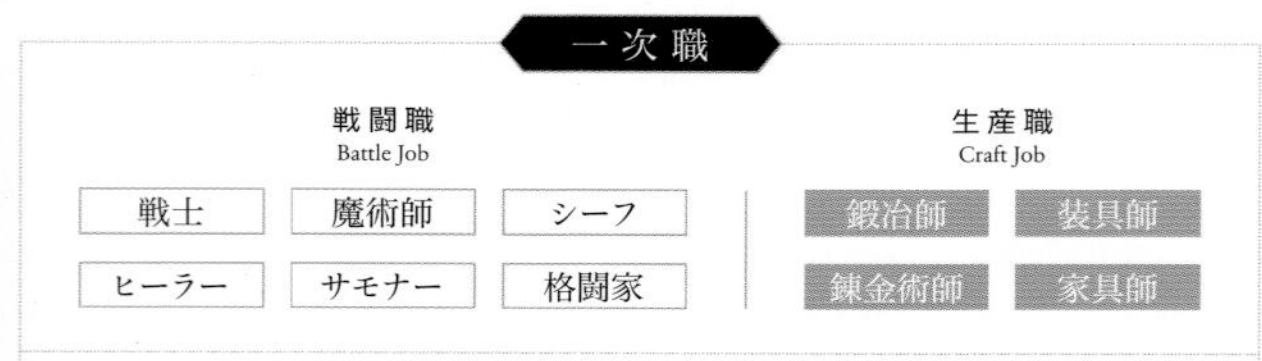

冒険者・クエストランク

Rank System 

最初はFランクからスタートする。自分のランクと同等か、ひとつ上のランクのクエストまで受注することが出来る。

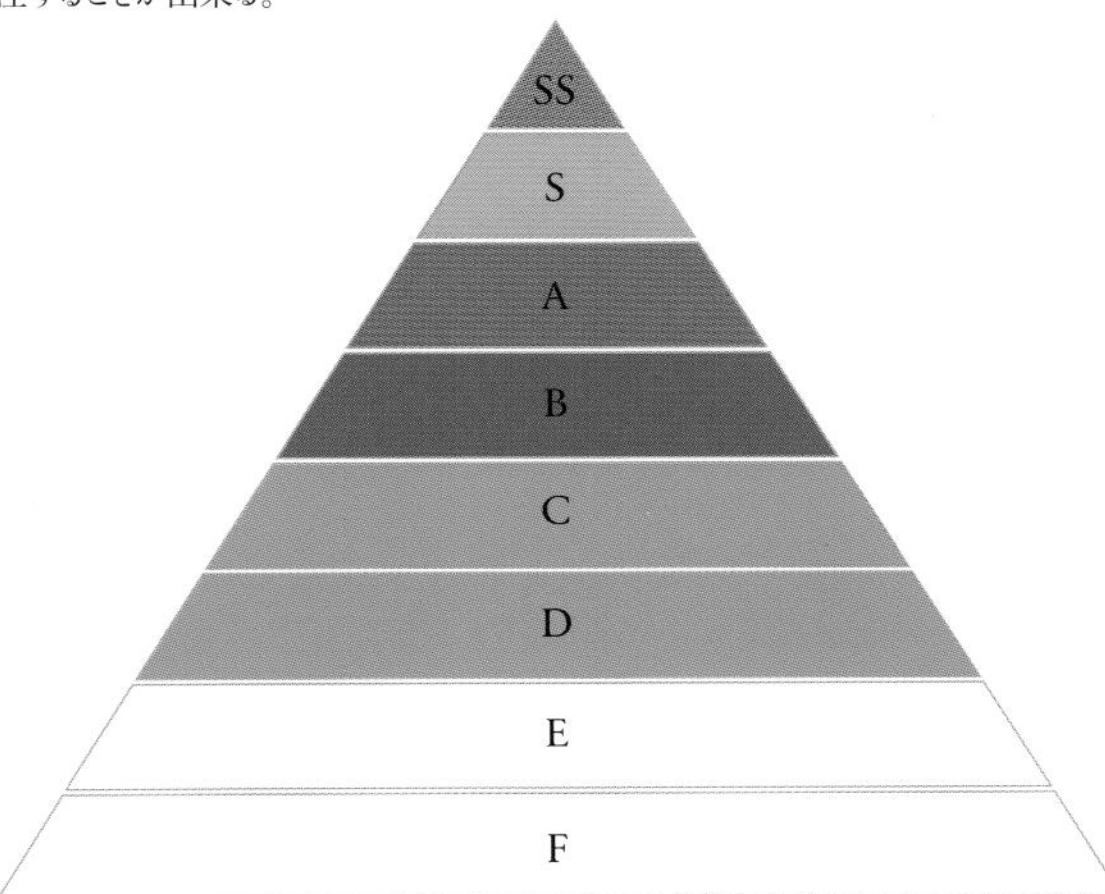

スタンピード

Stampede

ダンジョンからモンスターが溢れ出てしまう現象のこと。ダンジョンの攻略やそのモンスターの討伐が行われないと発生する。

秘匿クエスト

?????存在する特殊なクエスト。受注方法は????????????、難易度は最高峰だが、クエストクリア時の恩恵も絶大。

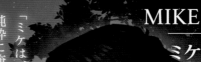

「ミケは、純粋に俺の大事な友達」
「まぁ、素敵。ちょっと羨ましいぐらい」

MIKE

ミケ

シオンのペットの三毛猫。三色スミレの花飾りをくれたシオンにすごく懐いている。

YUZURIHA

杠（ユズリハ）

職業：戦闘職・戦士

シオンが旅の途中で出会った槍使いプレイヤー。初対面のシオンにも優しく、面倒見のいい女性。

SION

シオン

職業：戦闘職・格闘家

運営から『黒の盟主』候補として大虐殺を依頼された青年。まずはペットのミケと一緒にリーエンの世界を旅している。

KALA
カラ
職業：宿屋
シオンのネイチャーであり、暗躍する際に活用するアバター。安全地帯となる『基礎（ベース）』内に宿屋を建てることが出来る。
「……どうみてもテントだな」

ENRO

炎狼

職業：戦闘職・戦士

シオンと同期プレイヤー。シオンの最初のフレンドであり、行動を共にすることが多い、明朗快活な青年。

「シオン、がんばっているんだね……」

KUKU

九九

職業：戦闘職・サモナー

シオンと同期プレイヤー。スタンピード時には彼女なりに住人たちを助けようと駆け回る、心優しい少女。

「炎狼！　雲を引き付けるぞ！」
【緊急クエスト】ソクティのスタンピード

クエスト:プレイヤーを大虐殺してください
VRMMOの運営から俺が特別に依頼されたこと

百瀬十河

ファンタジア文庫

3231

口絵・本文イラスト　tef

USER STATUS ONLINE

Lian=Online

PLAY

OPTION

EXIT

VERSION 1.0

プロローグ

リーエン＝オンライン。

コントローラーではなく、生体ポッド接続で感覚共有したアバターを動かしプレイしていく、新作のＶＲＭＭＯ。

フェスで公開された短いトレーラームービーで披露された美麗で緻密なグラフィックと戦闘システム。そして壮大な世界観とシナリオは、ＶＲＭＭＯファンの興味を充分に刺激するものだった。事前登録の開始日を指折り数えて過ごしたゲーマーも多いと思う。

次いで登録要件が明らかになると、俺達の期待は更に高まった。リーエン＝オンラインのアカウント登録には、成人を証明する生体認証の提出及び、簡易精神鑑定の結果と健康証明書の添付までもが必要だったからだ。プレイヤーを成人のみに限定するのは、提供側にかなりの自信がないとできないこと。びっしりと細かい項目が並んだ規約の熟読と事前アンケートも含め、アカウント登録申請を早々に終わらせた俺は、後は運営側からの承認是非を待つだけ……の筈だったのだが。

「……なんで呼び出されたんだろう、俺」

高層ビルの窓を見上げ、俺は独り呟く。

数日前。リーエン＝オンラインの運営会社からメールが届き、アカウント登録のお知らせかとワクワクしながら目を通したメールの文面には、予想外の内容が記されていた。

枝葉末節を省いて説明すれば、「お願いしたいことがあるので、一度本社に来ていただけませんか？」というもの。しかも地方民の俺に対して、上京にかかる交通費やホテルの滞在費まで出してくれるという優遇ぶり。

その話に乗ってしまった俺は、有休を利用して予定を組み、リーエン＝オンラインの提供会社が入っている高層ビルの前にやってきていた。

「……本当に用事があるのかな？　騙されていたら、結構恥ずかしいんだけど」

勢いで上京してしまったのだが、来てしまったのだからもう仕方が無い。俺はフロントの受付嬢に声をかけ、自分の名前と、予め聞いていた担当者の名前を告げる。幸い俺が密かに危惧していたような事態にはならず、すぐに案内された部屋は小さな会議室みたいな場所で、スーツ姿の中年男性が俺を待っていた。

「遠路遥々（えんろはるばる）、ようこそおいでくださいました。私、『黒の盟主（モナーク）』を担当させていただくことになりました、中村と申します」

「ど、どうも……って、え……『黒の盟主』……？」

「はい。まずは順を追って説明致しますね」

中村さんは俺をローテーブルの前に置かれたソファに座らせると、資料とスライドを使ってリーエン＝オンラインのゲームシステムについて簡単な説明をしてくれた。

リーエン＝オンラインは、中世の世界観と機械文明の融合がコンセプトになったＶＲＭＭＯだ。プレイヤーは自分で作ったアバターを操作し、リーエンと呼ばれている世界の中に送り込まれる。

リーエンには、中央に『セントロ』、北に『ノスフェル』、東に『イーシェナ』、南に『サウザラ』、西に『ウェブハ』の五つの国家が存在するが、プレイヤー達はまず「無垢（むく）なる旅人」として、セントロの首都ホルダから冒険を始めることになる。

「この世界には主となる属性が五つあり、それは五色で表現されます」

光を司（つかさど）る、白。闇を司る、黒。炎を司る、赤。草を司る、緑。水を司る、青。

「プレイヤーは職業やプレイスタイルに適した属性を知り、応用していくことになります。そしてあなた様にお願いしたいのは、『闇』属性の盟主（モナーク）である『黒の盟主』の候補です」

闇属性の盟主は、その名が示す通り、闇属性の頂点に立つ存在。常設クエストに関わることはないが、イベントの中では、運営の一員として働く可能性もある。

「リスクはありますが、リターンも大きい。その役目を運営側ではなくプレイヤーの手に委ねるのは、リーエン＝オンラインの仮面（マスク）システムを使いこなして欲しいからです」

「あぁ、あれは面白そうですよね」

VRMMOには、豊富な種類の職業が存在する。戦士や魔法使い、ヒーラーやサポーターといった戦闘向けのものから、鍛冶（かじ）師や錬金術師みたいな生産向けのもの。色々と職業を切り替えて試しつつ、自分にあったものを模索するのはネットゲームの楽しみの一つだ。

しかしリーエン＝オンラインでは、自分で選び成長させる職業の他にもう一つ、ランダムに与えられる二つ目の職業がある。それが、仮面システムだ。仮面を被（かぶ）ることで得られるそれは、自由に選べないだけでなく、他人に【知られてはいけない】という側面を持つ。

サブキャラクターを持つことが禁止で、メインキャラのみで冒険するリーエン＝オンラインにおいて、このシステムは不確定要素の一つとなってくれそうだ。

「生まれつきの職業は［ネイチャー］と呼称されます。プレイヤーには、ネイチャーが一つのみ与えられますが、盟主（モナーク）候補には、ネイチャーが二つ与えられます」

「隠し職業を、二つ持てるってことですか」

「そうです。盟主候補の五人には、ある共通の目標が与えられます。それを達成する為の、特別な配慮となります」

「五人ということは……各属性に、一人ずつ？」

「ええ。盟主候補の皆さん同士の接触を避ける為に、今回はそれぞれ別の日に本社にお呼びしています。当然、リーエンの中で出会うこともあるでしょう。互いに正体を知ることが適えば、目標達成の為に、協力していただいても構いません」

「……その目標っていうのは、教えてもらえるのですか？」

俺の問いかけに微笑んだ中村さんは、柔和な笑みを浮かべたまま、驚くべき【目標】を口にした。

「大虐殺をしていただけませんか？」

大虐殺。まさかの要請に、俺は相当間抜け面を晒してしまっていたのだと思う。

中村さんはそんな俺の様子に軽く首を傾げた後で、「あぁ」と軽く掌を打ち、「もちろんゲームの中で、ですよ」と付け加えてくれたが、違うそこじゃない。

「大虐殺、ですか……？」

どんなＭＭＯＲＰＧでも、ＰＫ（プレイヤーキル）は忌避される行動だ。対人戦が許されているエリア以外でＰＫを繰り返せば、妨害行為と見做（みな）されて、運営からアカウントを凍結（バン）されたりもする。それを各属性の長となる盟主に推奨するとは、どういうことなのだろうか。

　疑問形で聞き返した俺に頷（うなず）いた中村さん曰（いわ）く、ＭＭＯＲＰＧの舞台となる異世界には、判（わか）りやすい【目に見える敵】と暗躍する【姿の見えない敵】が必要なのだそうだ。

「リーエンの大地に降り立ったプレイヤー達と友好的な五つの国家とは別に、共通の敵として『神墜（しんつい）教団』という組織があります。他種族との絡（から）みもありますが、彼らとの対立はきっと多くなることでしょう。でもそれだけでは、面白みに欠けてしまいます」

　インターネットが普及した現在において、情報の拡散は速い。誰かが見つけた攻略法は、ＳＮＳを介してあっという間に広がる。

「プレイヤーの『敵』がＮＰＣである限り、型に嵌（はま）った【攻略法】がやがて見つけ出されます。リーエンの世界ではＮＰＣ達に独自のＡＩがあり、単調な攻略方法では難しくなるようにプログラミングされていますが、それでもプレイヤー達の自由度には及びません。だからといって運営側が『敵』を演じるとなれば、反発は必至です。チートだから仕方が無いと、判断されてしまうのがオチです」

「確かに、そんな捉え方になってしまいますよね」

「はい。ですからリーエン＝オンラインの正式稼動(かどう)後に、様々なイベントを通じて、暗躍者のヒントをちりばめていきます。その中でプレイヤー達は少しずつ気づいていくことでしょう。『神墜教団』だけでなく、自分達の中に、敵となる誰かが存在していることに」

「それが、盟主候補の五人だということですか」

「そうなります。五人には二つのネイチャーという利権が与えられますが、基本的な育成速度は一般プレイヤーのものと変わりません。その中で、いかに効率良く他のプレイヤー達を凌駕(りょうが)した存在に育っていくかは、本人の手腕にかかっています。どうしても無理だと感じた場合や、リアルの事情で盟主の継続が不可能となった場合は、運営側に申し出ることでドロップアウトも可能です。ただし、守秘義務の契約をしていただきます」

守秘義務契約が履行される場合があるという旨(むね)は、アカウント登録の時に目を通した規約で承諾済みだ。今この場で俺が盟主を断った場合も、守秘義務が課せられるのだろう。

「大虐殺、というものは、具体的には？」

「どんな方法でも構いません。大魔法で国ごと焼き尽くしても良いし、暗殺を繰り返して疑心暗鬼に陥らせても良い。猛獣に襲撃させるのもありでしょう。最初はおそらく、NPCの仕業だと勘違いされるでしょうね。しかしそれは頃合いを見て、運営側から否定されます。そうすることで、プレイヤー達から『こんな脅威の存在にいつかは辿(たど)り着けるのか』と、畏怖と憧憬を同時に抱かれる存在になっていただきたい。一定期間盟主を務めた後には、次期盟主候補を選ぶ権利が与えられます。逆に、自分でその座を守り続けることも可能です」

アカウントの登録に必要となっていたやけに細かい事前アンケートや生体認証は、大事なファクターとなる【最初の盟主候補】を選ぶ為のものだったらしい。

ここまで中村さんから説明を受けた時点で、俺は僅かな違和感を覚える。ニコニコしながら分かりやすく大虐殺の趣旨について説明してくれたけれど……改めて考えてみれば、これは不要なことだ。だって目標とされるならば、あえて『敵』になる必要なんて、ない。

大虐殺。プレイヤーもNPCも区別なく鏖殺し、命と尊厳を踏みにじる行為。

それは確かに、恐怖を植え付け、団結を導く。

プレイヤー同士、NPC同士、そしてプレイヤーとNPCとの間にも友誼が芽生え、盟主を倒す為に、彼らは志を一つにするだろう。

それでもなお、彼らを凌駕する存在の君臨が必要なのであれば、それは――。

「……っ」

俺は、息を呑む。考えついてしまった、ある予想。

運営側が真に求めているものが何かを確かめるのは、今の時点では、不可能だ。

でも、この条件を断るような性質なら、最初からこの場に呼び出されたりしない。

そんな俺の思考を読み取ったかのように、中村さんが、笑顔で言葉を続ける。

「答えは、リーエンの中にあります。どうでしょう……引き受けていただけますね？」

最終確認の言葉に、俺は大きく頷き返していた。

第一章　リーエン＝オンライン

遂(つい)に、リーエン＝オンラインが正式リリースされる日がやってきた。

リーエンの世界が動き出すのは、リリース日の午前零時丁度から。サーバーの急激な高負荷を避ける為に、ゲームにログイン可能となる時間はプレイヤーに配付されたユニークＩＤを基(もと)に、ランダムで決められている。俺に割り当てられたログイン可能時間は、ゲーム開始から三時間後。これればかりは仕方がないので、逸(はや)る気持ちを抑えつつ、せっかくの待機時間はアバターの入念な調節に費やさせてもらうことにする。

ＶＲＭＭＯの醍醐味(だいごみ)の一つは、現実の自分とは異なる姿で電脳世界にダイヴ出来ること。外見だけに限らず性別や年齢、肌の色まで自由に整えることが可能だが、種族は人間(ヒューマン)に限られるそうだ。ちなみに俺はリアルと同じ男性で、年齢が近い外見を選ぶことが多い。

体格は筋骨隆々でも高身長の痩せ型でもない、中肉中背。容姿はプレイ中のモチベーションにも繋(つな)がるから、二十代前半男性の基本(プリセット)を呼び出し、そこから好みの顔に調整。全身の肌は薄い小麦色に、髪は短く、烏の濡羽色に。最後に瞳を鈍い錆色で揃えてしまえば、よく使うアバターに近い外見をした青年が、鏡の中で僅かな微笑みを浮かべて佇んでいた。

「うん、上出来」

俺は視界に浮かぶパネルからアバターの保存を選択し、いつものプレイヤーネームである『シオン』をタイピングする。幸い『シオン』は重複ネームとならなかったようだ。

そうこうしているうちに、俺より数時間先にリーエンにログインしたプレイヤー達から、次々と情報がSNSに上がり始めた。先にネタバレを知ってしまっては楽しさが半減する部分もあるかもしれないけど、はじまりの町ぐらいは良いだろう。

「何々……［無垢なる旅人］の出現は、双子の神官長に神託が下されていた……」

プレイヤーが［無垢なる旅人］として最初に降り立つ国、神護国家セントロ。双子の創世神『ハヌ』と『メロ』を主神と崇める、キダス教の総本山にもなっている国だ。キダス教はリーエンの中で最も多く信仰されている宗教で、NPC達にも信徒が多い。

キダス教の最高位である神官長は、創世神に倣い双子の信徒から選ばれる。現在の神官長は双子の姉妹で『アビリ』と『ゼイネ』。彼女達はある日、創世神から神託を受ける。

〝リーエンの大地に黄昏が訪れ、終焉の足音が迫りつつある。この先リーエンは、混沌の坩堝と化すだろう。私達はリーエンの滅亡を防ぐ為に、異世界の各地より［無垢なる旅人］達を呼び寄せた。彼等と共に暮らし、共に学び、共に戦い、見極めよ。世界を救う鍵は、旅人達との共存にある〟

双子の姉妹はセントロの政権を担う国王ディラン＝イニティム＝セントリオに神託の内容を報告し、国王は急遽［無垢なる旅人］達を受け入れる準備を整えた。

そして、双子の姉妹が神託を受けてからひと月あまりの後。右も左もわからない様子の［無垢なる旅人］達が、セントロの中央にある『華宴の広場』に、次々と降り立ち始めた。

「……成るほど、リーエンで暮らすＮＰＣ達にとっては、俺達は【異世界召喚】されてきた異邦人みたいなものだろうな」

その先を読み進めようとしたところで、セットしておいたアラームが時間を告げる。

午前三時。俺がリーエン＝オンラインにログイン可能となる、最初の時間だ。

「後は、自分の眼で確かめてみるか」

俺はＳＮＳを立ち上げていた外部アプリを閉じ、アバターの前に大きく表示されていた

【冒険を始めますか？】の言葉の下に浮かぶ【Ｙｅｓ】を選択する。

【ダイヴを開始いたします。初回ログインでの接続時間は最長四時間です。長時間のダイヴは健康に危害を招く場合があります。必ず、定期的な休息をとってお楽しみください】

機械的な説明文が表示された後。俺の視界は一瞬暗くなり、次の瞬間には。

色とりどりの花が咲き乱れる広場の中央に、俺は立っていた。

「おぉ、すごい」

「……噂以上だなぁ」

アバターを通して目にしたリーエンの世界は、とても綺麗だ。白い雲の浮かんだ空は高く青く、広場に咲く花も、広場の周りに立ち並ぶ建物も、ＣＧとは思えない出来映えだ。

広場の中には、俺の他にも三時解禁でダイヴしてきた新規のプレイヤー達が居る。各々指を動かしたり何かを呟いたりしているのは、アバターとの親和性を確認するチュートリアルクエストの一部だろう。俺も視界の端に浮かぶＵＩから受注可能なクエスト一覧を開き、チュートリアルを開始してみることにする。

足踏みをする。拍手をする。創世神への祈りを呟く。装備を身につける……などなど。

その場でクリア出来る簡単なクエストを幾つかこなしていくと、ピコンと軽い音がして、【［無垢なる旅人］がレベル2になりました】とテロップが浮かぶ。

華宴の広場には出口が二ヵ所あり、そこには【レベル3より通行可能】と文字が浮かんでいる。多分、チュートリアルを全部終わらせると、レベル3に到達するんだろうな。

「次は……【咲いている花を摘み、［素朴な花飾り］を製作する】……製作クエストか」

花を摘む、としか指定がないけど、種類は何でもいいのだろうか。俺の近くで、早速クエスト指定の［素朴な花飾り］をクラフトしているプレイヤーの姿が目に入る。

大輪の薔薇に、可憐な鈴蘭に、純白の百合。完成する花飾りの完成型は素材に使った花に左右されるけど、どの花を選んでもクラフトそのものは可能みたいだ。

「ん？」

何にしようかなと花を見て回っていた俺は、何処からかの視線を感じて立ち止まる。華宴の広場周辺には、召喚された［無垢なる旅人］達を一目見ようと多くのＮＰＣ住人達が集まっているのだが、俺の感じた視線はその誰からでも無い気がする。

周囲を見回していると、足元に鮮やかな色彩のパンジーが植えられていることに気づいた。丸っこい花弁を持つ、花壇やプランターの寄せ植えでよく見かける花だ。パンジーは三色菫とも呼ばれる花で、妖精王オベロンが、惚れ薬を作る材料ともされている。更には雑草を抑制する効果があったり、食用にも出来たりと、なかなか多彩な性質を持っている。せっかくだから、この花で花飾りを作ってみるのも面白いかもしれない。

低い位置に咲くパンジーの花を摘もうと膝を折り、白い花弁に手を伸ばした瞬間に。

「あ」

先程から感じていた視線の主を、見つけてしまった。

「ミャア」

「……仔猫（こねこ）？」

広場を囲む、人垣の足元。その僅かな隙間から顔を出して鳴き声を上げている、三毛の仔猫。先ほどから感じていた視線は、この仔猫がパンジーの花に注いでいたものらしい。どうりでNPC達の顔をいくら見回しても、見つからなかった筈（はず）だ。

俺は少し考えて、紫色のパンジーをアイテム画面の簡易クラフトボックスに放り込んだ。すぐに出来上がった花飾りの名称は『三色スミレの花飾り』。ストレート極まりないネーミングだけど、判（わか）りやすくもある。同時にレベルアップの軽やかな音が鳴り、［無垢なる旅人］のレベルが3に到達したとテロップが浮かぶ。

「よし、じゃあ行くか」

完成したばかりの『三色スミレの花飾り』を手に、俺はアーチ状の出口を潜り、華宴の広場から一歩、ホルダの街中へと足を踏み出した。

途端に耳に飛び込んで来たのは、大小様々な生活雑音と、忙しない喧騒の音だ。

いくら予め神託を受けていたとは言え、ホルダにとって［無垢なる旅人］達の受け入れ準備は、容易では無かった筈だ。しかもこれからこの召喚は、プレイヤーが増えるごとに、コンスタントに続く。……うん、頑張っていただきたい。

鎧を纏った騎士の一人が、馬上から「到着した［無垢なる旅人］の皆様は、大通りを北に進んで王城に向かってください」と指示を出してくれている。騎士の言葉を耳にした俺の視界にも、【王城に向かいましょう】と新たなクエストが表示された。ここは、誘導に従って城に行った方が良さそうだ。でも俺には、その前に一つ、目的がある。

「確か……ここら辺だったはず」

俺は広場の外周を回り、パンジーを摘んだ辺りで見かけた仔猫を探す。周りは当然NPCだらけなのだが、俺があまり奇抜な容姿のアバターではなかったのが功を奏したのか、それなりに住人達の中に溶け込んでいて、無駄に注目を浴びずにすんでいる。

「居た！」

件の仔猫は人垣から少し離れ、街灯を支える足場に積んである平たい石の上に、ちょこんと腰掛けていた。土埃を被ったのか前脚で懸命に顔を撫でている仔猫の前にしゃがみ込んで視線の高さを合わせ、俺は手に持っていた花飾りを差し出してみる。

「これ、好きな花じゃないか？」

俺が尋ねると仔猫は瞳をぱちぱちと瞬(しばた)かせた後で、すぐに俺の台詞(せりふ)を肯定するように、ニャア、と一声鳴いてくれた。

「じゃあ、これあげる。騒がしくして、ごめんな」

「……ミュ？」

俺は花飾りを手の上にのせて、仔猫に近づける。

仔猫は驚いた仕草を見せたが嫌がる素振りではなかったので、俺は小さな身体(からだ)を勝手に抱き上げ、三角の形をした耳の上に三色スミレの花飾りをつけてやった。

「お、丁度良い感じ。似合うと思ったんだよね、気に入ってくれたなら、嬉(うれ)しい」

三毛の仔猫に、丸い花弁を開いた三色スミレの花飾り。ん、文句なく可愛(かわい)い。

「じゃあ俺は城に行くから、またな」

「ミヤア！」

リーエンに来て初めてクラフトしたものの使い道としては、上々だろう。

満足した俺は嬉しそうに尻尾を揺らしている猫に別れを告げ、表示されているクエストに従い、王城に向かうことにする。

首都ホルダの王城は、マップを見なくてもすぐ判る場所に聳え立っていた。華宴の広場から大通りを北に進んだ突き当たりに大きな跳ね橋と門があり、その先の高台に立っている白亜の城が、目的地の王城だ。確か、統治者はディラン国王だよな。

跳ね橋を渡り、衛兵に護られた門を潜って道なりに歩いた先には、扉を大きく開いた王城の入り口があった。ロビーに集まったプレイヤーがある程度の数になったところで、文官っぽい姿の青年が俺達の前に立ち、見かけよりも大きな声を張り上げる。

「［無垢なる旅人］の皆様、ホルダにようこそおいでくださいました。私はナンファ。本日、皆様にご挨拶をする名誉を賜りましたキダス教会の神官にございます。これから皆様には、セントロの市民として住民名簿にお名前を登録していただくことになります。これは皆様に個別住居を提供する管理上、必要な登録となっておりますのでご了承ください。我々は創世神のお導きに従い、旅人の皆様がリーエンで恙なく充実した暮らしを送っていただけますよう、全力で支援する所存にございます。……どうか、リーエンに迫る危機を共に乗り越える力となってくださいますことを、深くお願い申し上げます」

説明を終えた青年が右手を上げ、軽く右足を引くと同時に、掌を胸に押し当てて深々と頭を下げた。その後に石板と筆のようなものを持った少年達が何人か現れて、俺達の間を回ってそれぞれにサインを求めていく。あれが、住民名簿の登録システムみたいだ。

「あの、すみません。私達は全員、セントロが所属国になるのですか？　他の国は、選べないのでしょうか？」

　俺の前に立っていた女の子が、手を挙げてナンファに質問した。

　彼女が動いた拍子に、ふわふわとした髪が、俺の鼻先を擽（くすぐ）る。思わず見つめてしまった少女は、真綿のように白く長い髪を背中の半分ぐらいまで伸ばしていて、茜色（あかねいろ）の中に虹色が揺らめく、不思議な虹彩（こうさい）の持ち主だ。大きな瞳を縁取る長い睫毛（まつげ）は髪より更に色素が薄いのか、瞬きをする度に、白銀色の影が瞳の上に落ちる。白い肌とほっそりとした身体つきはバランス良く整えられ、ちょっと人形っぽい印象を受ける陶器みたいな肌も可憐な顔立ちも、彼女の雰囲気によく似合っていた。

　多分、アバターを作り慣れているんだろうな。アバターとの親和性も高そうだし、ＶＲＭＭＯをやり込んでいるタイプかも。機会があったら、お近づきになりたい。

「はい、最初はセントロに統一していただくことになります。理由は単純に、現在、「無垢（むく）なる旅人」の皆様の受け入れ態勢が一番整っているのがセントロになるからです。しかし、創世神のご神託は各国に通達されております。徐々に他国に籍を置くことも可能となってくるでしょう。後に他国に移住された場合には、そちらで住民登録を再度行っていただく必要がありますので、お忘れなく」

「そうなんですね……分かりました。ありがとうございます」

納得した彼女は会釈をすると、文官が差し出したペンを握り、石板に『九九』とサインを入れる。うん、表情も自然だし、可愛い。少年文官はそんな彼女に一礼をしてから、鍵束から鍵を一つ外して彼女に差し出す。

「九九様のご住居はハヌ棟の七階になります。こちらの鍵をご利用ください」

成るほど、住民登録すると、自室が貰えるシステムってことだな。

次いで俺の前にも差し出された石板には、もったいぶらず、さっさと名前を書き込む。

癖毛の少年文官が礼儀正しくぺこりと頭を下げるから、俺は自然と手を伸ばし、「偉いな」と呟いてそのふわふわとした頭を撫でていた。少年は俺の手を見上げ、きょとんとした表情になったのだが、次の瞬間にはくすぐったそうに、ふわっと笑う。

「……ありがとうございました。では、こちらがシオン様の鍵になります」

少年は手にしていた鍵束を探り、何故か真ん中辺りに下げてあった鍵を選んで一つ外し、俺に差し出してくれる。

「シオン様のご住居は、ハヌ棟の五階になります。こちらの鍵をご利用ください」

「ありがとう。凄いな。最初から自室が貰えちゃうのか」

「[無垢なる旅人]の皆様は、リーエンの希望ですから。生活の基盤を我々がご用意する

のは、当然のことだとの、国王陛下のご意向です」

「ハハッ、期待に沿えるよう頑張らないとな！」

横から声をかけてきたのは赤髪の［無垢なる旅人］だ。俺よりも幾分背が高く、こちらを見下ろす横顔は整っているけれど、視線を合わせて微笑まれると一気に親近感が湧く。

「俺は『炎狼』。同期組だな、よろしく」

「シオンだ。こちらこそよろしく」

差し出された手を拒まず、俺は炎狼と握手を交わす。

それぞれが石板への署名を終えて自室の鍵を受け取り、ここからは一旦自由行動といったところ。クスエト一覧にも、新たな目標の指示は記されていない。ＭＭＯＲＰＧの最初は、レベルがすぐ上がる。レベル上げを考慮した行動が本格的に必要となってくるのは、［無垢なる旅人］から一次職に転職した辺りからになるかな。零時丁度開始組も、何人かは町の外に出て周辺の探索を始めたみたいだけど、まだ転職には辿りついていないらしい。

俺はとりあえず、自分の部屋に行ってみるとしようかな。

「シオン、住居は何棟だ？」

「ハヌ棟だよ。炎狼は？」

「残念、メロ棟だ。良かったら、部屋を確認した後で、一緒に町の中を見て回らないか？

俺はまだ、一次職を何にするかはっきりと決めていないんだ」

「構わないよ。ちなみに俺は［格闘家］になるつもり」

「決めるのが早いな！　でも確かに、そんな雰囲気がある」

……どんな雰囲気だろう？　俺は炎狼とフレンド登録をしてから、［無垢なる旅人］達の為に用意された巨大な住居棟に足を運んだ。ハヌ棟の前でリーエン内の一時間後に落ち合う約束をして彼と別れ、充てがわれた部屋へと行ってみることにする。

十階建ての住居棟の中で、俺の部屋は五階の一番端、いわゆる角部屋に位置していた。

部屋の中は六畳程の広さで、備え付けのベッドとチェスト、壁際に寄せられた机と椅子というシンプルな間取りになっている。

もしかしたら、あの癖毛の少年が渡してくれた鍵。鍵束の中から、わざと角部屋を選んでくれたんじゃないだろうか。今度、お礼を言わないと。

ハヌ棟の自室に備え付けられているベッドに腰掛けると、小さな音がして、【基本の設備を確認してみましょう】のチュートリアルクエストが開始された。

まずはベッド。自室や宿泊施設で睡眠を選ぶことで安全なログアウトが可能で、リーエン内での日付を跨げば体力と魔力を全回復させることが出来る。しかし、治療が必要なバッドステータスが付与されている場合は、その限りではない。

次にチェスト。これは予想通りに、個人の倉庫。インベントリに入りきれないアイテムや、取っておきたいアイテムなどを保管するシステム。チェストの中は空間魔法で繋がっていて、国や地域が違う場所からチェストを開いても、共通の中身を取り出すことができる仕様だ。町中にも何ヵ所か、チェストを開ける場所があると説明文が続いている。

「各種クラフト用の設備と、戦闘スキルの練習施設は別にある……と、成るほど」

チュートリアルを終えてから時計を見ると、そろそろ炎狼と約束した時間が近い。特に何かを整理する必要もないので、俺はさっさと階段を下りてハヌ棟から外に出る。

ハヌ棟の出口にある神像の前には、既に炎狼が待ってくれていた。

「早いな、炎狼」

「シオンも早かったな」

「うん。まだできることが少ないし、ベッドとチェストの確認で終わってしまった」

「俺も同じだ」

ハヌ棟の前に案内板の如く掲示されていた地図によると、ホルダは大きく四つの地域に分かれているようだ。まずは、一部のクランハウスと貴族の住宅地がある上級区。商人達が軒を連ね、各種工房も密集している商業区。冒険者達が集う冒険者ギルドと酒場やレストラン、市民の住居などがある居住区。ハヌ棟とメロ棟が建てられているのも居住区だ。

そして、各種廃棄物の処理場とスラム街がある貧民区。このうち上級区と貧民区には、【この地域にはまだ移動できません】と赤文字のテロップが浮かんでいる。

「上級区と貧民区には、まだ入れないみたいだな」

「名称的にも、何かに巻き込まれそうだしね。まずは冒険者ギルドにでも行ってみる？」

「まぁ、それが分かりやすいだろうな」

戦闘職になるのであれば、まずは実際に戦ってレベルとスキルを上げる行動が必須だ。情報を手に入れたり仲間を探したりするのに、冒険者ギルドはうってつけだろう。生産職を選ぶとしても、素材を手に入れる為にある程度の戦力が必要な場合は多い。それに、自力で収集出来ない素材の入手は冒険者ギルドに依頼することが多くなる。

そうなると、プレイヤーの足は自然と、冒険者ギルドに向かってしまう訳なのだ。

実際、外部ＳＮＳアプリを立ち上げてみると、冒険者ギルドで簡単な依頼を引き受けてみたとか、冒険者に声をかけられてクエストに連れて行ってもらっている最中だとか、冒険者ギルドから始まる情報が幾つも寄せられている。

しかし、俺は何だか腑に落ちない。［無垢なる旅人］達は、リーエンを救う為に召喚された異世界の住人。その全員が同じ行動をとって、良いものだろうか？

「……なぁ、炎狼」

「試してみたいことがあるんだ。ちょっと俺に付き合ってみないか？」

俺と炎狼が居住区に近い門から町の外に出ようとしていた時。

視界の片隅に常駐させていたＳＮＳアプリのログ欄が、急に騒がしくなった。

「どうした？　シオン」

急に立ち止まった俺を、炎狼が振り返る。

「初期組の何人かが、転職できたみたいだ」

「おぉ、早いな！」

「……転職はレベル15から可能。簡単な転職クエストあり、だとさ」

「よくあるパターンじゃないか？」

「そうなんだよなぁ。なんというか、セオリー通りすぎるんだよなぁ」

そこが少し、俺の腑に落ちない部分。アプリのログを閉じ、俺は軽く肩を竦める。

「リーエン＝オンラインの特殊システム、知っているよな」

「当然だ。仮面だろう」

メインシナリオを進めて受け取ることになる、もう一つの職業。でもそれは【他人に知られてはいけない】……そもそもどうして、知られてはいけないのか？

「何だ？」

俺は仮説を確かめる為に、あえて冒険者ギルドには寄らず、炎狼を誘って町の外に出ることにした。城壁に近い草原で、俺達は初期装備の［木製ナイフ］を構える。

「ここら辺には［ミニラット］っていうネズミ型モンスターと［ワンダーラビット］っていうウサギ型モンスターが生息しているそうなんだ。どちらも初心者向け」

俺が炎狼に提案したのは、冒険者ギルドに行く前に、まずは自分達だけで狩りをして、レベル上げに挑んでみること。効率が悪いのは分かっているけど、もしかしたらこれが、リーエン＝オンラインの隠された側面を知る最初のキーになるかもしれない。

黙々と二人でネズミとウサギを狩り、時たまドロップするアイテムを集めてはまた狩りを続けること、数時間。初回ログインのダイヴリミットが近づく頃には、俺と炎狼は死骸の山を築き（ネズミとウサギだけど）、それぞれのレベルも13にまで到達していた。

ドロップしたアイテム以外のモンスターの死骸は、肉や皮に加工出来れば食料になったり装備の素材になったりするみたいなのだが、今の俺達にはそのスキルがない。

「さて、アイテムは残さず拾ったけど、これはどうしようか」

「放置でいいかもしれないが……血臭とかで他のモンスターを呼んだりしないか？」

「あ、あり得る。良くないよな、町のすぐ近くだし」

単純作業が嫌いではない俺は、同じ敵を狩り続ける行為に苦痛を感じない。炎狼は少し怠そうにしているけど、最後まで付き合ってくれたのだから、俺の仮説に興味があるんだろう。……予想通りなら、そろそろだと、思うんだけどな。的中してくれると良いが。

とにかくこれは燃やすか、いっそ埋めるか、などと二人で議論していた最中に。

「あのぉ、すみません……」

背後からかけられた、おずおずとした言葉。俺と炎狼が振り返ると、そこには商人風の男が一人、揉み手をしながら佇んでいた。

「先程から拝見していたのですが、あなた方は［無垢なる旅人］でございましょうか？」

「……だとしたらどうする？」

少し凄みを持たせて返した炎狼の言葉にも、その商人は動じない。

「お二人が処理に困っておいでと見えるその素材、私にお任せくださいませんか」

「なんだって？」

「……へぇ」

クエスト発生を知らせる音がして、受注画面がＵＩの中央に浮かんだ。

【行商をしている巡回商人を利用してみましょう】……か。成るほどなぁ。確かめるように炎狼の顔を見ると、炎狼も頷き返してくる。同じクエストを受注したらしい。

「えぇと、それではミスター……」

「ルイボンにございます、［無垢なる旅人］のお二人。以後どうぞ、お見知り置きを」

「こちらこそ、よろしく頼む。それでこのモンスターの死骸、買い取ってもらえるのか？」

「はい！　ギルドの買取りよりは少しお安い価格とはなってしまいますが、廃棄するよりはましでしょう。何より、実際に素材を利用させていただけるのはありがたいです」

「構わないよ。じゃあ、頼む」

「お任せください！」

　威勢の良い返事をしたルイボンは、一度右手を目の高さに上げて、開いた掌（てのひら）を胸に押し付けながら片足を引き、恭（うやうや）しく俺達に向かって一礼する。そして死骸の山に歩み寄り、胸に当てていた手を翳（かざ）して何かを呟（つぶや）いた。僅かな光がそこに宿ったかと思うと、乱雑に積み上げられていたモンスターの骸（むくろ）が、一瞬にして肉塊と皮に分別される。

「おぉ」

「凄（すご）いな」

　目を丸くする俺と炎狼の前で、ルイボンは何処（どこ）からか出した樽（たる）に肉塊を詰め込み、皮は纏（まと）めて大きな板の上に載せた。またもや手を翳してから、ふむと口の中で呟く。

　どうやら、何かしらのスキルが使われたようだが、その内容までは判（わか）らない。

「なかなかの量ですね。それでは、こちらの買取り価格でいかがでしょう？」

俺と炎狼に向かって、掌にのせて差し出されたのは、二枚の金貨。

リーエンの貨幣は各国共通の『ルキ』が基本で、金貨が一万ルキ、銀貨が千ルキ、銅貨が百ルキだ。貨幣価値はだいたい、日本円と同じとのこと。銅貨以下の貨幣は存在せず、銅貨の価値に足りないものは「何かを付け足す」ことで補う。

つまりルイボンは、俺達が廃棄しようとしていたモンスターの死骸を加工した素材に対して、二万の価値を提示してくれたことになる。これが妥当な金額なのか、それともとてつもなく足元を見られているのか、現状の俺達が判断するのは難しいところなのだが。

どうする？　と視線で尋ねてくる炎狼に軽く目配せして、俺はルイボンに向き直り、にっこりと笑いかける。なぜなら今、重要なのは、示された査定額の妥当性ではなくて。

「それで構わないさ、神官どの」

「え？」

「っ！」

俺が口にした台詞（せりふ）に、炎狼だけでなく、ルイボンも驚愕（きょうがく）の表情を浮かべる。

うん、やっぱりそうか。

「[無垢なる旅人]達がリーエンで恙（つつが）なく暮らしていけるよう、お手伝いする……筈（はず）の人物が、俺達が著しく不利益になるようなことを仕向けは、しないだろうから」

「シオン、何を言って……」

「フフフッ」

俺を窘めようとした炎狼の言葉に被さって漏れる、笑い声。

「何処で気づきました？」

「勘……と言いたいところだけれど、さすがに違う。アンタの頭を下げる仕草だよ」

「頭の、下げ方……？」

上げた右手を、俺は一旦、胸に押し当てる。そして片足を引き、緩やかに一礼。

「さっき見たばかりの仕草だったから、覚えていたんだ。俺達に住民登録を教えてくれた神官と、綺麗に同じ動きだ」

同じ動作であっても、訓練をしない限り、動きの各所で個人差が出る。掌を押し当てるタイミングであったり、頭を下げる角度であったり。でもルイボンの動きは、あの神官の動きと見事にシンクロしていた。その外見も声も、全く違うものなのに。

「［無垢なる旅人］は、リーエンに降り立ったばかりだ。創世神から召喚された存在とは言え、その動向に注意をする必要があるよな」

リーエン＝オンラインは、運営会社の巨大サーバーの中に作り上げられている世界で、

ＮＰＣ達は、要人から奴隷の子供一人に至るまで全て、生まれ落ちてから現行時間までの確固たる歴史を持っているそうだ。学習と成長を続けるＮＰＣ達のＡＩは、運営側からある程度の誘導はあるものの、基本的には自由に思考し、自分の理念に基づいた行動をとる。

そう考えると、俺達に監視の目が向けられるのは、至極当然だ。

いきなり大量に世界に降ってきた［無垢なる旅人］という名の異邦人達。どう考えても、怪しい。直接冒険者ギルドに相談に行った分は良い。冒険者達に予め話を通せば、監視は容易だ。問題は俺と炎狼のように、最初から単独行動を取る者達。

しかしあからさまな監視をすると、世界を救う鍵と予言された［無垢なる旅人］達の機嫌を損ねる可能性がある。

だからまずは「想定外」を監視する為に、違う誰かとなって、接触を図りにきた。

つまり。仮面システムは、プレイヤー達だけのものではない。

「商人ルイボン。アンタが、神官ナンファの仮面だな」

俺が問い掛けると、ルイボンの姿に重なるようにして、【アンクロークしますか？】の一文と、Ｙｅｓ／Ｎｏの選択肢が文字となって宙に浮かんだ。

……アンクロークって、何だ？　首を捻る俺を他所に、ルイボンは「遠慮は要りませんよ」と僅かに笑う。炎狼の方は変化がないらしく、俺が視線を向けても、軽く首を振る。

……よく分からないけれど、このゲームは、まだ始まったばかりだ。初期の攻略は試行錯誤、試してみないことには、成長出来ない。

「【アンクローク】」

Yesを選ぶと同時に、俺の口が自然と言葉を紡ぐ。同時にルイボンの姿にノイズが入り、髪の先から爪先までが、ザザザと砂嵐のような音を立てながら揺らいだかと思うと。

「……お見事です」

王城のロビーで最初の説明をしてくれた青年神官が、俺の前に立っていた。

「さっき王城に居た……！」

驚く炎狼の前で、青年神官は掌を胸に押し当て、俺に向かって静かに一礼をする。

「またお会いしましたね。キルダ教会中央区所属、二等神官ナンファにございます。どうぞ、お見知り置きを。……造詣深き旅人よ、あなた様の名を伺っても？」

「シオン」

「シオン殿、ですね。ご友人の方は？」

「炎狼」

「……シオン殿と、炎狼殿。フフッ、面白い。大神官様の予言も、偶には当たる」

ナンファは法衣の裾を揺らし、俺の前で片膝をつく。

「理に則り、ここに宣言致します。【ナンファの仮面『ルイボン』は、シオンと炎狼に暴かれた】」

何処かで、チリンと鈴の鳴る音がして。

俺と炎狼の前に、金の縁取りが施されたカードが二枚、回転しながら現れる。くるくると高速で回るカードの裏には何かが描かれているようだが、回転が速すぎて、その中を読み取ることは出来ない。

「……お二人とも、アンクロークの褒賞をいただくのは初めてですか？」

上から下からカードを眺めるだけで一向に手を伸ばそうとしない俺と炎狼を不思議に思ったのか、膝をついたままのナンファが声をかけてくる。二人で頷き返せば、ナンファは「おやおや」と呟き、天を仰いでしまった。

「まだ仮面の意味すら知らない相手にアンクロークされてしまうとは、とんだ失態です」

「そうは言っても、俺達、この世界に来たばかりなんだしな」

「確かに右も左も判らないが、挑んでこその冒険だろう」

「まぁ、良いでしょう。乗り掛かった船です。私が簡単にご説明させていただきますね」

その前に、と。ナンファは俺と炎狼に、それぞれカードを手に取るよう促す。

「アンクロークの褒賞入手には、時間制限があります。すぐ消失するものではありませんが、先に入手しておく方が無難でしょう」

　実際に見抜いたのはシオンなんだから、お前が先に選べと言って譲らない炎狼に根負けした俺は、単純に自分に近い方に浮いていたカードを手に取る。その中身を確かめる間も無く、俺の指に挟まれたカードは淡い光を放ち、そのまま光の粒となって消えてしまった。

　ステータス画面に小さな【!】マークが点灯し、【あなたは初めて、アンクロークでスキルを手に入れました】とテロップが浮かぶ。

「新たなスキルが手に入りましたね？　アンクロークとは、他人の仮面を剝ぐこと。成功すると、相手が持つスキルの一部をランダムで得ることが出来ます」

　アンクロークされた側のペナルティは、ネイチャーの職業経験値が低下してしまうこと。ちなみにアンクロークを間違えた場合は、仕掛けた側のネイチャーの職業経験値が下がる。ネイチャーで得る職業は全体的にレベルが上がりにくいそうだから、ハイレベルになればなるほど、リスキーな行為だと言えるだろう。

　今回、俺がナンファから得たスキルは【慧眼(けいがん)：レベル1】だった。簡単な説明文を読んだ限りでは、【鑑定】に近いスキルみたいだ。これは後々、活躍してくれそうな気がする。

　炎狼はどうだっただろうかと顔を上げると、炎狼本人は何故(なぜ)か喉を押さえ、俺に向かって首を振りながら、はくはくと口を動かしていた。

「炎狼……？」

「アンクロークで得たスキルや、誰かの仮面（マスク）についての情報は、他者に伝達できません。創世神の御技（みわざ）によって、情報伝達が遮断される仕組みとなっているはずです」

「そうなのか。炎狼、大丈夫だ。教えてくれなくて良い」

「！　……！　……あぁ、了解した」

漸（よう）く声が音を取り戻し、炎狼はほっと息を吐く。

「面白いな。生体認証で判別されているのか？」

「どんなシステムかまでは不明だけど、近いだろうな」

ゲームの中では伝達が不可能でも、SNSアプリなどの外部ツールではどうだろうか。それこそ、守秘義務が発生する可能性が高いし、もしかしたら、逆に『知ってしまった』場合のペナルティもあるのかもしれない。

炎狼と話し合っているうちに、最初のタイムアウトの時間が迫ってきた。

俺達はナンファに別れを告げ、翌日も時間を合わせてダイヴする約束をして、それぞれの居住棟にある部屋に戻る。ベッドに寝転び、コマンドの中からログアウトを選ぶ。

【ログアウトを開始します……5・4・3・2・1……シオン様の、次回のリーエン・ダイヴをお待ちしています】

視界が一瞬闇に閉ざされた後、瞼(まぶた)を開いた先は、見慣れた俺の部屋だった。

第二章　最初の仮面(マスク)

リーエン＝オンラインが稼働(かどう)を始めて、六時間と少し。

稼働開始と同時にプレイを開始できた最初期のプレイヤーと、一時間ごとに追従してくる他のプレイヤー達。リーエン＝オンラインは新たなシステムを追加しているとは言え、アバターを動かす基本的なシステムは他のＶＲＭＭＯと大差ない。プレイヤー達はそれぞれ思い思いの行動を取り、個室に到着した時点で一旦ログアウトしてしまったプレイヤーも居れば、冒険者ギルドに赴き、積極的にクエストに挑んでいるプレイヤーも居る。

「中村さん！」

慌てた声で名前を呼ばれた中村は、モニターに注いでいた視線を上げ、声の出所を探す。

リーエン＝オンラインの開発者の一人である中村も、深夜とは言え当然会社に残り、ホルダを中心に動き回るプレイヤー達の動向を見守っていたのだが。中村を呼ぶ声は、二つ向こうのデスク、クエストが正常に進行するかを確認している部署のスタッフ達からだった。

「どうしました？」

「ちょっと見てください！」

手招きをされて覗（のぞ）き込んだモニターの向こう側では、一人の〔無垢（むく）なる旅人〕が、商人ルイボンに【アンクローク】をかけたところだった。

「……素晴らしい！」

中村は感嘆の声をあげる。まさかこんな短時間で、何のヒントも与えられていない状況から、仮面（マスク）システムが持つ最初の謎――NPCの仮面（マスク）も剝がせることを見抜くとは。

「感激している場合じゃないですよ。このプレイヤー……『シオン』は、中村さんの選んだ盟主（モナーク）候補でしたよね」

「ええ、そうですよ」

「情報漏洩（ろうえい）が無いのは確かですが……〔三毛猫〕にも驚きましたけど、こんな序盤でプレイヤーがNPCの仮面をアンクロークさせるなんて、想定外です。あぁ、神官ナンファの〔無垢なる旅人〕に対する見解が〔監視〕から〔警戒〕に上がっちゃったじゃないですか」

「アバターとの親和率も、『シオン』は他のプレイヤーより頭ひとつ抜きんでていますね。一緒に行動している『炎狼（エンロウ）』もなかなかですが、類は友を呼ぶってところですか」

「ハハハ」

「だから笑い事じゃないですって……うわぁあああ、得たスキルが【慧眼】！」

「UR(ユニークレア)スキルですか。やりますね」

「一番初めに転職したのも赤の盟主(モナーク)候補でしたね。さすが、盟主候補達は面白い」

悲喜交交(ひきこもごも)のスタッフ達を他所(よそ)に、モニターに映る『シオン』の姿に、中村は笑いかける。

「頑張ってください、黒の盟主。リーエンは、あなたという混沌(カオス)を心待ちにしていますよ」

◆

翌日の夜。リーエンにダイヴして、自室にあるベッドの上で情報を確認する。

ログアウト時に流れたワールドアナウンスのログによると、転職に到達したプレイヤーもかなりいるみたいだ。俺と炎狼は出遅れた形だが、攻略班でもないし、良しとする。

ゲーム開始から百日間は、冒険を助ける［ログインボーナス］がランダムで貰(もら)えることになっている。インベントリに届いていた小さな箱を取り出して開いてみると、パステルカラーの包み紙でラッピングされたキャンディが、手の上にコロコロと転がり出た。

「えーと【疲労回復と、微細なHP回復効果のある飴玉】……疲労の概念まであるのか」

キャンディの上に吹き出しの形でポップアップしている文字に目を通していた俺は、長方形をした吹き出しの右上が、少しだけ違う形になっていることに気づく。

「……何だこれ？」

個人情報を守る目隠しシールや、中身の見えないくじ引きに使われるみたいな、「ここから捲る」を指示する形。吹き出しに手を伸ばし、その場所を指で摘むようにしてみると。

「えっ⁉」

キャンディの上に表示されていた吹き出しが、ぺろりと一枚、シートを剝がすように捲れてしまった。そして吹き出しの中に、新たな一文が現れる。

【疲労回復と、微細なHP回復効果のある飴玉。七歳以下のNPCにプレゼントすると、親密度をかなり向上させることが出来る。リラン平原に出没する亡霊『チュテ』が、この飴玉が欲しいと泣いている】

おいおいおい。何か凄い情報が一気に来たんだけど。

開きっぱなしになっていたステータスバーの上に、目の形をしたアイコンが浮かび、青白く光っている。触れて確認してみると、これは［慧眼発動中］を示すアイコンだ。

「……もしかして、昨日貰ったスキル？」

効果としては確かに【鑑定】に近いけれど【慧眼】は多分、その上位互換だ。目標としている【大虐殺】の為に、強くなることは当然ながら、情報収集も必須。そう考えると、この【慧眼】を得られたのは、良いアドバンテージじゃないだろうか。

そんなことを考えている間に炎狼から連絡がきた。既にハヌ棟の前で待っているらしい。

「……まずは、転職を目指そう」

そう結論付けた俺はキャンディをアイテムボックスの中に突っ込み、ハヌ棟の前で待つ炎狼の元へと走る。そして予定通り、一緒に冒険者ギルドに行ってみることにした。


居住区の大通り沿いに立つ建物が、セントロの各都市にもある冒険者ギルドの本部だ。扉を抜けた先は吹き抜けのロビーになっていて、大勢の冒険者達で溢れかえっている。

「それにしても、人だらけだ」

「元々冒険者ギルドに所属していたリーエンの住民達に加えて、［無垢なる旅人］達がこぞって集まっているからじゃないか？」

「だろうな」

まぁ、今から俺達もそれに倣う訳なのだが。

「まずはギルドのシステムを教えてもらうことにするか?」

「……あの受付嬢さんに?」

俺が指差した先の受付に座っている制服姿の女性は、多分受付嬢なのだが。

「……ゾンビかな?」

「やめなよ、可哀想だろ……」

カウンターの上に突っ伏しているその顔色は、青白いを通り越して青黒い。どうやら［無垢なる旅人］達の冒険者登録ラッシュで、精根尽き果てているご様子。そんな受付嬢の様子に、俺達だけでなく、新たに登録に来た他のプレイヤー達も二の足を踏んでいる。

「説明書とかあったらいいのに」

「いま準備している途中かもしれないぞ」

何はともあれ、このままでは埒が明かない。いっそのことまた町の外に出てレベル上げでもしようかと話し合っていた時に、何やらざわざわとした喧騒が聞こえてきた。

「どけどけ!」

「……すまないが、道を開けてくれるか」

「邪魔だってーの!」

乱暴で偉そうな口調の声と、少し困った雰囲気を滲ませた声。人混みを掻き分けて現れたのは、如何にも『俺様粋がっています』然とした剣士風の冒険者と、その男に肩を抱かれたローブ姿の少女、そして身軽そうな装備の冒険者の三人だった。

「よぉ、受付のオネーチャン！」

受付嬢が具合悪そうに突っ伏しているにもかかわらず、上機嫌の男は態とらしくカウンターに腰掛け、受付嬢の肩を容赦なく揺さぶる。

「彼女、ナヅミちゃんって言うんだけどさ。俺達のパーティに入れたいんだよね！　でもまだ冒険者登録してないって言うじゃん？　ちゃちゃっと登録してあげてくんない？」

「あの、ホクトさん……私は転職もまだですし、冒険者ギルドにも、よく考えてから入りたいと思っているので……」

「そんなのヒーラーで決まりでしょ！　タンクの俺と、シーフのユタカと、ヒーラーのナヅミちゃん。後は火力がもう一人ぐらい入れれば安定パーティ間違いなし！　けってーい！」

少女の肩を抱いていた剣士が『ホクト』さんのようだ。シーフは『ユタカ』だな。『ナヅミ』と呼ばれた少女はホクトの強引な提案に何とか反論しているが、ひどく困惑している様子だ。押し切られるのも、時間の問題っぽい。

何処かでソロ行動をしていたナツミのピンチをホクトとユタカが救ったとか、その辺りの縁かな? どちらにしても、強引すぎる勧誘は褒められたものではないけど。

「……どうする?」

「こんな時は、ギルドマスター辺りが颯爽と出てきて、収めてくれそうなものなんだが」

しかし、その頼みの［ギルドマスター］と思しき男性は、少し離れた場所に臨時で設置された冒険者登録受付カウンターでやはりゾンビ化している。うーん、頼りにならない。

「そこの君、止めるんだ」

動向を見守っていた俺達の背後から掛けられた、凛とした声。

振り向いてみれば、そこに立っていたのは、すらりとした体躯を持つ男性だった。金色の長い髪に、尖った形の長い耳、透き通った白い肌。深い緑色をした瞳の視線が、ホクトをじっと見つめている。何だか、エルフみたい。

「君の強引さで、彼女は萎縮して、意見が口に出せないでいる。冒険者とは、誰かに強要されてなるものではない。自らの望みと意志が無ければ、すぐに死の翼を招くだろう」

「なに訳の分からないこと言っているんだ? だいたい、アンタ誰。俺達［無垢なる旅人］は、いずれリーエンを救う存在の……」

「君に救えるとは、思えないが」

「何だと！」

　さすがに剣を抜くことはしなかったが、ナヅミの肩に回していた手を放して青年に殴り掛かろうとしたホクトの身体は、瞬きをする間もなく、床の上に組み伏せられる。

　俺と炎狼は、同時に感嘆の声を漏らす。一切無駄のない、流れるような青年の動き。振り上げられたホクトの拳は、掠りすらしていない。

「おい！　何だよ！　放せよ！」

　喚くホクトの上で、青年はにっこりと微笑む。

「確かに名乗りもせずに、失礼だったね。私はアルネイ。アルネイ＝ハナイ＝ホルダ。ホルダの冒険者ギルド所属、Ｓ級クラン『ハロエリス』のマスターだ」

　Ｓ級クラン。

　その言葉に、冒険者ギルドに集まっていた［無垢なる旅人］であるプレイヤー達は、一様に驚愕の声を漏らす。ＮＰＣである住人達には有名な人物なのであろう、其処彼処から「アルネイ様！」「アルネイ様だ」と囁きが広がっている。

「アルネイ様!?」

　ギルドマスターが、ＮＰＣ達の漏らす声に飛び起き、アルネイに駆け寄ってきた。

「アルネイ様、何故本部などに！　ヒュドラ退治に向かわれていたのでは？」

「ギルドマスター、久しぶり。討伐は無事に成功したよ。ホルダに戻ったのが昨晩遅くだったから、今朝報告に来たんだ。そうしたら、この騒ぎだろう？」

「そうか。いや、お騒がせして申し訳ない。おい、モース！　ラース！」

ギルドマスターに呼ばれて姿を現したのは、そっくりの見かけをした大柄な男性の二人組だ。冒険者ギルドの職員らしく制服を身につけているが、くしゃくしゃの髪から飛び出している毛の生えた丸い茶色の耳が、彼等が人間ではないと教えてくれている。

「どうした、マスター」

「呼んだか、マスター」

のっそりとした動きと言葉は、何処となく熊を連想させるものだ。ギルドマスターは頷き、アルネイの下でまだジタバタしているホクトをちょいと指で指し示す。

「そこの無礼な冒険者を反省室に突っ込め。カタリナの説教つきでな」

「……了解、カタリナ、忙しいな」

「……反省室、フル回転」

アルネイの下から引き摺り出されたホクトは、首の後ろを掴まれて、猫の子を下げるみたいに片手で持ち上げられる。ぶらーんとぶら下がったその姿に、ＮＰＣ達のみならず、プレイヤー達の間からも失笑が漏れた。あれは恥ずかしい。

「なっ……何するんだよ！」

再び暴れるホクトの抵抗など物ともせずに、モースとラースは首を傾（かし）げる。

「聞いて、なかった？　お前、反省室で説教」

「大丈夫、痛いのは、心だけ」

ホクトをぶら下げたままズンズンと何処かに歩いて行く二人を、ナヅミに頭を下げたユタカが、急いで追いかけていく。

「大丈夫だったかい？」

茫然（ぼうぜん）とそれを見送っていたナヅミに、アルネイが柔らかく声をかけた。弾（はじ）かれたように顔を上げたナヅミは、こちらも慌てて頭を下げる。

「ありがとうございました！」

「良（い）いんだよ。困っている女性を助けるのは、男として最低限の礼儀だからね。君も「無（む）垢（く）なる旅人」の一人？」

「は、はい」

「今後はどうか、気を付けて。君の旅路に幸多きことを祈ろう」

「はい……心得ます」

ナヅミに軽く頷き返したアルネイは、それにしてもと呟（つぶや）きながらぐるりと周囲を見回し、大きな溜息をつく。

「創世神の啓示が降りたと出先で聞いてはいたけれど、凄い人数だね」

「ええ……一定時間ごとに、リーエンに降り立つ［無垢なる旅人］達は増えるばかりです。いっそのこと自治区でも準備するべきでしたかね」

「そのうち、ディランと会談の場を持つ必要があるだろうな。神墜教団との諍いもあるのに……アイツが過労で倒れたりしなければ良いが」

周囲の騒めきを他所に、ギルドマスターと会話を続けるアルネイに注がれるプレイヤー達の視線は、興味津々だ。S級クランということは、セントロでもトップクラスであることは間違いない。そんなクランの団長である上に、家名が『ホルダ』で、更には国王を呼び捨てに出来る人物。明らかに、リーエンの世界で主要人物の一人だ。

アルネイに話しかけるタイミングを見計らっている他のプレイヤーを尻目に、俺と炎狼は空いたカウンターの前に立ち、少し回復してきたらしい受付嬢に声をかける。

「すみません。冒険者登録の説明をお願いできますか」

「は、はい！」

弾かれたように顔を上げた受付嬢はカウンターの下から数枚の書類が挟まれたクリップボードを二つ取り出し、俺と炎狼にそれぞれ差し出してくれた。ボードを受け取るついでに、俺はインベントリからログインボーナスで貰ったキャンディを一つ取り出し、彼女にどうぞと手渡す。確か、疲労回復効果があった筈だ。

「まぁ！　宜しいのですか」

「疲れているみたいだから。良かったらどうぞ」

「ありがとうございます……優しいんですね」

制服姿の受付嬢は、俺が手渡したキャンディを口に含み、嬉しそうに笑う。同時に、俺にだけ聞こえる通知音が、鳴った。

【七歳以下のＮＰＣに、親密度アップ効果のある飴玉を渡すことに成功しました。冒険者ギルドの受付嬢『メリナ』から『シオン』に対する親密度が、大幅にアップ致しました】

……え、まさかの七歳以下？

上機嫌のまま「こちらにどうぞ」と俺と炎狼に椅子を勧めてくれた受付嬢は、よく見るとカウンターの下に隠れている腰から下が、美しい鱗に覆われた蛇の姿になっていた。

俺と炎狼は椅子に座り、まずは申請書に必要事項を記入する。まだ転職もしていない俺達が記入するのは、名前と所在地だけだ。申請書を受け取った彼女は早速、ボードに挟んでいた書類を捲る。

「冒険者ギルドで統括していますのは、冒険者のランクと所属クラン、本拠地、現在請けている依頼が主になります。冒険者ランクは最高ランクのＳＳ・Ｓ・Ａ・Ｂ・Ｃ・Ｄ・Ｅ・Ｆの八段階に分けられます。最初は誰もが最低ランクのＦからの登録となりますが、高位の冒険者から推薦を受け、その実力が確認された場合、Ｃランクから登録されることも可能です。Ｅ・Ｆランクには制約がありませんが、Ｄランクからは、支払われる報酬の一部を、冒険者ギルドに上納していただく形になっています」

成るほど。それがギルドの運営費になるのかな。

「Ｂランクに達しますと、一定期間ごとに査定が入ります。依頼の達成数、貢献度などに応じて臨時報酬が支払われますが、逆に降格対象となることもありますので、ご注意ください」

「シビアだな」

炎狼の呟いた感想に、受付嬢は大きく頷く。

「Ｂランク以上の冒険者となりますと、達成に困難を極める依頼を請け負う機会も増えます。冒険者ギルドに対する信頼、そして冒険者全体のクオリティを維持する為に設けられているシステムです。ご了承ください」

つまり、冒険者ギルドは国営じゃないんだな。国営なら、もう少し規約が緩そう。

「もちろん、ギルドに所属する冒険者には、様々なメリットが準備されています」

都市間の通行税免除など、書類にずらりとリストアップされた恩恵は、かなりの数だ。

「最後に、Dランク以上の冒険者の皆様には、優先任務が届くことがあります。冒険者ギルド経由だけではなく、国王直轄で下される任務もこれに当たります。冒険者全体に届くこともあれば、個人指名のこともあります。滅多に無いことですが、その時請け負っている他の依頼よりも優先度が高い事案となりますので、覚えておいてください」

緊急クエストってやつだな。これは、イベントとかに使われそうだ。

更に幾つか、一般的な倫理面に対する心得を説明される。迷惑行為の禁止や、獲物の横取り禁止などだ。俺と炎狼が大丈夫だと頷くと、受付嬢はにっこりと微笑み、俺と炎狼に穴の開いたドッグタグの形をしたプレートを差し出した。鉄のプレートに刻まれているのは、俺の名前と、縦に五本、それにクロスさせて横に二本、合計七本の傷。

「新たな冒険者の誕生を、ここに祝福致します。シオン様と炎狼様のご活躍を、冒険者ギルドスタッフ一同、心より応援しております」

俺と炎狼が受付嬢から傷の刻まれたプレートを受け取った瞬間に、通知音と共にファンファーレが鳴り響いた。

「おぉ!?」

「わ、何だこれ」

驚く炎狼と俺の頭上で、紙吹雪がキラキラと舞い散る。同時に、視界に浮かぶテロップ。

【冒険者ギルドに登録してみる。の実績が解除されました】

【基礎レベルが15に到達致しました。一次転職が可能です】

冒険者ギルドに登録する行為そのものが、実績の一部だったらしい。俺達は13にレベルを上げた状態でギルドに来ていたので、実績解除の報酬でもらった経験値加算で、そのまま一次転職の規定レベルに達してしまったようだ。

「もしかして、もう転職ですか？」

受付嬢の問いかけに、宙に浮かぶ文字を目で追っていた俺と炎狼は揃って頷く。

「ギルドに来る前に、少し狩りをしてきたもので」

「そうなんですか！　怪我が無くて良かったです。一次職の斡旋については、ギルドの二階で概要を確認できるようになっています。宜しければ引き続きご利用ください」

受付嬢が手で指し示したのは、受付のカウンターから少し離れた壁際に設置されている階段。二階に続く上り階段と、ポールパーテーションで塞がれた下り階段がある。

「あの階段の先ですか」

「ええ、二階に職員が待機しておりますので、そちらでお尋ねください」

受付嬢の勧め通りに階段を上ると、フロアの入り口には、先刻ホクトを連行していった大柄な男性が二人、門番宜しく待ち構えていた。確か、モースとラースだったか。

「こんにちは、転職の話を聞きに来ました」

「よろしく頼む！」

軽く頭を下げて挨拶する俺と、ハキハキした声で二人に挨拶を投げかける炎狼。目をぱちくりと瞬かせた二人はそっくりの顔で笑い、「ようこそ」と手招いて、俺達を一次職斡旋ブースが準備されている所まで連れて行ってくれた。

ローテーブルを挟み、二人がけのソファが対面に設置されたブースは、それぞれが衝立で区切られている。既に幾つかのブースは使用中で、冒険者達がソファに座り、職員から転職についての説明を受けている。何処となく、就職説明会を彷彿とさせる光景だ。

「ミーア、仕事だ」

「二人一緒でも、良い？」

俺達が誘導されたブースには、大きな丸眼鏡をかけた制服姿の少女が待機していた。弾かれたように顔を上げた少女の頭の上には、モース&ラースと揃いの耳が二つ、髪の間から元気に飛び出している。んん、もしかして兄妹とかだったりする？

「大丈夫だよ！　お兄ちゃん達、ありがとう！」

あ、ビンゴ。

「二人とも、そっち、座って」

「ミーア、頼んだよ」

「はぁい！」

俺と炎狼をミーアの対面に座らせた二人は、再び階段の方に行ってしまった。ミーアはローテーブルの上に重ねていた資料を手に取り、俺と炎狼が見やすいように広げてくれる。

「まずは自己紹介ですね！　私は、冒険者ギルド職員のミーアと申します。冒険者の皆様の、初めての転職をお手伝いしています」

「俺はシオンです」

「俺は炎狼」

「シオン様と、炎狼様、ですね。それでは説明に入る前に、基礎レベルの確認をさせていただきます。お二人とも、こちらに手をかざしてください」

俺と炎狼の前に予め置かれていた水晶。まずは俺が手をかざすと台座に乗ったそれが輝き、水晶の中に［16］の文字が浮かぶ。続いて手をかざした炎狼も同じ［16］だ。

「基礎レベル16。お二人とも、一次転職の要件を満たしています。それでは早速、転職についての説明を始めさせていただきますね」

ミーアが見せてくれた資料によると、一次職に選べる職種は、全部で十種類。

「一次職は、戦闘職が六種類、生産職が四種類に分かれます。一次職の間はそこまで苦労をせずに他の職業に転職できますので、最初から一つの職業を極めようと高みを目指すもよし、自分にあったものを探して色々な職業に手を出してみるもよしです」

「一番人気は何の職業ですか？」

「男性の方はやはり戦士ですね。戦士は派生する上級職が豊富ですし、生産職に転向する者もいます。女性は魔力の素養が高い傾向にあるので、魔術師もよく選ばれます」

戦士の次に多いのは、身軽さと弓術に長けるシーフ。魔術師の次に女性が選びやすいのは、回復と支援魔法のスペシャリストであるヒーラーだ。因みに俺が選ぼうとしている格闘家は、サモナーと並んで人気がイマイチなのだそうだ。解せぬ。

「生産職ですと、武器を鍛え上げる鍛冶師、あらゆる防具を作り上げる装具師、薬を調合できる錬金術師がそれぞれ同じぐらいの人気です。特に装具師は、派生が多いので選ばれやすいですね。最後の一つは家具師なのですが、これは癖がある職業で、一次職に選ぶのは家具師の上位職についている方のご家族が殆どとなっています」

家具師ってことは、建築や各種設備、家の装飾品とかかな？　癖があるってことは、何かしらの特殊スキルが必要だとか。これは、現状はＮＰＣに限られる職業になるのかも。

「うん、やっぱり俺は、最初は無難に戦士といきたいところだな」

「俺は格闘家で」

「戦士と格闘家ですね。お二人とも基礎レベルは規定を満たしていますが、実力を示すために、討伐クエストを達成する必要があります」

俺と炎狼にそれぞれ課されたクエストは、俺が【町の外に出没するワンダーラビット二十匹退治】で、炎狼が【町の外に出没するミニラット二十匹退治】。……んんん。

「アハハハハ！」

急に笑い出した炎狼に、ミーアがびくりと身体を震わせる。俺はと言えば、炎狼への申し訳なさに、ローテーブルの上に突っ伏してしまう。

「ど、どうなさいました？」

「ナンデモナイデス」

「気にするな！　ハハハ！」

無駄足を踏ませてすまないと肩を落とす俺の背中を、炎狼は笑いながらバシバシ叩く。

「良いじゃないか！　面白い経験も出来たし、クエスト対象のことも判っている。クリアが楽だ」

「……お前、良い男だなぁ」

「あぁ！　よく言われる」

「そこで自分で言っちゃわなかったら、もっとカッコ良かったのにな――」

笑顔の炎狼と共に冒険者ギルドを後にした俺達は、町の外に出てものの十分もしないうちにクエストを完遂してしまった。なにせ昨日、売るぐらい倒した相手だ。倒し方はもう判っている。今回は依頼クエストだったので、俺と炎狼には、討伐したモンスターの持ち帰り用に時間制限付きの大型アイテムボックスが支給されていた。俺達にもプレイヤー用のアイテムボックスである『インベントリ』があるのだが、容量に限りがある。

クエスト一覧の中で討伐クエストが【達成】になっているのを確認した俺と炎狼は、早速冒険者ギルドに戻る。受付嬢にクエストの達成報告をして、討伐したモンスターを詰め込んだ鞄（かばん）を渡せば依頼完了だ。

「シオン様、炎狼様、転職おめでとうございます。お二人の活躍を期待しております」

受付嬢に預けた冒険者証（プレート）の裏に、炎狼は剣の刻印が、俺には拳の刻印が刻まれて返却される。各々ステータス画面を確認してみると、職業の部分が［無垢（むく）なる旅人］から［戦士］と［格闘家］に変わっていた。これで無事に、一次転職完了だ。

「良い滑り出しだな」

「同感」

攻略組ほどガツガツと進んでいなくても、足元を固めながらの成長だって悪くない。まだまだリーエンの世界は、始まったばかりだからな。

職種に合わせたステータスの変化を確認したところで、お馴染みの通知音が鳴る。同じパーティを組んだままだった俺と炎狼の前に浮かぶ文字は【冒険者ギルドで依頼を受けてみましょう】だ。

「初依頼ってやつか」

「依頼掲示板を見に行ってみよう。確か、Fランク向けとEランク向けの依頼まで受注して良いんだったよな」

俺が振り返りながら尋ねると、受付嬢は「ええ」と頷いてくれる。

「ただお二人とも戦闘職になりますので、差し支えなければ、討伐依頼を優先していただけると嬉しいです。採集依頼は低ランクの生産職が経験値を稼ぐ貴重な機会ですので」

「成るほど」

「じゃあ採集依頼は別にして……討伐依頼、討伐依頼……これはどう？ 【リラン平原のフォルフォ退治】……あ、でもEランク任務だ」

「あ、その依頼はお勧めですよ。フォルフォはリラン平原に生息するバタフライ種のモンスターで、畑の野菜に卵を産みつけられる虫害が多発しています。Fランク冒険者でも充分対処出来るぐらいの、あまり凶暴なモンスターではないのですが、完全に夜行性なんです。ですので、依頼がEランクに上がっています」

お、なんだか、有用な情報をもらってしまったぞ。キャンディ効果かな？

「ありがとう、メリナさん。この依頼、俺と炎狼で受けます」

「転職して初任務だな！　腕がなる！」

俺は掲示板からフォルフォ退治の依頼書を剝がし、二人分の冒険者証と一緒に受付嬢に手渡した。受付嬢が小さな石板の上に依頼書と冒険者証を載せると、ふわりと緑色の光が溢れる。どうぞと返された冒険者証に変化は見受けられないが、何かしら魔法が入れられているのだろう。

「はい、承りました。どうぞ、ご武運を」

「行ってきます！」

「行ってくる！」

にこやかに手を振る受付嬢に見送られ、俺と炎狼は冒険者ギルドを後にした。

「……何処かで聞いた名前だと思ったんだよな、リラン平原」

俺はぼやきつつ、羽ばたいていたフォルフォの胴体を蹴り上げ、勢いのままに後方に宙返りしたついでに、飛び立つ寸前だった別のフォルフォを踏みつぶす。

草原の真ん中でぼんやりと光りながら啜り泣く少女めがけて、誘蛾灯に誘われたように飛んでくるフォルフォの群れ。俺がすっかり失念していた『リラン平原の亡霊』は、月光の下でほろほろと泣き続ける幼女の亡霊だった。

夜にしか現れないフォルフォの出現を待って狩りをしていた俺と炎狼の前に、月光の下から滲み出るように姿を現した幼女の亡霊。彼女は驚愕する俺と炎狼を他所に草むらに膝をつき、懸命に何かを探す仕草を繰り返した。そして、どうしてもその『何か』が見つからないようで、両手で顔を覆い、泣きじゃくり始めてしまったのだ。

俺達には、彼女の泣き声は聞こえない。だがどうやら、モンスターのフォルフォには聞こえてしまうものらしい。害が無ければ放置でも良かったのだが、集まってくるフォルフォに体当たりされた彼女はよろめき、その度に苦しそうに身体を震わせている。彼女を包んでいる燐光が、少しずつ減っていく様子が目に見えて判る。

見た目通りに正義感の強い炎狼がすぐに飛び出し、俺もその後を追う。フォルフォの討伐依頼数は五十匹だったが、幼女の亡霊を守って戦ううちに、とうにその数を超えたと思う。やがて幼女に集まり続けるフォルフォを全て退治してしまうことに成功した俺と炎狼は、流石に疲れて草むらの上に寝転んだ。

幼女もその頃には何とか泣き止んでいて、寝転ぶ俺と炎狼の間にちょこんと座り、すんすんと軽く洟を啜りつつ俺達を見下ろしている。

「おーーっ……レベル19になっている」

寝転んだままステータス確認をする俺の隣で、炎狼も同じ姿勢で快活に笑う。

「良いな！　依頼報告をしたら20に届くかも知れん」

「順調なのは嬉しいが、結構疲れたな」

ごろりと寝返りを打った視界に入るのは、俺達をじっと見つめている、半透明の幼女の姿。視線をそそぐと【リラン平原の亡霊：チュテ】というテロップが浮かんでくる。

「えーと確か……チュテ？」

俺に名前を呼ばれた幼女は驚いた表情をして、それから、こくりと頷く。間違いない。あの、初めて【慧眼】の効果を確かめたキャンディの説明にあった少女の亡霊だ。

「はい、手を出して」

俺はインベントリの中からパステルカラーの包み紙に包まれたキャンディの残りを全部取り出し、小さな幼女の掌にころころと転がしてやった。

『……！』

幼女の表情が輝き、彼女の輪郭を描いていた燐光が、美しく煌めく。

『お兄、ちゃん、たち。ありが、とう』

両手でキャンディを包み込んだ彼女は立ち上がり、まだ寝転んだままだった俺と炎狼の頬に、ふわりと軽いキスをしてくれた。

そして嬉しそうな笑みを浮かべたまま、月光に溶けるように、消えていった。

直後に、俺と炎狼の前にまたテロップが浮かぶ。

【シークレットクエスト『リラン平原の亡霊』を最適解クリア致しました。PTメンバー全員に、クリア報酬として［チュテの祝福］が授けられます】

通知のテロップが消えた直後。寝転んだまま驚いている俺と炎狼の上に、淡い光の粒がキラキラと降り注いだ。それは肌に触れると一瞬だけ強く輝いて、身体の中へ吸い込まれるように消えていく。

俺は急いで起き上がり、自分のステータス画面を確認してみる。称号のタブの中に、［チュテの祝福］が増えている。称号の説明そのものは比較的あっさりしていて、【リラン平原の亡霊、チュテを救った者に与えられる称号】となっているが、吹き出しになった説明文の右上がまたもや［ここから捲(めく)る］と目印を浮かべている。

俺は炎狼がステータスを確認している間に、その表面をペロリと剝がしてみた。

【リラン平原の亡霊、チュテを正しく救った者に与えられる称号。称号効果：幼きものの守護者。七歳以下のＮＰＣが護衛対象に含まれる場合、全ステータスに＋20％の効果を得

ることが出来ます】

わ、優秀。今は恩恵が少なくても、今後レベルが上がっていくと、これはかなり強力なバフになるんじゃないか。まぁ、護衛対象が子供ってところがちょっとニッチだけど。

俺と炎狼は体力の回復を待ってからホルダに帰り、そのまま冒険者ギルドに直行することにした。今回のフォルフォ退治は駆除クエストだったので、モンスターの死骸を全部持ち帰っているわけではなく、くるりと丸まった長いストロー状の口の部分だけを討伐証明として集めてきている。その他のドロップ品は［蝶々の鱗粉］と［花の蜜］と［産卵前の卵：フォルフォ］がそれぞれ十個ほど。どれもレアドロップ品ではないが、クラフトの素材に使われたりするらしいので、炎狼と半分ずつ分けた。

街に戻った俺達が冒険者ギルドの入り口を潜ると、ロビーは昼間より閑散としていた。プレイヤー達はともかく、リーエンの住人達は眠っている時間帯だからだろう。受付にも昼間に見かけた受付嬢ではない青年が座って、冒険者達に対応してくれている。

「すみません、依頼達成の報告をしたいのですが」

「はい、どうぞ」

比較的空いていたおかげで、俺達の順番もすぐに回ってきた。討伐証明のフォルフォの口と冒険者証をカウンターに置くと、制服姿の青年はにっこりと笑う。

「頑張りましたね。依頼達成度は……180％。ちょっと狩りすぎましたか？」

「つい、うっかり」

「あまり無理をなさらないように。それでは冒険者証をお預かり致します」

俺と炎狼の冒険者証が、再び石板の上に置かれる。依頼を受けた時は緑色の光が出ていたが、今度は青色の光が漏れた。これで、依頼達成の手続きが終了したらしい。

同時に俺と炎狼の頭上で、またもや鳴り響くファンファーレ。

「わっ」

「おぉ⁉」

びくっと肩を竦める俺と炎狼に降り注ぐ紙吹雪。これ、結構恥ずかしいよ？

【基礎レベルが20に到達しました。［ネイチャー］の取得が可能です。［ネイチャー］の取得は自室内で行います。安全にログアウト出来るホームに移動しましょう】


ついに、来たか。

当然同じテロップが浮かんでいるだろう炎狼と顔を見合わせ、俺達は、互いに頷き合う。

友人同士でも、仮面は互いの実力で見抜き、暴くべき。

予め（あらかじめ）そう決めていた俺と炎狼は［ネイチャー］取得に備え、パーティを解散させた。

「また、一緒に狩りをしよう」

「もちろんだ。シオンで行動する時は、連絡する」

「あぁ、俺もだ！」

ハヌ棟の前で炎狼と別れ、俺は五階の角部屋にある自室に戻る。

UIには【［ネイチャー］を取得しましょう】のクエスト指示が、点滅を続けていた。

リーエンの中でも、重要なシステムの一つだからだろう。

さて、俺の［ネイチャー］は、何だろうな。新たな戦闘職か、あるいは生産職か。興奮気味の心を抑え、俺はそっと、クエスト開始の【Ｙｅｓ】に触れる。

足元の床に幾何学模様の魔法陣が描かれ、その中から、何かが生まれようとしているのが判る（わかる）。それは宙に浮かぶと緩やかな円を描きつつ、魔法陣の中心に立つ俺の中に吸い込まれていった。チュテの祝福を受けた時と同様に、違和感は無いが、不思議な感覚。

手を握ったり閉じたりしている俺の前に、いつものテロップが浮かぶ。

【プレイヤー『シオン』様が［ネイチャー］を取得されました。あなたの［ネイチャー］は、［宿屋］です】

……は、宿屋？　宿屋、とは。あの、宿屋だろうか。

暫く考え込んでしまった俺だったが、気を取り直し、UIに増えた［ネイチャー］のタブを開いてみた。そこに記されている職業はやはり［宿屋］だ。冒険者をやりつつ宿屋の運営をやるってことか？

この世界で宿屋って、需要があるのだろうか。プレイヤーには最初から個室があるし、NPC達にも家がある。でも、他の国に行った時は、多分宿屋に泊まる必要があるよね。

何はともあれ、まずは宿屋についての説明をよく読んでみよう。

〈宿屋レベル１：
・一辺が３ｍの立方体型の基礎を自由に設置できます。
・宿屋レベル１の完成条件は、基礎の中に『個室』が一つ、『食堂』が一つ、それぞれ設営されていることです。
・宿屋レベル１の運用条件は、宿泊客が個室で休息をとること、食堂で食事をとること、対価を支払うことの三つです。
・基礎の敷地内では、限定スキル［宿屋の主人］を行使出来ます。

〈宿屋レベル2までの目標宿泊者数：0／20〉

……んん、余計に判らなくなったぞ。［宿屋の主人］というのは、基礎の敷地内でだけ使える限定スキルみたいだけど、詳細不明。とにかく、試してみるしかない。

「まずはネイチャー用のアバター作りだな」

仮面システムがあるので、格闘家の『シオン』と宿屋の主人は、別のアバターを準備する必要がある。俺はそのうちもう一つネイチャーを貰える予定だけど、どのタイミングで貰えるかは、まだ判らない。

ネイチャーのアバターは、正体がばれないようにと考えたら、性別や年齢を変えるのが良策だ。でも俺のメインアバターは、整えているとは言っても、NPC達に紛れるぐらいの平凡な容姿。だったらいっそのこと、あまり変えすぎないのもありじゃないか？

俺は自分のメインアバターを基に、少しずつ変化を付け加えていく。髪の色や体格などは殆ど弄らず、肌は基本の色に戻す。髪は元のものより少し長く、顔立ちをもう少し華やかなものに整え、瞳を錆色から甘めの蜂蜜色に変える。

鏡に映し出された新しいアバターの姿は、『シオン』とは方向性が真逆な人物像に変わっていた。少し瞳を眇めて視線を斜めに流せば、どこか貴族っぽい雰囲気も出せる。

うん、上出来。俺は完成したアバターをネイチャーに紐付けて保存し、この先［宿屋］の主人を務めるそのアバターに『カラ』と名前をつけた。

「よし……じゃあ移動」

宿屋の説明文を読む限り、差し当たってまずは一辺が3ｍの立方体が置ける場所が必要となる。ハヌ棟の個室は狭くはないが、さすがにその大きさの何かを置くとなると、おそらく家具が壊れる。幸い、リーエンの世界はまだ深夜の時刻だ。遠出をするのは良くないけど、フォルフォを倒したリラン平原ぐらいまでならば、そんなに危険はないだろう。

俺はハヌ棟より一番近い門から町の外に出て、炎狼と一緒にフォルフォを倒したリラン平原に向かう。途中、町に帰ってくる冒険者達とすれ違ったりもしたが、街道近辺は治安が守られている為か、単独行動の俺を気にする様子は無い。

小さな木立の間を通りかかったところで、周囲に人の気配が無いのを確かめてから［格闘家］から［ネイチャー：宿屋］に切り替えをする。体格を変えていないので主観的な感覚の変化は無いが、ステータス画面はちゃんと［宿屋：レベル１］を示していた。

すぐに到着したリラン平原は、緑色の草に覆われた広々とした場所だ。ホルダからも近く、日中は子供達の遊び場になっている。夜間にはフォルフォなどの低級モンスターが出没するが、いずれも低レベル、かつノンアクティブ。自分から攻撃を仕掛けてこない性質のものばかりだ。経験値(ち)稼ぎにも向いていないので、討伐依頼か採集依頼がない限りは、訪れる冒険者も少ないらしい。現に今も見回した視界の中に、俺以外の冒険者の姿は見当たらない。人目が無いのは、今回は好都合だけど。

俺は早速［宿屋］のスキルリストを開き、一番上に表示されている基礎(ベース)を選ぶ。

「【基礎(ベース)設置】」

俺の口と腕が勝手に動き、言葉と同時に差し出した掌(てのひら)の先に、大きな立方体の枠組みが現れる。手を軽く動かしてみると、立方体の中心にある小さな球が動き、枠組みも一緒に動く。成るほど、これが座標軸の中心ってことか。

障害物の無い平原の上では、３ｍ四方の立方体はそう大きなものでもない。俺は枠組みの底が地面と接するぐらいに高さを調節した上で、開いていた掌を軽く閉じた。枠組みが一瞬輝いた後に、薄い透明の膜に覆われた空間が、立方体の形に区切られたことが、何となくだが判る。見た目には何の変化もない空間の中に足を踏み入れてみたけれど、特に何かしら変化した所は見受けられない。

「しかし、この中に個室と食堂って……難しくないか？」

高さはそれなりにあっても、床面積が３ｍ×３ｍしかないのだ。どう要件を満たしたら良いのか、考える必要があるだろう。

「あ、そうだ」

宿屋の説明文を読んだ時に気になった、もう一つのスキル。あれも、試しておくか。

「【宿屋の主人】」

俺の言葉と同時に、目に見えない空間の区切りが一瞬、僅かに震える。ステータス画面を開いて確認すると、今度はスキルの説明欄がちゃんと開いてくれた。

〈宿屋の主人：レベル1

・基礎内の環境を自由に設定できます。

・基礎内に建築物を設営できます。

・基礎内を安全地帯に保てます。

宿屋の主人レベルは、宿屋レベルに順じます〉

おぉ？　何だか思ったより凄い。別ウィンドゥで開いた【宿屋の主人】用のインターフェースから、まずは「環境」のタブを開く。ドロップダウンリストで閉じられた項目を確認してみると、宿屋レベル1で調節できる基礎内の環境は、温度と湿度だけのようだ。レベルが上がると天候まで選べるみたいだけど、今は選択できない。

続いて「建築」のタブ。ここに表示されているリストの項目は『個室』と『食堂』の二つだけ。俺はとりあえず『個室』項目の一番上に表示されている『簡易個室』を選び、基礎内に設置してみた。

【簡易個室を設置しますか？】【Ｙｅｓ／Ｎｏ】

簡潔な問いかけに、俺は迷わず、Ｙｅｓの文字を選ぶ。

基礎の中に広がる空間が少し揺らぎ、簡易個室の枠組みと、座標軸の中心が掌の先に現れる。それを適当に地面の上に合わせて再び拳を握れば、次の瞬間には『簡易個室』が基礎の中に設置されていた。

この『簡易個室』は、骨組みの上に布を被せた、楕円のドーム型になっている。高さは１ｍぐらい、楕円の長軸はだいたい２ｍ、入り口がある短軸は１・５ｍ程か。

ちなみに、とても見覚えのある形だ。半円のドーム型で、骨組みの上に布を張り、中に寝袋まで準備されているものとあれば。

「……どうみてもテントです。ありがとうございます」

誰に言うでもなくぼやいてしまったが、文句があったら俺の淡い期待を返して欲しい。

まぁ、確かに個室といえば個室なんだけど。続いて設置してみた『簡易食堂』は、真ん中に薪を組んだ焚き火があり、それを挟んで小さな丸椅子が対面で置いてあるだけの「どうみてもキャンプです」としか形容のしようがない代物だ。

【宿屋が完成いたしました】

「マジですか」

こんな物でも、宿屋の設営条件を満たしてしまったらしい。

首を捻りつつ考え込む俺の耳に、軽い通知音が届く。

【宿泊希望者が基礎の外に到着いたしました。受け入れますか？】【Ｙｅｓ／Ｎｏ】

テロップに記された通知に俺は驚いて周囲を見回してみたが、基礎の外は夜の草原が広がっているだけで、人の気配はない。

「何処に希望者がいる……って、おい、嘘だろ」

基礎の外に、力尽きたように座り込んでいたのは。周りに生えている草と同じぐらいの大きさしかない、小さな人の姿をした、何か。俺が声をかける前に傷だらけだったそれはふらふらと身体を揺らし、ぱたりと地面に倒れ込んでしまう。

「ちょっ……！　大丈夫か！」

俺は急いで【Ｙｅｓ】を選び、基礎の外に出て、両手で軽く持ち上げられるサイズのそれを抱き上げる。童話に出てくる妖精みたいな大きさの身体と、傷だらけの細い手足。背中には、ボロボロになった、透明の翅。服は薄汚れているけど、中世の貴族が身につけているみたいな、刺繍の入った長いコートだ。

俺がその妖精っぽい生き物を抱えてすぐに、何かが草むらの中を走る気配が、まっすぐこちらに近づいてきた。俺はすぐに小さな生き物を抱き上げたまま、基礎の中に戻る。

『ギャギャギャギャ‼』

ものの数秒もしないうちに、円形の母体に四本脚がついた変な機械が草むらの中から飛び出してきた。大きさは、俺の腰ぐらいだろうか。驚く俺を他所に、脚の節についたカメラがジィジィとレンズを調節する音を立て、俺が抱えているものに焦点を合わせている。

『ギギギ……［交渉］』

いかにも人工っぽい音声が、機械の中から漏れた。

『捕獲目標No.209ob所持ノ生命体発見。交渉条件ヲ提示』

母体の中から引き出し状の筒が出てきて、脚の先端にある手の形をした機械の上に、金貨が積み上げられる。商人ルイボンから貰ったものと同じ金貨だ。ざっと見た目だけでも、五十枚近くありそうだ。

【あなたに、捕獲用自動人形CS型から［金貨五十五枚］と［???］との交換交渉が提示されました。応じますか?】【Yes／No】

「いや、無いだろ」

俺は脊髄反射で【No】を選ぶ。捕獲用自動人形とやらは俺の拒絶を受け、怒ったように脚を振り上げる。

『交渉決裂。武力介入ニテ目標捕獲ヲ行使』

逃げるか、どうするか。俺が考えている間に、機械はシャカシャカと四本脚を動かし、俺から距離を取った。

『ギャギャギャギャ!!』

助走をつけて走る勢いのまま、俺に飛びかかろうとして。

『グギャアッ!?』

基礎が作り出す透明な壁にぶち当たり、華麗に四散してしまった。

「え、えええ……？」

流石に、怒涛の展開に思考が追いつかない。基礎の外で粉々になった機械の残骸をしばらく茫然と見つめてしまっていた俺に、軽い電子音とテロップが、通知を知らせてくる。

【『カラ』様が撃退した捕獲用自動人形CS型のドロップアイテム取得制限時間まで、残り五分です】

一応、俺が倒したことになっているのか。どう見ても自滅でしたけど。まぁ、貰えるものは貰っておこうかな。俺は両手の上にのせていた妖精風の生き物をテントの中に寝かせ、基礎の敷地から外に出て、周囲を確認しつつ、残骸の近くにそろそろと近寄ってみた。散らばっているネジやら歯車やらに紛れ、小さな袋に纏められて幾つか転がっているのが、あの変な機械からのドロップアイテムらしい。俺が指先で袋に触れると、袋の中身がインベントリの中に次々と収められていく。

「[鋼板]三枚、[電子回路]二個、[金貨]五十五枚……って、さっき交渉に出していた金貨じゃん」

でもまぁ、アイテムに罪は無い。うーん、何だろう、この変テコ機械。とりあえずは、テントの中に寝かせたままの妖精さん（仮）が回復した後で、話を聞くとしようか。

そう考えた俺は焚き火に火を点け、掌を温めながらのんびりと妖精さん（仮）の目覚めを待つことにした。

待っている間に、宿屋関連のスキルに【慧眼】が発動してくれないか試してみたんだけど、反応が無い。自分で発動を選べないタイプのスキルってここら辺が面倒だよな。

「ん……」

焚き火にあたっていた俺の耳に、テントの中から漏れた小さな声が届いた。

「お、起きたかな」

夜明けが近づいていることもあり、リラン平原の空は、地平線の方が少しずつ白くなってきている。俺はテントの入り口にかかっていた布をたくし上げ、寝袋の上でキョトンとしていた小さな妖精さん（仮）に声をかけた。

「おはよう」

「っ！」

俺の言葉に慌てて立ち上がろうとした小さな身体が、前のめりに転げてしまう。

「おぉっと、大丈夫？」

急いで差し出した俺の手に、妖精さん（仮）の手が摑まる。掌に、続いて腕に、身体に、最後に顔にと視線を移した不思議な生き物は、こくこくと頷いてみせた。俺は摑まれた手をそのままにして、妖精さん（仮）を掌にのせてテントから外に出してやる。

明るくなってきた空の下でよく見ると、妖精さん（仮）は、随分と綺麗な顔立ちをしていた。土埃で汚れてしまってはいるが、ダークブルーの艶々とした髪に、長い睫毛に縁取られた、緑色の大きな瞳。真っ白い肌と、背中に生えたカゲロウっぽい透明な翅。刺繡の入ったコートは、膝の後ろぐらいまでの長さがある。性別ははっきりしないけど、長いパンツを穿いているし、なんとなく王子様っぽい。

妖精さん（仮）じゃなくて、多分これ、ストレートに妖精さんなんじゃないか？

「えーと……君は、妖精……で合っている、かな？」

俺の問いかけに、掌の上に座った彼はこくりと頷いた。

そして何かを言葉にしようとしたのだが、うまく声が出せないらしく、「あ」とか「う」とか小さな単音だけをぱくぱくと口を動かして発声した後に、ムゥとした表情で唇を尖らせている。メッチャ可愛い。

「俺はカラ。一応確認するけど、君を追いかけていた機械、壊しても大丈夫だった？」

「む⁉」

さすがにもう残骸は消えてしまっているので、ドロップアイテムの電子回路や鋼板を見せて機械が自滅したことを説明すると、妖精さんは見るからにホッとした表情になった。

やっぱり追いかけられていたのか。

「なんか凄く追われていたね。……君、何か悪さしたの？」

「ぬ！」

今度はブンブンと首を振って、大きく否定される。真偽は判らないけど、まぁいいか。

妖精さんを椅子の上に座らせたところで、彼の腹が『クルル』と音を立てる。

「……う」

腹を両手で押さえ、しょんぼりした表情になる妖精さん。あー、腹が減ったのか。

何か食べさせてあげたいけど、キャンディの残りは、チュテにあげちゃったもんな。今インベントリの中に入っているのは、変テコ機械のドロップアイテムと、フォルフォのドロップアイテムである［蝶々の鱗粉］［花の蜜］［産卵前の卵：フォルフォ］ぐらいだ。

とりあえずフォルフォのドロップアイテムを取り出して妖精さんに見せてみると、瓶に詰められた［花の蜜］を目にした妖精さんの瞳が、キラキラと輝いた。

「る！」

「お、これ？」

手を伸ばし、ぱたぱたと足をバタつかせる妖精さん。俺がコルクの蓋を外して［花の蜜］が詰まった瓶を持たせると、妖精さんは、瓶の中身を元気に啜り始めた。

「わお、凄い食欲」

俺の掌にのるサイズの瓶も、妖精さんにとってはかなりの大きさだ。しかし妖精さんはその身体のどこに入っていくのかと問い質したくなる勢いで、［花の蜜］を飲み干していく。

「……ぷ」

やがて瓶が綺麗に空になってしまうと、妖精さんは、満足そうな声を漏らした。

「お腹一杯になった？」

「ん！」

俺に笑い返した妖精さんの上に、太陽の光が降り注ぐ。

するとどうだろう。驚いたことに、穴だらけだった妖精さんの背中の翅と衣服が、太陽の光を吸い込むように輝きながら、あっという間に修復されてしまった。

「……オプ！」

「お？」

「オプ！」

おぉ。言葉にできる単語が、二文字になった。

「オプー！」

「……赤ちゃんかな？」

背中の翅を広げ、首を傾げる俺の膝に飛び乗ってきた妖精さんは、俺の反応にまたもや頬を膨らませている。可愛い。

「まぁ、元気になって良かったよ。またあの変テコ機械に追いかけられないようにね」

「あい！」

「あは、良いお返事」

俺もそろそろ、ログアウト予定の時刻だ。お試しで設置したこの宿屋も、撤去してしまわないと。立ち上がろうとする俺の目の前に、ずいと何かが差し出される。

「え？」

戸惑う俺に向かって差し出されているのは、多分、妖精さんが腕に嵌めていた金色のバングルだ。俺にとっては、小指に嵌める指輪ぐらいのサイズになるか。

うーん……お礼のつもりかな。だけど、こんなに上等そうなものを貰うようなこと、特にしていない。なにせ変テコ機械は、自滅して勝手に倒れてくれたようなものだし。

「いいよ。ドロップしたお金貰っているしさ、そのバングル、大切なものなんじゃないか」

「うー！」

ぽこぽこぽこ、ちっとも痛くはないけど、怒った表情で俺の腕を叩く妖精さん。

もしかしなくてもこれは、受け取らないと、失礼なものだったりする？

「分かった、分かった。貰う、貰うからさ。ありがとうな」

降参した俺が大人しく右手を差し出すと、ふん、と鼻を鳴らした妖精さんは背中の翅を羽ばたかせてふわりと宙に浮かんだ。妖精さんが手にしていたバングルを俺の小指に嵌めた瞬間、細かな彫金が施されていたバングルがきらりと輝き、俺の小指に吸い付くようなリングへと形を変える。

【ユニークアイテム［？？？］を手に入れました】

「……え？」

【宿屋の運用条件を満たしました。宿屋レベル2までの目標宿泊者数：1／20】

　何ですと？　驚いている俺を置いてうんうんと満足そうに頷いた妖精さんは、背中の透明な翅を広げ、引き止める間も無く草原の向こうへ飛んでいってしまった。

　ちょっと待って、と手を伸ばした形のままフリーズしてしまった俺の右小指に燦然と輝く、金色の指輪。

「いろんなこと、いっぺんに起こりすぎだろ……」

　右手で額を押さえ、俺は「はぁ」と溜息をついてしまう。

　通常は敵対モンスターが出現しないリラン平原に現れた謎の変テコ機械。それに追われていた、王子様風の妖精。宿屋の主人スキルのおかげで撃退出来たけれど、本当はレベル20の格闘家『シオン』程度では、太刀打ち出来なかった敵の可能性が高い。

　しかし俺は偶然とは言え、それを倒してしまった。妖精から貰った指輪が、説明文を読もうとしても［？？？］のままであるのも、通常、俺のレベル帯が手に入れられる代物ではないからじゃないか？　……残念なことに、【慧眼】は何も教えてくれない。

「そうは言っても、手に入れちゃったものは仕方がないよなぁ」

　どんな効果があるのかは判らないが、まぁ、悪いものじゃないとは思う。それに細かい彫金が施された指輪は、見た目的に相当カッコ良くて、装飾品としても大事にしたい。

俺は目の高さに右手を掲げ、太陽の光でキラキラ輝く指輪を眺めた後で、それを指から外してインベントリに入れようとしたのだが。

「……抜けないじゃん」

嵌められた金色の指輪が、右小指の皮膚に異常な迄のシンデレラフィットをおこしていて、そこから微動だにしない。オイオイ妖精さん、マジか。

「まさかの呪われている指輪⁉」

暫く悪戦苦闘して、どうあがいても指輪が抜けないことを悟った俺は、仕方なく、リラン平原に展開させていた［宿屋］を、指輪を嵌めたまま撤去する。

あ、そうだ。妖精さんから指輪を受け取った後【宿屋の運用条件が満たされました】って通知のテロップが入っていたよな。確か宿屋の運用条件は、宿泊客が、個室で休息を取ること、食堂で食事をとること、対価を支払うこと。

保護した妖精さんが気を失っていたので、俺はドロップアイテムを拾ったりする間、彼を『個室』として設営したテントの中に寝かせていた。その後、目を覚ました妖精さんが腹を空かせていたので、『食堂』として設営した焚き火の前に置かれた椅子に座らせて、［花の蜜］を食べさせた。そして最後に、指輪という対価を貰った。

……成るほど。偶然が重なって、条件満たしちゃったんだね……。

「次は、もうちょっと考えて行動しないと……あんまり目立ちたくないなぁ」

残りの宿泊客確保目標は、十九人。テントは頑張れば二人は泊まれるかもしれないけど、快適性を考えると、概ね一人用と考えた方が良いだろう。メインの格闘家を鍛えつつ、どこら辺が宿屋の展開に向いているか情報を集める必要があるよな。でも、宿屋っていう職業をあまり耳にしないことを加味すると、考察の余地がある。慎重に行動しないと。

そう自分を戒めながら、俺はリラン平原からホルダに戻ったのだった。

第三章　東へ

それから数日の間。俺は『シオン』として冒険者ギルドで簡単なクエストをこなし、少しずつレベルを上げていった。ログインしてきた炎狼に声をかけられて何度かパーティを組んだ甲斐（かい）もあり、格闘家のレベルは25に到達している。

毎日貰えるログインボーナスは、今のところ［体力回復薬］や［魔力回復薬］が中心だ。

リーエン＝オンラインが正式稼働（かどう）となってから、そろそろ一週間。公式からの通達では、もうすぐ【第一次冒険者ランクアップ解放クエスト】が始まるらしい。どんなクエストになるかはまだ判らないが、結構楽しみ。

そして俺が、討伐依頼を幾つかソロでこなした後の、帰り道のことだ。

「そこの君！　すまないが、手を貸してくれないか！」

「あ、はい」

怪我をして、街道近くの繁みに座り込んで助けを求めていた男性を見つけた俺に、【男性を冒険者ギルドまで送り届けましょう】という謎の強制クエストが発生した。

なんとそれこそが、ランクアップ解放クエストの始まりであったらしい。

負傷した男性を送り届けた俺は、自然な流れで、ホルダに近いダンジョン『ソクティ』でスタンピード勃発の兆しありの報告を、ギルド職員達と一緒に耳にしてしまっていた。

スタンピードとは、ダンジョンからモンスターが溢れ出てしまう現象のことだ。モンスターが定期的に生み出され続けるダンジョンは、討伐や攻略を行わないことで討伐数が下がってしまうと、このスタンピードと呼ばれる災いを招くことがある。

「Dランク以上の冒険者達に招集を！　E・Fランクの冒険者達は、隣国に救援を求めに行ってくれ！」

ギルドマスターの指示に、冒険者ギルドの中は急に慌しくなる。

ちなみに俺は、まだFランク。攻略組の中にはEランクに到達している猛者もいるらしいが、それ以上はまだ［無垢なる旅人］達に解放されていない。この事件が、ランクアップ解放クエスト攻略の糸口になるんだろうな。ギルドマスターの言葉を耳にした俺の視界に、太枠に囲まれたテロップが、重要クエストを示す点滅を繰り返しながら現れる。

【ホルダ近郊のダンジョン『ソクティィ』でスタンピードの兆しがあります。負傷したギルド職員の代理として、冒険者ギルドで書簡を受け取り、隣国の冒険者ギルドに救援依頼を届けましょう】【イーシェナ／ウェブハ】

俺が街道で拾った人は、ギルド職員さんだったのか。そして今回のクエストは、行き先が東西どちらかを選べるらしい。東に行くならイーシェナ、西に行くならウェブハだ。

ログインしているプレイヤー全員に同じ通知が届いたのだろう［無垢なる旅人］達が次々と冒険者ギルドに駆け込んでくる。俺は炎狼がログインしていないか確認してみたが、残念ながら不在か、あるいはネイチャーで行動しているかのどちらかみたいだ。

「E・Fランクの冒険者の皆様！　今回の依頼においては、冒険者ギルドより特別に地図の配付がございます！　配達対象の書簡と一緒に、必ずお受け取りください！」

声を張り上げている受付嬢の前に俺も並び、首からかけていた冒険者証を提出して、緊急クエストの受託手続きをしてもらうことにする。

「シオン様は、どちらの国に伝達に出ていただけますか？」

受付嬢の問いかけに、俺は少しだけ考えてから、「イーシェナで」と答える。予備知識がないので、そちらを選んだのは何となくのフィーリングでしかない。

「イーシェナですね。それでは、配達書簡と地図をお受け取りください」

受付嬢から渡されたのは、封蝋の施された書簡と、四つ折りにされたマップだ。俺の後ろにもクエスト受託待ちのプレイヤーが並んでいたので、俺はとりあえず受け取った書簡と地図をインベントリに入れて列を離れる。同時にプンとテレビの電源を入れた時のような軽い電子音がして、視界の右上に半透明の地図が表示された。

成るほど、マップを持っていると、こんな風に反映されるのか。

「セントロの首都『ホルダ』からイーシェナの首都『ヤシロ』までは……徒歩で、だいたい五日か。結構かかるんだな」

当然、徒歩以外の移動手段を用いれば、それはもっと短縮できるのだろう。

でも俺としてはせっかくだから、自分の足で踏破を試みたい。

「そうと決まれば、まずは旅の準備だな」

旅の支度には、それなりに金が必要だ。幸運で手に入れた資金はあるが、インベントリに入る量には限界があるのだから、結局はちゃんと考えないといけない。

まずは食糧と水。徒歩五日となっていたけど、旅慣れていないのだから、一週間分は準備した方が良いと思う。途中の町で補給出来る可能性も高いが、過信は禁物だ。

それと、野営に備えての寝袋とランタン。危険を感じるようなら、ちょっとずるい方法になるが、リーエンの中で夜が経過する時間帯だけログアウトして凌ぐって手もある。

「確か、ダンジョンに潜る冒険者用の保存食が、雑貨店とかに売っていたよな」

それなら、数を合わせてストックできるタイプのものが、何種類かあるはずだ。多少は値が張っても、質が良いものを選ぶとするか。

「あ、そうだ」

この旅程の途中で、宿屋について検証したいと考えていたことを試そう。それを踏まえるとどうせ炎狼を誘うことができないので、現状が好都合と言えば好都合だ。

俺は早速雑貨店に赴き、ストックできる瓶詰の水、燻製肉の塊、乾パンなどの日持ちが利く食料と、ランタンに寝袋、小さなナイフなどの雑貨品を買い込んだ。

ついでに、店員に料理について聞いてみた。料理人という職業と調理スキルはあるのだが、一般家庭の食卓に上る家庭料理であれば、スキルのない人でも料理はできるとのこと。

まぁ、確かにそうでないと、世のお母さん方が困ってしまうよな。

準備を整えてホルダの東門に行くと、そこは出立準備を整えたプレイヤー達で溢れかえっていた。その中にはちらほらと、プレイヤー達とは雰囲気の違う冒険者達の姿も見える。

多分彼等は、NPC側の駆け出し冒険者達。整備された街道を隣国まで行くだけで完遂できるこのクエストは、NPC達にとっても美味しく感じる類なのかもしれない。

「イーシェナまでの臨時パーティ、ヒーラー、募集中！」

「タンク入れるところありませんかー！」

ホルダを発つ前に臨時パーティを募集する呼びかけが、盛んに交わされている。パーティを組むと前提した場合、回復と盾役はやはり需要が高いよな。ちなみに攻撃役は、人気職ゆえに前衛後衛ともにあぶれやすかったりする。

俺のメインである『シオン』の格闘家は、打撃と蹴りを主体に戦う攻撃役であるが、ヒーラーには及ばない程度でも回復とバフの付与、肉体強化スキルを応用した一時的なタンクの代役などが可能だ。器用貧乏になりやすいけど、スキルの裾野が広いのは間違いない。だからこそ、いわゆるソロ特化型に育てていくことも可能だ。まぁ、最終的にシオンをどう育てていくかは、まだ模索中なんだけど。

ごった返している東門をさっさと抜けようと、門を守っている衛兵に冒険者証を提示して通行の許可を求めたのだが、何故か首を傾げられてしまった。

「……えーと、冒険者『シオン』。その子も一緒に、旅に出るのかい？」

「え？」

「ミャア」

衛兵と俺と、そして三つ目の声が、足元から聞こえる。慌てて視線を下ろしてみると、俺の脹脛の間から、三色の毛皮を持つ小さな生き物がするりと滑り出してきた。

「え……猫……？」

「ニャン！」

ごろごろごろ。俺の足首あたりに、喉を鳴らしながら頭を擦り付けてくる、一匹の仔猫。

俺が抱き上げようと手を伸ばすと、ぴょんと腕に飛び乗り、腕を伝って肩まで駆け上がり、今度は俺の頬にすりすりと身体を寄せてくる。ふえぇ、可愛い……。

「よく懐いているねぇ」

「シオン君、テイマーの素質があるんじゃないかな？」

「いや、俺は格闘家なんですけどね？」

俺は手を伸ばし、上機嫌に尻尾を揺らしている仔猫を胸の前で抱え直してみた。何を訴えているかは判らないが、ピンク色の肉球でぷにぷにと俺の腕を押しながら鳴いている姿に、何処となく見覚えがある。何より耳の上につけている、小さな花飾りは。

「あ！」

あの『華宴の広場』で、初めてクラフトした三色スミレの花飾りをあげた三毛猫だ。

「知っている猫かい？」

「あ、はい。前にちょっと」

俺が頷くと、衛兵は俺の腕の中で喉を鳴らしている猫に「ちょっとごめんね」と断ってから丁寧に首の周りを触って、首輪がついていないのを確かめる。

「うん、野良だね。この子を従魔にするならテイマー協会でスキルを会得する必要があるし、ペットとして飼うならキダス教会で親密度の確認をしてもらわないといけないよ」

「えっ、普通に飼っても良いんですか」

「これだけ懐いているから、親密度の心配はなさそうだけどね。君は［無垢なる旅人］だろう？　特に、ペット飼育の制限は無いはずだ」

「そうなんですか」

ミユ？　と見上げてくる仔猫の背中を撫でながら、俺はしばし考え込む。

正直に言えば、とっても飼いたい。リアルの世界では住居の制限上、飼育許可が出ているのは鳥籠か水槽の中で飼育できる小動物か、あるいは電子型ペットに限られている。こんな風にもふもふした毛並みの猫なんて、当然ながら飼育禁止なのだ。

俺はテイマーになるつもりはないので、キダス教会で親密度チェックとやらを受けるのが順当になるだろう。しかし衛兵の話では、教会に親密度確認を申請してから実際の測定、さらに結果通達までを含めると、ある程度の時間を要してしまうとのこと。緊急クエストを受理している最中の冒険者としては、その寄り道は許されるものではないだろう。

「どうしようかな……俺がイーシェナから帰ってくるまで、待っていてくれないか？」

言葉が通じるか分からないけど一応提案してみると、三毛猫は「ミー！」と甲高く抗議の声を上げ、俺の服に爪を立ててしがみついた。

「ミィー！　ミミィー！　ニャア！」

激おこなんですけどぉ。

慌てて仔猫の背中を撫でながら、それこそ猫撫で声で仔猫の機嫌を取る俺の姿に、衛兵達は苦笑している。そんな俺を眺めていた衛兵の一人が「そうだ」と呟き、門扉の脇に設営されている衛兵の詰所に一旦引っ込んだ。すぐに戻ってきた衛兵の片手には、中指くらいの大きさをした木板を、革のベルトに結わえたものが携えられている。

「これを、その子につけてあげたらいい」

「なんですか？　これ」

言葉と一緒に差し出されたものを受け取ると、【迷子札】というテロップが浮かぶ。

「俺の息子が使っていたものなんだけどな」

衛兵曰く、街の外に遊びに出たり野良仕事の手伝いに出たりした子供が、万が一にでもトラブルに巻き込まれて行方不明となった時。この迷子札を身につけておけば、追跡魔法の発動ですぐに所在が分かるようになっているのだと。

「その猫に持たせると、仮の従属獣契約を結んでいると言い分が立つ。ホルダに帰ってきてから、改めて親密度の確認を頼んだら良い。普通に迷子になった時も役に立つぞ」

「へぇ、便利ですね」

「ホルダは治安が良い所だが、それでも子供達にとって危険なことはあるからな」

「成るほど」

俺は素直に頭を下げ、衛兵から迷子札を受け取った。低級とは言え、マジックアイテムの一つだ。おいくらですかと代価を支払おうとしたのに、笑って手を振られてしまった。

「息子が餓鬼の頃、鉄砲玉みたいに外に飛び出してしまうアイツを門のところで捕まえて持たせる為に、常備していた分なんだ。だが息子ももう大人だ。迷子札は要らんだろう」

「でも」

「良いって。無事にイーシェナから帰って来たら、一杯酒でも奢ってくれ」

「……ありがとうございます。必ず」

俺は衛兵に頭を下げた後で、仔猫の首に迷子札のついたベルトを緩く巻き付け、耳の上につけていた髪飾りの位置も修正してやった。

連れて行ってもらえると理解できたのか、仔猫も大人しくされるがままだ。迷子札の表面に作られた2㎝ぐらいの丸い凹みに親指の腹を押し当てると、迷子札が全体的に薄緑色に輝く。これで、俺の魔力が迷子札に登録された形になるらしい。

旅の準備で揃(そろ)えた荷物の大半はインベントリの中だけどバックパックにはランタンと水の瓶を詰めて背負う形を取っている。迷子札を身につけた仔猫は身軽に俺の肩に登り、そのバックパックの上に、ちょこんと腰を下ろす。

「ミヤア」

「はは、良い場所があったな」

「気をつけて行ってくるんだぞ」

「はい、行ってきます！」

俺と仔猫は手を振る衛兵達に見送られ、門を抜けてホルダからイーシェナに続く街道へと足を踏み出した。

ホルダからヤシロに向かう街道沿いにある町は、全部で四つ。ホルダから近い順でミンス、ニカラグ、そして国境の町タバンサイ。イーシェナに入ってからはシラウオという町を経由して、首都のヤシロに到着できる。

「徒歩の場合、街道沿いの町で宿泊しつつ、五日をかけての道程が基本となる……か」

マップを確認しながら歩く俺を、騎獣に跨(また)がった冒険者達の集団や乗合馬車が何度か追い越していく。俺以外にも徒歩でイーシェナに向かっている冒険者はいるみたいだけど、ほとんどパーティを組んで集団行動をしているみたいだ。

朝にホルダを出発してから街道を歩き続け、夕刻には一つ目の町、ミンスに到着することが出来た。目についた宿を回ってみたけれど、何処も満室だ。

俺はとりあえず、閉店間際の雑貨店に駆け込み、水と仔猫の餌をゲットすることにした。この世界、残念ながら、ペットフード的な物は無い。でも俺が背中に乗せている仔猫を見て「可愛い！」を連発した店主の奥さんが、小魚を乾燥させた煮干しのような干物と、瓶詰の牛乳をサービスしてくれた。

ついでに煮炊き用の小さな鍋も購入して、気の良い店主ご夫婦にお礼を述べてから、そのままミンスを通過して、ニカラグに向かう街道に入る。

「君も、今から町を出るのかい？」

「街道沿いとは言え、夜間に単独での行動は危険だよ」

町の出口で心配してくれた衛兵達に「大丈夫です」と曖昧に笑いかけ、俺は暗くなりかけた街道を歩き始める。俺以外にも宿を取り損ねた冒険者達はそれなりの数居るらしく、彼らはミンスの町に留まらず、少しでも距離を稼ごうと街道を先に進んでいるようだ。だけど俺の目的は、少しばかり異なる。

「……ここら辺がいいかな」

ミンスの町から二時間ほど進んだ辺りで周りに人の気配が無くなったのを確認し、俺は街道を離れ、森の中に分け入った。あまりに奥まで行って戻れなくなると困るし、何より危険だ。ギリギリ街道の灯(あか)りが確認できて、少し木立が開けた場所を見つけ、俺は職種を［格闘家］からネイチャーの［宿屋］に切り替える。

「ニャア⁉」

仔猫は外見が変化した俺に尻尾を膨らませて警戒の声を上げたけれど、背中を撫でてやると中身が俺と判ったのか、すぐにゴロゴロと喉を鳴らして指に頭を擦り付けてくれた。

「よし……じゃあまずは【基礎設置(ベース)】」

前回と同様に現れた立方体の枠組みを、開けた空間の中に設置する。

続けて【宿屋の主人】スキルも有効にしてみた。周りに生えている木の枝や葉っぱの一部が基礎の中に入ってしまっているが、特に弾(はじ)かれたりはしていないみたいだ。安全地帯を脅(おびや)かすものでなければ、大丈夫という認識なのだろうか。

あとはテントの形をした『個室』と『食堂』を設営して、焚(た)き火に火をつける。バックパックの飾りで遊んでいる仔猫が火に近づかないように注意をしつつ、さっき雑貨店で買い求めてきた小鍋に水と干物を入れて、火の上に吊(つ)るした。

「せっかく煮干し（？）と牛乳もらったし」

本来はもうちょっと煮干しを水に浸しておく時間を取るべきだけど、ゲーム内での調理に料理手順が何処まで反映されるか判らないし、適当で良いだろう。水が沸騰してきたらスプーンで軽くアクを取りつつ出汁を作り、煮干しを取り出したら出汁に乾パンと牛乳を入れて暫くコトコトと煮込む。

「即席『乾パンチャウダー』の出来上がり！」

「……ミャアン？」

ツッコミが仔猫しかいないから、困る。

インベントリに重ねて入れてきていた木製の器に乾パンチャウダーを注ぎ、燻製肉をナイフで薄く刻んでのせると、見た目には結構美味しそうな料理が出来上がった。先に平皿に注いでおいた仔猫の分には、スープが充分に冷めたのを確認してから、煮干しを小さくちぎってのせてやる。

「じゃあいただきまーす」

「ニャアン」

適当に作ったスープを一口飲んでみた。かなり薄味だが、これはこれであり、といった味わいが口の中に広がる。でも薄味の分、燻製肉と一緒に食べるとちょうど良い感じ。五感を直結しているとは言え、味覚の再現凄いな。料理好きの人は喜びそうだ。仔猫も皿に顔を突っ込むようにして、スープをハグハグと食べてくれる。

「今度旅に出る時は、調味料とかも持ってくるべきだなぁ」

そういえば、リーエンには醤油とかあるのかな。塩と胡椒は売っていたけど。

腹が膨れた後で焚き火を消し、熾火にしっかりと土をかけてから、俺は仔猫を抱き上げて『個室』であるテントの中に入った。寝袋を出して横になると、仔猫がチョロチョロと動いて狭いテントの中を冒険する。

寝転んだまま宿屋の状態を表示するステータスタブを開いて確認してみれば、【宿屋の主人】スキルは継続して有効になっていた。俺が『宿泊客』にカウントされることはないけど、『宿屋』そのものを利用することは可能みたいだ。

「良いな。この先、宿泊費用を節約できるってことだ」

しかも通常の野営と違い、この『宿屋』は安全地帯を保てるスキルも持ち合わせている。これは、遠征の時とか、かなり有能じゃないだろうか。ふむと一人で納得しながら宿屋の設定を確かめていた俺の視界に、通知音と共にテロップが浮かぶ。

【宿泊希望者が基礎の外に到着致しました。受け入れますか?】【Ｙｅｓ／Ｎｏ】

いきなりの通知に、俺は寝袋の上から飛び起き、テントの外に出る。基礎の外に立ち、ランタンの灯りの下で透明な境界線を手で叩（たた）いているのは、見覚えのある小さな姿だ。

「妖精さん!?」

「……ン！」

王子様っぽい服装に、背中の半透明なカゲロウの翅（はね）。やっぱり、この前俺が宿に泊めた妖精さんだ。俺が急いで【Ｙｅｓ】を選択すると、宿屋の中に飛び込んできた妖精さんが、ほっとした表情になる。

『グギャギャギャギャ！』

「あ」

何だか、とってもデジャヴ。俺の予想通りに続いて木立の間から飛び出してきたのは、この前妖精さんを追いかけていた、丸い変テコ機械。

『捕獲目標No.209ob及ビNo.210ti保護ノ生命体発見。交渉条件ヲ提示』

今回も積み重ねられる、大量のルキ金貨。しかも何だか明らかに、この前より量が多い。

【あなたに、捕獲用自動人形（オートマタ）ＣＳ型から［金貨百十枚］と［?・?・?］［?・?・?］との交換交渉が提案されました。応じますか?】【Ｙｅｓ／Ｎｏ】

「だから無いって」

迷う間も無く【Ｎｏ】を選択すると、今回も変テコ機械は歩脚を振り回して憤慨した様子を見せた上に、機械音を立てつつ宿屋の基礎から後退して距離を取る。

「あ、止めといた方がい『ギャギャギャ！……グギャアアアッ⁉』……あー……」

俺の制止も虚しく、助走で勢いをつけて飛びかかってきた変テコ機械は、またしても透明な壁にぶつかり、見事に四散してしまった。

「あーあ……」

頭を掻くしかない俺と、びっくりした顔をした仔猫、そして、キョトンとしている妖精さん。学習能力のない行動からすると、この前ぶつかってきて壊れた機械とこの機械は別物ってことか。動かなくなった残骸に視線を注ぎ、妖精さんは大きく安堵の息を吐く。

「ハー……」

「妖精さん、また追いかけられていたのか」

「オプゥ」

「あれ、でもなんか、大きくなってない？」

確か、俺が揃えた両手に軽くのせられるサイズだった筈の妖精さんは、今はハイハイを始めたばかりの乳幼児ぐらいの大きさに変わっている。俺の問いかけにコクコクと頷いた妖精さんは、コートの前合わせをギュッと閉じていた腕を緩めてみせた。

「え……」

俺は、言葉を失う。妖精さんのコートの中で、ジレにしがみついていた、小さな生き物。汚れてしまっているけど、お姫様が着ているみたいな、白いフリルのドレス。ウェーブした金髪と、ベビーピンクの瞳。そして背中には、穴だらけの蝶(ちょう)の羽。

「……タ」

「ティ！」

「……ニ」

妖精さんが励ますように声をかける傍(そば)で、その小さな生き物は、弱々しい声を上げる。

妖精さんが王子様なら、この蝶の羽を背負った生き物は、お姫様といったところか。なかなかに幻想的、かつ美しい光景なのだが。それより何より、俺が言いたいのは。

「まさかの彼女連れですか‼」

「オプ？」

「……タ？」

「ミャア？」

渾身の訴えに対し、揃って首を傾げられてしまった。

「あ、すみません。何でもないです」

すぐに俺は発言を無かったことにして、まずは仔猫を抱き上げる。

彼女（？）を抱っこしたままの妖精さんを促しテントの中で休ませて、俺は一旦消した焚き火に再び火を熾した。無事に焚き火に火がついたのを確認してから、安全地帯の外に出て、機械が落としたドロップアイテムを拾ってくる。前回同様の歯車や鋼板に加えて、今度は百十金貨という大金を手にしてしまった。うーん……完全なる棚ぼただ。

膝の上でクゥクゥと眠り始めてしまった仔猫を撫でつつ、火の番を続けること数時間。

俺は外部アプリを開き、リーエン＝オンラインの情報交換が盛んなＳＮＳで妖精や変テコ機械が絡んでくるクエストの情報を探してみたのだが、ヒットするものが一つもない。

「……となると。これはクエストじゃなくて、ＮＰＣの自由行動か」

リーエン＝オンラインのＮＰＣ達はそれぞれが独自のＡＩを搭載していて、リーエンという世界の中でそれこそ「生きている」ように行動していると聞く。運営からの誘導はあるが、それは『神からの啓示』とみなされている。背くことは少ないが、指標でしかない。

ＮＰＣ達はそれぞれの利益や信念、使命などの為に、自由に行動することが可能だ。

だからこそ、運営でも予想がつかない物語が、生まれていたりもするそうだけど。

「……カラ！」

「ん、目が覚めたかい？」

天頂近くにあった月が随分と傾いた頃。テントの入り口が開き、王子様風の妖精さんが姿を見せた。俺が手招くと、素直に近寄ってきて、焚き火の前に置かれた椅子に座る。その後を、穴の開いた羽が痛々しいお姫様っぽい小さな妖精さん（仮）もついてくる。

「二人とも、もう大丈夫？」

俺が尋ねると、妖精さんズはコクコクと頷いた。同時に二人のお腹から、キュルルルルと音が鳴る。結構大きな音がしたものだから、膝の上で微睡んでいた仔猫が、耳をピクリと立てて目を覚ましてしまった。

「また腹ペコかぁ」

前回はフォルフォのドロップアイテムである花の蜜を持っていたのだが、残りは調合を試した時に使ってしまって手元にない。他に何か代用できる食べ物ってあっただろうか。燻製肉は……見せたけど首を振られてしまった。ダメかぁ。

「そうだ、これはどう？」

俺はアイテムボックスの中を探り、乾パンにつける予定で持ってきていた、瓶詰のアプリコットジャムを取り出した。コルク栓を外して妖精さんに渡してみると、二人してちょんとジャムを指につけて口に含んでみてから、ぱぁっと輝いた表情になっている。

「お、口に合うみたいだな。食べちゃっていいよ」

「オプ！」

「ティ……」

元気に頷きかえしてくれる妖精さんと、上品に頭を下げてくれるお姫様の妖精さん(仮)。俺は仔猫をあやしつつ、一つの椅子に仲良く腰掛けた妖精さん二人が、食事を終えるのをのんびりと待つ。そして二人がアプリコットジャムをひと瓶平らげてしまった頃には、木立の間から朝の光が差し込む時刻になっていた。

「満足した？」

「オプ！」

「ティ……」

ぽんぽんになったお腹をさすって満足そうな妖精さんと、こちらもお腹に手を当て、少し恥ずかしそうにしている妖精さん(仮)。朝日を浴びた蝶の羽が輝き、妖精さんのカゲロウの翅の時と同じように、穴だらけだった羽が光を吸い込むようにして塞がっていく。

「良かったな、彼女さん、元気になったじゃん」

ダークブルーの髪を撫でまわしてやると、ぴゃあーと不思議な声を上げつつも、妖精さんは嬉しそうに笑う。

「二人は何て呼べばいいのかな。妖精さんと妖精さん（仮）じゃあんまりだし」

今度は、二人してきょとんとした表情だ。何だか「知らないの？」とでも言われているような気配。あれ、もしかしてリーエンで有名人？　いや、有名妖精？

「ベロン！」

「……ニア」

腰に手を当て、えへんと胸を張って言い放つ妖精さんと、ドレスを摘んでカーテシーを披露しながら名前を告げる妖精さん（仮）。

「成るほど。ベロさんとニアさんか」

「オプ⁉」

「……フフ」

愕然とした表情のベロさんと、クスクスと笑い出してしまったニアさん。うーん、何か二人の名前、聞き覚えがあるんだけど、何だったっけ。

肯く俺の腕を、ペチペチと何かが叩く気配。視線を落とせば膝の上に座ったままの仔猫が俺を見上げ、ニャアニャアと何かを訴えてくる。またお腹が減ったのかな？

とりあえずミルクを温めるかとインベントリの中を探ろうとする俺の膝に、何故かベロさんとニアさんまで乗ってきた。ベロさんは仔猫を優しく抱きしめ、ニアさんはふわふわの毛並みに頬擦りをしている。仔猫はそれを嫌がることもなく、気持ち良さそうに目を細めて喉を鳴らす。……待って、凄く動画撮りたい。実装まだですか？

「ミケ！」

「ん？」

「……ミケ」

揃って俺を見上げ、仔猫を撫でながらの発言。仔猫の方も俺を見上げ、二人に同意するように「ニャン」と鳴く。

「……もしかして、この子の名前？」

「ミケ！」

「……ン」

三毛猫の、ミケ。色んな方面からツッコミを貰うこと間違いないストレートネーミングだけど、まぁいいか。可愛いし。

「お前も『ミケ』で良い？」

「ミャア！」

キラキラと瞳を輝かせている様子を見た限りでは、気に入っているみたいだ。せっかくつけてもらった名前だし、良(い)いってことにしよう。

「じゃあ、ミケ。ホルダに帰ったら、ペット登録しような」

「ミュウ」

「二人とも、この仔(こ)に良い名前をありがとう」

　掌(てのひら)に頭を擦(こす)り付けてくる仔猫を抱き上げ、俺が礼を述べると、二人はふわりと笑った。光を浴びた背中の羽が煌(きら)めき、美しい光の粒が、宿屋の中に漂う。同時に俺の右小指に嵌(は)められたままの指輪が、紫紺色に輝き始める。

【あなたの暫定ペット［三毛猫］の［ミケ］に［?・?・?］と［?・?・?］が名前を授けました。［ミケ］は［?・?・?］と［?・?・?］から名付け親(ゴッドペアレント)の祝福を受けました】

【宿屋の運用条件を満たしました。宿屋レベル2までの目標宿泊者数：3／20】

【以前宿屋に宿泊したことのある宿泊客が、再び宿泊してくれました。これにより、宿屋のボーナスシステム［リピーター］が解禁されました。［リピーター］の数が増えると、蓄積数に応じて様々な特典が追加されます】

おぉ？　また何か一気にいろいろ来たぞ？

「オプ！」

「ティ……」

俺が慌てている間に、ニアさんを抱き上げたベロさんは、透明な翅を羽ばたかせ、青空の中に溶けるように、飛び去ってしまった。

「え、ええ……」

宿屋の運用条件。テントで休憩をしてもらったことと、食事をとってもらったことが、条件に適応されるのは判る。そしてもしかしなくても、最後に俺の仔猫に名前をつけてもらったことが、宿泊の対価となったのか。

更に新たなシステム、リピーターとやら。説明文を読んでみると、それは想像通りのシステムだ。同じ宿泊客が宿屋を繰り返し利用してくれることで、ポイントが加算されて特典を得られるというもの。

宿屋のシステムに感心している俺の足元で、新たな驚きが、生まれていた。

「ミィ」

ベロさんとニアさんが飛び立った後に残された、光の粒。それは宿屋の敷地内を輝きな

がら漂っていたのだけれど、次第にくるくると渦を巻いて集まったかと思うと、その中心
にちょこんと座っていたミケの上にまとまって降り注いできた。

「ミケ⁉」

「ニャ……！　……にゃ！」

眩しさに、反射的に瞼をぎゅっと閉じた俺が薄らと目を開いた、次の瞬間。

「ますたー！」

「えっ？　……グホッ！」

聞きなれない言葉と同時に、鳩尾を強打する物体。衝撃にゲホゴホと咳き込んで蹲る
俺に驚いたそれは慌てて懐から離れ、俺の丸めた背中を掌で懸命に摩ってくれた。

「ゴホゴホ……ケフ、ン、ごめん。も、もう大丈夫、だよ」

「ますたぁ」

「コホッ……わ、わぁ……ケフ、ま、マジか」

なんとか呼吸を落ち着かせた俺だが、改めて直視したそれには、驚愕を隠せない。

「……ミケ？」

「にゃい！」

俺の呼んだ名前に対する、元気の良いお返事。問題は、その名は仔猫に貰ったばかりの

ものであって、俺の隣でニコニコしている子供の名前ではない筈という認識だ。

「……ミケ」

「にゃあん」

確かめるように再度口にした俺の言葉に、大きな猫耳を頭にのせた子供は猫の声色で応えを返し、俺の腕に頭を擦り付け、甘える仕草を見せる。この子間違いなく、ミケだ。

「なん、でまた……人間（?）に……?」

「みぃ?」

俺の鳩尾を頭突きで強打した生き物は、大きな猫耳と長いふさふさした尻尾を生やした、三色の髪を持つ子供だった。パッと見た感じは、小学校の低学年ぐらい。丸く大きな瞳は薄い青で、ちょうど朝の空みたいな色をしている。手首に下げているタグは、ホルダで貰ったあの迷子札だ。うーん……これも、あの妖精さん達の仕業か?

判らないことが山積みだけど、考え込んでいても、多分今は答えが出ないだろう。

何はともあれ、まずは本来の目的であるイーシェナを目指さないと。

俺は焚き火を片付けてから、まずは木立の間に設置していた宿屋を撤去する。

職業を切り替え、俺が［宿屋］から［格闘家］に戻ると、子供になっていたミケの姿も、仔猫に戻っていた。もしかしてミケの変身は、俺の作った宿屋の中でだけ有効だったりす

るのだろうか。次に宿屋を置いた時に、また試してみるかな。

「そういえばミケ、結局あんまり休憩とれなかったけれど、大丈夫？」

「ニャン！」

「ふふ、平気みたいだな。じゃあ行こうか」

俺は再びミケをバックパックの上に乗せ、街道に戻ってニカラグに続く道を歩き始める。

暫(しばら)く歩いているうちに、一晩をミンスで過ごした冒険者達や、後続の冒険者達の姿も現れ始めた。当初の俺が考えていたみたいに、危険な夜間の時間帯をログアウトしてやり過ごしたパーティも多いみたいだ。乗り物を使ってイーシェナを目指した攻略組の冒険者達は、今頃どこら辺まで進んでいるんだろう。後でSNSをチェックしてみるか。

昨日の夜もある程度距離を稼いだし、今日も早い時間帯から歩き始めた甲斐(かい)あって、マップを確認する限り、おそらく昼過ぎぐらいにはニカラグに到着する予定だ。その後の行程には山脈越えが控えているし、流石(さすが)にちゃんとした休憩を入れないと。

そんなことをつらつらと考えながら歩いていた俺の視界に、シオンに対して個別チャットが到着した知らせが届く。半透明のUIを操作してチャット欄を開くと、個別チャットを送ってきた相手は案の定、ログインしてきた炎狼だった。

『おはようシオン！　もう緊急クエストは受けたか？』

『おはよう炎狼。昨晩のうちに受けたよ。今は徒歩で、イーシェナに向かっている』

『そうか。俺は先刻ログインして、ギルドでクエストを受けようとしていた時に、以前パーティを組んだメンバーに声を掛けられたんだ。それで、一緒にウェブハに向かう予定になっている。シオンがまだなら、共にどうかと思ったんだが』

『そっか、ありがとう。俺はイーシェナ行きのクエストを受けちゃったし、もうすぐ二つ目の町に着くんだ。このまま進んでみるよ』

『分かった。じゃあ俺は、ウェブハに行ってくる。今度、情報交換しよう』

『りょーかい』


炎狼との会話を終えたチャット欄を閉じ、俺は再び、ニカラグへの道を歩き始める。

さて、ミンスはほぼ通過になっちゃったけれど、ニカラグはどんな町なんだろうな。

歩き続けること数時間。辿り着いたニカラグは、ツイ山脈の麓にある鉱山の町だった。

大通りにずらりと並ぶ鍛冶師の店と、彼方此方から響いてくる、鎚が金属を打つ音。俺と同じようにイーシェナに伝令に向かう駆け出しの冒険者達と思しき姿もあれば、高ランクの冒険者っぽい集団も居る。なかなかに活気のある町だ。

「そうだな、まずは宿を取って、それから腹ごしらえしようか」

「ニャア」

ミンスでは満室で泊まれなかった宿も、今日は間に合う可能性が高い。本当はもうちょっと裏通りとかをウロウロして安い宿屋を探索したいところだけど、今回は先を急ぐ用事もあることだし、適当なところを見つけて部屋を取ろう。

最初に目についた宿屋に入り、宿泊の意向を伝えると、あっさりと案内された。一応ミケのことも確認してみたけど、ミケのサイズなら問題はないとのこと。

案内されたのはシングルの個室で、ベッドとサイドテーブル、それに椅子が一脚置いてあるだけのシンプルな間取りをしている。まぁ、夜に寝るだけだから、問題なし。ちなみに宿泊料金は、朝食付きで五銀ルキ。夕飯は外食、風呂(ふろ)は大浴場が用意されている。一般的なビジネスホテルってところかな。

簡単に部屋の中を確認した後で、俺はミケを連れて通りを散策してみることにした。

パーティを組んでいるプレイヤー達はニカラグの町すら通過して、直(じか)にツイ山脈に挑んでいたりもするみたいだ。しかし、俺は単独(ソロ)。ちゃんと情報を得てから登らないと、遭難でホルダに死に戻りとかになったら悲しすぎる。

「こういう時の情報収集って、食堂とか酒場って相場が決まっているよな」

そしてNPCの冒険者に食事を奢って、情報を貰うまでがワンセットだ。そう判断した俺は、早速食堂らしい場所に足を運ぶ。通りにまで料理の良い香りが漂ってくる平屋の建物は入り口に大きな暖簾がかかっていて、いかにも『大衆食堂！』といった雰囲気だ。

「おぉ、すごい熱気」

店に入ると同時に聞こえてくる威勢の良い声と、賑やかな喧騒。店の中には大きなテーブルが幾つも並び、長椅子に座った冒険者達が思い思いの食事を口にしては、楽しそうに語り合っている。うん、食堂で間違いない。

テーブルの間をくるくると走り回っているエプロン姿の若い女性は、看板娘さんといったところかな。店の奥では料理人が野菜を刻んだり、火にかけた大きな鍋を振ったりしている。ミケはちょっと驚いたみたいで、「フニ」と小さな声を漏らすとバックパックの上から俺の肩に移動して、首にゆるりと尻尾を巻いて擦り寄ってきた。んんっ、可愛い。

ミケの魅力に負けないうちに、俺はさっさと店の奥まで進み、空いていたカウンターの席に座る。すぐに注文を取りに来てくれた看板娘さんにおすすめを尋ねると、「今ならノック鳥の香草焼きがおすすめですよ！」と微笑まれた。

「じゃあ、それを。定食に出来ますか」

「大丈夫です！　ノック鳥の香草焼き定食一つ、カウンターさんにお願いしまーす！」

「あいよ！」

無事に注文を終えたところで、俺は隣の席で黙々と骨付き肉を頬張っていた冒険者に声を掛けてみることにした。もしかしたら彼もプレイヤーかもしれないけれど、何となく雰囲気が、リーエンの住人っぽい。

「あの、すみません」

「……ん？」

ぐるりと俺の方を向いた顔は、骨付き肉を咥えたままだ。ワイルド。

「もしかして、冒険者の方ですか？　俺は駆け出しの冒険者なんですが、今からツイ山脈を越えないといけなくて」

「あぁ……モグモグ……ニカラグでも知らせは聞いたぜ。モグモグ……『ソクティ』でスタンピードの兆しあり、だってな」

残りが少なくなった骨付き肉の皿を見下ろし切ない表情をする彼に何となく察した俺は手を上げ、カウンター越しに直接、骨付き肉を注文する。すぐに届けられた料理を皿に盛られたまま「良ければどうぞ」と差し出すと、彼は「わかってんじゃないか坊主」と呟き、上機嫌に鼻を鳴らしてくれた。

「お前もイーシェナに伝令か？」

「はい」

「成るほど。ツイ山脈を通り抜ける街道は、それ程危険のある道じゃない。朝から登れば、夕刻にはタバンサイ側に下れるだろう。だが、気をつけた方が良い。昨日から山に入る冒険者の数が異様に多いから、山の神が機嫌を悪くしていると聞く」

「山の、神？」

「古くからツイ山脈を護ってくださっている、精霊のお一人だ。大人しく街道を通り抜けるだけだったり、必要な物を採集したり獣を狩ったりする分には、何の問題もないんだが」

それが今回のクエストのせいで、昨日から大量の冒険者達が、騒がしく街道を通過している。しかもついでとばかりに山に入って獣を乱獲したり、素材となる花を見つけて根こそぎ摘んで行ったりと、目に余る行為が幾つか報告されているそうだ。

「国王から援助するようにと通達があった［無垢なる旅人］達のことだから俺らも強く忠告出来ないでいるんだが、あまり良い感情は持っていないな」

「そうなんですか……」

うーん……これは問題じゃないだろうか。リーエンは俺達にとってはMMORPGだが、そこで暮らすNPC達にとってはリアルの世界。騒動や獲物の乱獲などの悪行は、直接

［無垢なる旅人］達の評価に繋がってしまう。どう考えても、良い状況じゃないだろう。

「やってくる［無垢なる旅人］達が、お前さんみたいに礼儀正しい奴等ばかりだったら、良かったのにな」

「はは、ありがとうございます」

俺は再び手を上げて、骨付き肉を更にもう一皿注文する。

届いた料理を有益な情報というより有益な忠告をくれた冒険者に押し付けると、彼は「さすがにもう入らねーよ」と笑いつつも、「またな」と俺の肩を叩いてから、皿を抱えたまま席を移動してしまった。

「うん……やっぱり、これが一番有効だよな」

運ばれてきた『ノック鳥の香草焼き定食』を食べつつ考えをまとめた俺は、一旦宿屋に戻り、部屋の中で『カラ』に姿を変えた。一般客用の宿屋では、フロントで受け取った部屋の鍵は、チェックアウトするまで個人で管理することになっている。隣の部屋に誰が泊まっているかなんて判らないし、案内してくれた従業員ぐらいしか覚えていないだろう。

ミケは置いていこうと思ったのだが再び激しく抗議の声を上げられてしまったので、仕方なく抱き上げ、調達しておいた肩掛け鞄の中に入れていくことにした。

「ちょっと、交渉とかするから。ミケが『カラ』と一緒に居ることは、隠しておきたいんだ。大人しく出来る？」

「ニャン」

　俺のお願いに、ミケは小さく鳴いて返事する。大きめの鞄とは言え蓋を閉めてしまえば苦しくないだろうかと心配だったけれど、本人（猫）は至って平気そうだ。

　再び宿から外に出た俺が訪ねたのは、ニカラグの冒険者ギルド。冒険者ギルドは大通りでも目立つ場所にあったので、食堂を探す時に予(あらかじ)め位置は確認出来ていた。ホルダの冒険者ギルドより小規模の石造りの建物に入り、入り口付近に立っていた案内の青年に「依頼をしたいのだが」と尋ねると、青年はすぐに依頼受付に俺を連れて行ってくれた。

「ニカラグ冒険者ギルドにようこそ。本日は何のご依頼でしょうか」

　依頼受付には、大きな兎(うさぎ)の耳を頭の上に生やした受付嬢が居た。ホルダでもギルドの受付嬢に蛇族っぽい女性がいたし、職員にも熊耳(くまみみ)の兄弟とか居たよな。

「護衛を依頼したい」

「護衛任務ですね、承っております。目的地と移動距離、護衛対象の人数、移動手段などを提案いただければ、大まかな料金をお伝えすることができますが、いかがでしょうか」

「いや……今回依頼したいことは、少しばかり、特殊なんだ」

俺は予め布袋(ぬのぶくろ)に詰め替えておいた百枚の金貨を、鞄の中から取り出しカウンターの上に置く。鞄の蓋を閉めるついでにこそっとミケの頭を撫(な)でたけれど、ミケは言いつけ通りに大人しくしてくれている。受付嬢は袋詰めの金貨が奏(かな)でる重い音に気を取られ、鞄の中に居たミケには気づかなかったみたいだ。

「今日から十日間。ツイ山脈の街道を通り抜けてタバンサイに向かう『伝令』の冒険者達が無駄な寄り道をして山の資源を荒らすことが無いように。街道を『護衛』して、彼らの『監視と誘導』をお願いしたい」

俺が考えた方法は、単純だ。ツイ山脈を通過するプレイヤー達が余計なことをしないように、冒険者ギルドに依頼を出して、監視をしてもらうこと。ついでに道に迷っている時なんかは、正しい道に誘導してもらえたらありがたい。どうせ今からSNSや掲示板に書き込んで注意喚起をしても、すぐに効果がある訳じゃないしね。現地の住人に動いてもらうのが良策だ。まぁ、変テコ機械から棚ぼたで得た金があるからこそ選べた作戦だけど。

ちなみに十日間の期限は、単純にこの冒険者ランクアップ解放クエストが、リーエン内での十日間ほどがイベント期間予定と公式からの発表があったからだ。

「街道の護衛、監視と誘導、ですか……」

俺が簡単に依頼内容を説明すると、受付嬢は暫く考えこむ。そのまま手元の資料を幾つか捲っていたがどうやら納得の行く答えが出せなかったようで、結局「少し待っていてください」と俺に言い残してから、誰かを呼びに行ってしまう。

そして、数分後。カウンターの向こう側に落ち着いた雰囲気の壮年男性がやって来て、俺に自己紹介をしてくれた。

「お待たせ致しました。副ギルド長のローエンと申します」

……ここで副ギルド長か。うーん、いきなり大金出しすぎたかな？

「冒険者ギルドへのご依頼、ありがとうございます。ご提案の依頼内容でございますと、ランクFの冒険者達でも充分に担えるものと判断しております。それと、カラ様さえ宜しければ……なのですが」

副ギルド長は少し視線を伏せ、言葉を濁す。

「こちらのご依頼。怪我の療養中などで、通常の討伐任務を請け負えない冒険者達に任せても宜しいでしょうか。もちろん、ギルドからバックアップは致しますので、任務の完遂は保証いたします」

「そんなことか。別に、構わない」

怪我をした冒険者とか、確かに大変だ。身体を資本にした仕事って、こんな時に困るのだろう。俺が快諾すると、副ギルド長はほっとした表情になる。

「……ありがとうございます。では、ラナ」

「はい、ローエン様」

副ギルド長の指示で、後ろに控えていた受付嬢の女性が、書類と小さな金属の板をカウンターの上に並べる。そう言えば、シオンの方で依頼を受けたことは何度かあっても、依頼を出す側になるのって初めてだな。一次職に生産職を選んだプレイヤー達は、素材集めとかに依頼を出したりしているって聞いたけれど。

「ツイ山脈の街道を通過してタバンサイに向かう冒険者達が山の資源を荒らすことがないように、また安全に通過できるように。街道の各所に冒険者を配備し、監視と誘導を行うものとします。期間は本日より十日間。依頼料金は手数料込みで九十七金ルキで請け負うものと計算しております。いかがでしょうか」

「あぁ、それで良い」

「……ではこちらで、契約を」

副ギルド長が差し出した書類はリーエンの共通言語で書かれていて「無垢なる旅人」達が目を通すとお馴染(なじ)みのテロップが浮かび、内容が正しく読めるようになっている。

説明してもらった内容と契約書の内容に相違がないことを確かめ、俺は書類の横に置かれた金属板に手を伸ばす。個人的な契約は、ミケにつけている迷子札と同様に、魔力で個人識別を行う。余談だが仮面システムは、この方法では暴けない仕様らしい。

俺が金属板の上に右手をのせた、その瞬間。

「――――はあっ⁉」

何故か絶叫した副ギルド長は、椅子を撥ね飛ばす勢いで立ち上がろうとしてカウンターの裏で膝を打ち、絶叫と共に床の上に転げてしまったのだった。

◇

「すみません副ギルド長、少しご相談しても宜しいでしょうか」

ニカラグの冒険者ギルドは首都ホルダにあるものより小規模ではあるが、鉱山の麓にある町の為か、ギルドに持ち込まれる依頼数はそれなりに多い。

その日、ギルドの奥にある控え室で帳簿の整理に勤しんでいたローエンの元にやって来たのは、受付を務め続けて五年になるラナだ。ラナは頭の上に大きな兎の耳を生やした兎人族で、ギルドに所属する優秀な受付嬢の一人だ。神護国家セントロはリーエンの中でも獣人族との交流が盛んである為、人間との垣根は低い。それでも時折現れる人間至上主義の冒険者や依頼主が相手でも、ラナは淡々と対応出来る胆力の持ち主でもある。

そんな彼女が兎耳をぺたんと伏せ、困った表情で助けを求めに来たから、ローエンはすぐにこれは何かあったなと察し、彼女に促されるままギルドの受付に向かうことにした。

道すがらラナに説明された話では、珍しい依頼を持ってきた人物が居るとのこと。冒険者ギルドに依頼を持ち込んでくれることそのものは、当然ながら歓迎すべきだ。それが、ギルドの主な収入源でもあるのだから。しかし、そうやって持ち込まれる依頼の中には、時に、酷く厄介な代物があったりもする。

だがラナの話では、持ち込まれた依頼自体は厄介ではなく、寧ろありがたい部類に入るらしい。しかし、依頼の趣旨が上手くつかめない。更に依頼主自身も、ニカラグに長く住むラナでもこれまでに見かけたことのない人物であり、得体が知れない。

「……もしかして、[無垢なる旅人]達の一人か？」

昨日からツイ山脈を抜ける街道沿いで揉め事を起こしてばかりいる『伝令』の冒険者達を思い浮かべ、ローエンは眉を顰める。しかしラナは首を振り、それを否定した。

「あり得ません。国王陛下より通達のあった[無垢なる旅人]達が華宴の広場に降りたちはじめてから、まだ十日も経っていません。仮に依頼主様が[ネイチャー]で職業を変えていたとしても、今回持ち込まれた金額は百金ルキです。そんな大金を[無垢なる旅人]

が所持しているはずがないです」

「成るほど。では何処かの貴族が身分を隠して依頼に来たか……万が一だが、教団の手の者という可能性もある」

「教団側が、冒険者ギルドに有益となる依頼を持ってくるとは、思えませんが……」

「そこが考えものだな」

依頼受付カウンターに座っていたのは、一人の年若い青年だった。整えられた黒髪に、端整な顔立ち。瞳はノスフェルの貴族に多い蜂蜜色をしているが、兎人族であるラナに丁寧な言葉遣いで依頼したと聞く限り、獣人排斥を高らかに謳う彼等ではないだろう。

「お待たせ致しました。副ギルド長のローエンです」

ローエンが名乗ると、彼は少しだけ首を傾げ、探るような視線をローエンに向けた。通常、ギルド長や副ギルド長が一般依頼の受付に顔を見せることは少ない。大口の契約やVIPな依頼主を相手にする時にだけ、別室などで応対することが殆どだ。

だからこそ、こうやって先立って身分を明らかにしてしまえば、相手側が嘘や誤魔化しをしないよう先手を打つことが出来る。慇懃な言葉を選びつつも、暗に「君を疑っている」と伝えることができるからだ。

カラと名乗った青年はそれでも最初の態度を崩さず、ラナに伝えたものと同じ依頼内容をローエンに説明してみせた。その表情は少し飽きたと言いたげだが、同じ説明を繰り返したばかりなのだから、それはおかしいものではない。

残る疑問はこの依頼主が、何故このような依頼を持ち込んできたか、だ。

冒険者ギルドにはありがたい依頼だが、依頼主に対するメリットが判らない。

例えば彼が、ツイ山脈に領地を持つ領主の使いだと言うならば、話は判る。街道だけは国家事業として通過を許していても、領地内の資源は領主のものだ。それを相手が国王から擁護されている［無垢なる旅人］達だからと言って、無闇矢鱈と乱獲されてはたまったものではないだろう。

しかしツイ山脈一帯は元から国所持の領土となっており、そこに領主は存在しない。敢えて言うならば、『山の神』と呼ばれる精霊が居るぐらいか。その山の神自身も、［無垢なる旅人］達の暴挙に憤りを見せているらしいから、これも頭が痛い話だ。

次に考えられるのは、いわゆる『貴族の気まぐれ』で、この騒動に口を挟みに来ている可能性だ。セントロの貴族達はホルダの上流階級地区に館を構えていることが多いが、セントロ内に散在している領土に居を据えている貴族も存在する。その中の一人が今回の騒動を聞きつけ、『山を守ってやろう』と気まぐれを起こし、解決に乗り出した……というもの。一番可能性が高い予想なのだが、ローエンの知る限り彼のような外見を持つ青年は、セントロに属する貴族達の中に居なかったはずなのだ。それならば他国に属する貴族ではと考えてみても、ならば尚更、セントロの持ち山であるツイ山脈を気にかける理由が無い。

結果的に、彼は得体が知れないままだ。

先に青年から預かった百金ルキを簡易鑑定にかけてきたラナが、ローエンの背中に「間違いない金額でお預かりしています」と結果を伝えてくる。それは額面のことだけではなく、預かった金貨が偽造貨幣などではなく、本物であるとの意味も含んだ伝達だ。

確かに胡散臭い。しかし、依頼そのものはありがたい。

ローエンの脳裏には、先だっての魔獣討伐で怪我をして、ニカラグに滞在して療養を余儀なくされている冒険者達の姿が浮かんでいた。冒険者達は蓄えのない者が多く、怪我をした後、そのまま奴隷にまで落ちてしまう者も少なくない。それが駆け出しの、Eランクや F ランクの冒険者達ならば尚更だ。

依頼内容そのものは、街道を見回り、伝令の冒険者達が山の資源を荒らさないように注意喚起を行えば良いだけなので、Fランクどころか、冒険者でなくても完遂できるような代物だ。しかし青年が提示した百金ルキがあれば、怪我をした冒険者達に、十日間の仕事を与えることが出来る。ローエンは少し悩んだが、療養中の冒険者達にこの任務を受注させたいとの意向を、敢えて包み隠さず青年に伝えてみた。

「そんなことか。別に、構わない」

ローエンの懇願に青年はあっさり肯き、それならば必要額を割引しろ、などと言い出すこともしなかった。

世間知らずなのか、それとも根が善人なのか。流石のローエンにも判断がつかないが、どちらにしても彼の気が変わらないうちに、契約をしてしまった方が良いだろう。

「ありがとうございます。では、ラナ」

「はい、ローエン様」

依頼内容の締結を纏めた書類と、契約用の金属板を用意していたラナが、カウンターの上に手早くそれを並べてくれる。ローエンは再度依頼内容を言葉にして確認してから、書類と金属板を青年に差し出した。

彼は軽く書類に目を通して頷き、個人識別を兼ねた魔力登録用の金属板に右手を載せる。

何気なくその動作に釣られて、青年の右手に視線を注いでしまったローエンは、

「――――はあっ⁉」

絶叫し、衝動のままに立ち上がろうとして、カウンターのテーブル裏に膝を強打してしまった。

「ぐあっ‼」

「ローエン様⁉」

「っ⁉」

「なにごとですか！」

床に転がり、膝を抱えて悶絶するローエンに、ラナが慌てて駆け寄る。その異常な雰囲気とラナの叫び声に、ギルドを警備する守衛達だけでなく、他のスタッフ達までもが次々とロビーに集まってきてしまった。

彼等は床で苦悶の声を上げる副ギルド長と困惑したラナの様子を目の当たりにして、その前で呆然としている青年を元凶と判断したようだった。

「おい……貴様、副ギルド長に何をした！」

「……別に、何も」

「そんなわけないだろう！」

「ギルドの中で危害を与えるとは……貴様、とんでもないことを仕出かしたな」

戦士上がりの職員の一人が手を伸ばし、青年の胸倉を摑もうとした、その瞬間に。

「止めろ‼」

鋭い制止の叫びが、床に転がるローエンの口から、発せられた。びくりと身体を揺らし、摑もうとした手の形のまま見つめ返す職員の前で、ローエンはなんとか身体を起こす。

「やめろ……やめるんだ。その人が……いや、その御方が、私に危害を加えたのではない。私が勝手に、ヘマをしただけだ」

職員を諭したローエンは居住まいを正し、痛む膝を折り曲げ、床に手をついて青年に深々と頭を下げる。

「……申し訳ありませんでした。どうぞ、お赦しを」

その姿に驚いたのは、謝罪を向けられた青年だけでなく、ラナと他の職員達も同様だ。

「え、ローエン様……!?」

「副ギルド長、何故……!」

口々に驚愕の言葉を上げる職員達の前で、それでも頭を下げ続けるローエンに、青年は「特に怒ってなどいない」と静かに言葉をかける。

「慈悲深きお言葉に、感謝致します」

「……大袈裟だ。それでは、依頼の件、頼む」

「お任せください」

居心地が悪くなったのか。さっさと踵を返した青年は、カウンターの前に集まった職員達の間を擦り抜け、ギルドの入り口から外に出て行ってしまった。

「……ふ、は」

青年の姿が完全に見えなくなってしまってから。ローエンは折り曲げていた膝を崩し、尻から床に座り込んだ。大きく息を吐く姿は、極度の緊張から解放されたゆえのものだ。

「副ギルド長……！」

「大丈夫ですか？」

「あの依頼人、何者だったのですか」

周囲から矢継ぎ早に浴びせられる疑問を軽く手を上げることで抑えたローエンは、再び大きく息を吐く。

「……誰か、私以外に、彼の右手を見た者は居るかね」

「右手……？」

彼らは互いに顔を見合わせ、首を振る。何か指輪をしていたのは覚えているけれど、と言う職員は居たが、注視していた訳ではない。

「あの意匠……そしてあの紫紺の魔力、間違いない」

ローエン自身も初めて見たそれは、ただ『確かに存在する』ことだけが伝えられ続けられてきたもの。以前目にした古い文献には、実物を模写した姿絵とその特徴が記されていた。

「彼が身につけていた指輪（リング）は、『妖精王（オベロン）の友』と呼ばれるもの……妖精王オベロンが、ただ一人にだけ授けると言われている、友誼の証だ」

◆

結局、アレはいったい何だったんだろうな？　ミケをのせたバックパックを背負い、ツイ山脈を通り抜ける街道を歩きながら、俺はぼんやりと考える。

今日は朝食をとってから宿を出てきたので、俺以外にもタバンサイを目指して歩いている冒険者の姿が多い。街道の各所に立って伝令達が道を逸れないよう誘導してくれているＮＰＣ達は、誰もが何処かに包帯を巻いていたり、杖をついていたりする。彼等が、療養中の冒険者達ってやつか。カラが副ギルド長と交わした契約が活かされている形だろう。

昨日。冒険者ギルドに持ち込んだ依頼を締結させる瞬間に何故か副ギルド長が絶叫して転んだことで、職員達に絡まれかけた出来事は記憶に新しい。しかも、その後は副ギルド長がやけに丁寧な謝罪をしてくるものだから、居た堪れなくなった俺は依頼の釣り銭を貰うのも忘れて冒険者ギルドを逃げ出してしまった。うーん……勿体ないことをした。

それにしても、何故俺を見てあんなに驚いていたのか、分からないんだけど。

最後に俺が手を置いた金属板は依頼人の魔力を登録するもので、個人を識別するだけに過ぎず、鑑定などの効果は無かったはずだ。万が一、それでカラの職業が『宿屋』だと知れたとしても、宿屋の職業持ちは一応他にも存在するみたいだし、メインの格闘家の存在は明かされない。それなのに何故、副ギルド長はあんなに狼狽したのか。

「ここから先は下りだ。水の補給が必要ならば、麓に『揺れ葦』という茶屋があるから、立ち寄ると良い」

街道が下り坂に切り替わる地点で、腕に包帯を巻いた冒険者が伝令達に声掛けをしてくれていた。幸い、俺はニカラグで充分な水を調達済みだ。冒険者に軽く頭を下げて下り坂になった山道を足早に下り、寄り道をせずにそのまま街道を進む。二時間ほど平らな道を歩いた先に、タバンサイの町が見えてきた。

「おぉ……あれがログ運河かぁ」

町の隣に流れるログ運河は、イーシェナとの国境を兼ねた大きな河だ。対岸に出来ている町は、イーシェナの町シラウオになる。

ニカラグも活気のある町だったが、タバンサイは交易の町ということもあり、こちらもかなり賑わっている。色々と見て回ってみたいけど、俺はとりあえず、渡し船が出ている港に向かってみることにした。港の前は大きな市場になっていて、水揚げされた魚や運ばれてきた作物が並べられ、多くの人々が忙しなく行き来している。

「いらっしゃい！　イーシェナから運んできたばかりの新鮮な野菜だよ！」

「旬のイツマアジはどうだ！　脂が乗っていて最高だぜ！」

道の両脇に並んだ屋台から、威勢の良い声が通行人達にかけられる。物珍しそうな表情で屋台を見て回る［無垢なる旅人］達だけでなく、現地のＮＰＣ達と思しき姿もかなり多い。ここはタバンサイに暮らす人達の台所でもあるんだろうな。

やがて辿り着いた港の中は、予想通りに多くの人でごった返していた。正月の初詣みたいな密集具合だ。俺はミケに声をかけ、食堂の時みたいに、バックパックの上から俺の肩に移動してもらうことにする。万が一背中から落ちたら、完全にはぐれてしまいそうだ。ミケが尻尾を俺の首に巻きつけてミィと声を上げたのを確認してから港に入り、渡し船が出ている埠頭を目指す。

渡し船の場所は大きな看板が出ていたので分かり易くはあったけど、なにせ人の数が多い。通常でも混雑する船である上に、伝令の冒険者達までもが乗りに来ているから、尚更だ。これは観光とか決め込んでいないで、さっさとシラウオまで渡った方が良さそうだな。

既に百人程が並んでいた切符購入の列に並び、ミケと遊びながら待機すること一時間。三銀ルキで手に入れた切符を手に艀の渡し船に乗り込んだ俺は、その後三十分程の時間をかけて、イーシェナの港町シラウオに到着することができた。

船が波止場に到着し、シラウオの町に降りると、そこには和風テイストが色濃い町並みが広がっていた。シラウオとヤシロという町の名前からしてそうじゃないかとは思っていたけれど、イーシェナは東洋をモチーフにした国なんだろうな。

シラウオの町は既に陽が傾き掛けていて、大通りでは灯籠に火が灯され、行き交う人々も手に提灯を持っていたりする。そしてこの町も、相当に人が多い。この感じで行くと、シラウオも今夜の宿は満室だろう。かといってタバンサイに残っても同様だっただろうから、そこは変わりない。

地図を見る限りでは、シラウオからヤシロに向かう街道は、起伏のある草原や広大な竹林の中を通る道に加えて、鍾乳洞の中を抜けたり崖際の細道を進んだりもある。今までは一日の終わりに次の町に辿り着くスパンで進めていた行程が、タバンサイとシラウオの町が近い分、最終目的地のヤシロまでは一日半を歩き続ける距離になるらしい。

これからの行程を話し合っている冒険者達を尻目に俺はさっさと食料品を扱う店を探し出し、水と食料を調達してから町の出口に向かう。

暗くなってしまったシラウオの町から出ようとする冒険者達の数は、あまり多くない。

俺は露店で手持ちの提灯を一つ買い求め、シラウオの町から街道に出ようとしたところで、侍のような格好の集団に止められた。彼等は、シラウオの町を巡回する自警団みたいだ。

「童（わっぱ）、宵の刻より外を彷徨（うろつ）くのは危険だ」

「最近は街道沿いの竹林で鬼火を見かけると聞く。取り込まれても知らんぞ」

「ご忠告、ありがとうございます。そう遠くには行きませんので」

途中の山で野営をする予定だなんて正直に伝えたら余計に引き止められそうな気配を察し、俺は曖昧に目的を濁しつつ、そのまま町を飛び出した。

提灯の灯（あか）りを頼りに街道を歩き続けること、一時間。シラウオの町が完全に見えなくなった付近に来ると、街道を歩く人影はかなりまばらになってきた。

「……ここら辺かな」

俺が足を止めたのは、野鳥の声だけが聞こえている、竹林の中だ。月はまだ天頂に昇っていないが、綺麗（きれい）に夜の帳（とばり）を下ろし切った空には、瞬（また）く星を邪魔する雲一つ無い。

俺は周囲に人が居ないのを確認して竹藪（たけやぶ）に入り、今日もギリギリ街道の灯りが確かめられる場所を探す。幸いすぐに、程よい広さに開けた場所を探し当てることが出来た。

俺は職業のタブを開いて［格闘家］を［宿屋］に切り替え、竹林の間に基礎を設置する。無事にテントと焚（た）き火まで設営し終わると、俺の肩から飛び降りたミケがくるりと一回転して着地した瞬間には、あの子供の姿になっていた。そのままミケは表情を輝かせ、俺の脚に抱きついてくる。

「ましゅた！」

「おぉ……⁉　ミケはやっぱり、宿屋の中でだけ変身できる感じなのかな」

「にゅ？」

よく分からないと、首を捻ってみせる可愛いミケ。残念ながら、俺にも分かりません。

まぁ難しいことはおいおい調べるとして、まずは飯だ。なにせ朝食はしっかり食べてきたものの、タバンサイからシラウオに直行したので、昼食と夕食をとっていないから、さすがに腹が減った。ミケをしがみつかせたまま、俺は小鍋を焚き火の上に吊るして温める。

「一昨日の乾パンチャウダーがちょっと微妙だっただろ？　でも今日は、シラウオで良いものを見つけたんだ」

これです！　と俺がインベントリから取り出してみせたのは、壺に入れられた淡いクリーム色の物体。木べらで掬い上げると、朝にお馴染みの香りがふんわりと漂う。

「味噌っていうんだ。これを使って、和風チャウダーと洒落込もう」

「……みしょ？」

興味津々、といった様子で手元を見つめてくるミケの前で、俺は野菜を適当に刻み、小鍋の中で軽く炒める。今夜の出汁代わりにするのは、シラウオで仕入れてきた牡蠣だ。インベントリでの保存がどれぐらい可能なのか判らなかったけれど、どうせ今夜食べるのだからいいやと味噌と一緒に購入してきたもの。野菜と一緒に牡蠣も炒めて、火が通ったところで牛乳を加え、最後に味噌を溶き入れる。

「さて、どうかな」

数十分後。そろそろ良いだろうと煮込んだスープを小皿に掬い、味見をしてみた。

「……美味い！」

今回も少しばかり塩気が足りないが、その分、牡蠣の旨味がしっかりと効いている。じっくり煮込まれた牛乳と、味噌との相性も抜群だ。

「わ――……めっちゃ白米が欲しくなったな」

木の器に和風チャウダーを注ぎ、今回も燻製肉を薄く削いで添える。ミケの分を別の皿に注いで冷ましながら、俺はこれから訪れるヤシロに心を馳せる。

「ヤシロに着いたら、米を探してみようかな。味噌があるのなら、米も置いているだろ」

うんうんと頷く俺の視界に、あの文字が、飛び込んできた。

【宿泊希望者が基礎の外に到着致しました。受け入れますか？】【Ｙｅｓ／Ｎｏ】

三度目ともなると、俺の反応も早い。俺が速攻で【Ｙｅｓ】を選択してすぐに広げて待った腕の中に、幼稚園児ぐらいの子供が飛び込んできた。

「カーラ！」

「カラ……」

「やっぱりベロさん……って、えぇぇぇ⁉」

予想通りに宿屋の中に突っ込んできたのは一昨日より少し大きくなったベロさんだった。

だけど俺が驚愕してしまったのは、ベロさんが乳幼児サイズになったニアさんを連れていたからではない。

今回は二人を追いかけていたあの変テコ機械は居ないみたいだが、俺に抱きついてきたベロさんとニアさんの服の裾から、色とりどりの光が一斉に飛び出してきたからだ。

背中の翅を羽ばたかせ、宿屋の中を飛び回る小さな光達は、御伽話に出てくる妖精達そのものだ。だけど、その誰もが服が破けていたり、翅に穴が開いていたりと、何処かしら傷んだ姿をしている。

暫くの間宿屋の中を飛び回っていた妖精達は、驚きに耳と尻尾がブワッとなってしまっているミケと唖然としている俺の頭の上に飛び乗り、何やら聞き取れない言葉で思い思いに会話を始めてしまった。妖精達がはしゃぐ度に、カラフルな光が瞬いて綺麗だ。

「カラ」

「……オーラ」

膝の上に乗ったままだったベロさんと小さなニアさんが、俺の腕を軽く叩いてニコニコと笑う。これは、あれかな。友達を連れてきてくれたってやつか。

「こんばんは。ベロさんとニアさん」

「うむ！」

「……クスッ」

元気に頷くベロさんと、やっぱり優雅にカーテシーを披露してくれるニアさん。相変わらず王子様みたいな格好のベロさんは、幼稚園児ぐらいのサイズになったことで一気にお遊戯会感が増している。ニアさんは如何にも妖精のお姫様って感じだな。

俺は取り敢えずインベントリを開き、次にベロさんとニアさんが来てくれた時に御馳走しようと、シラウオで調達しておいたジャムの瓶を取り出した。この前二人がアプリコットジャムを美味しそうに食べていたから、他の味も試してもらおうかなと思って、調子に乗って十種類ぐらい買ってきていたのが幸いだった。

椅子の上に蓋を外したジャムの瓶を並べると、ベロさんとニアさんを筆頭に、妖精達が歓声をあげて集まってくる。

「おぉ……って眩しいな、オイ」

興奮と喜びのためか、更に強くなった妖精さん達の輝きが、些か眩しい。……クリスマスのイルミネーションかな？

俺は試しにベロさんとニアさんに小皿に注いだ和風チャウダーを差し出してみたが、二人はスープの匂いを軽く嗅いだだけで、揃って首を振ってしまった。どうやらこれは、口に合わないご様子。俺は大人しくジャムの提供を続けることにして、食事が終わると再び俺の膝を陣取りに来たベロさんとニアさんの頭を軽く撫でた。硬直の解けたミケは小匙で瓶の底からジャムを掬っては、妖精達の食事を手伝ってあげている。

「それにしてもベロさん達、俺の居場所よく分かったね」

なにせ、ここはイーシェナ。ベロさんと会ったミンスから、国境を跨いで移動した先だ。

「プ！」

俺の問いかけに、ビシッと、俺の右小指を指差してみせるベロさん。そこに燦然と輝いているのは、初めてベロさんが宿屋に泊まった朝にくれた、あの金色の指輪。ちなみに、自力で外せない仕様となっております。

「あ、もしかしてベロさん。これを嵌めている俺の居場所が判るとか？」

「うむ！」

「成るほど……つまり、ＧＰＳみたいなもんか。まぁ、いいけど」

「じーぴ？」

「……ぴ？」

こてんと揃って首を傾げるベロさんとニアさんの仕草が、めっちゃ可愛い。

そうこうしているうちにジャムを全て平らげた他の妖精さん達が、またもや俺の頭や肩の上に次々と飛び乗ってきた。

「いちにいさん……ベロさんとニアさん合わせて、十人（？）か。休憩もしていくの？」

「オプ！」

ベロさんはコクコク頷いているが、あの小さなテントに十人（？）は狭くないか？　いや、妖精さん達のサイズ的に、そんなに占有面積要らないのかもしれないけれど。

俺が悩んでいるうちにベロさんは俺の膝の上からぴょんと飛び降り、さっさとテントのフロントを開いて中に潜り込んでしまった。優雅に頭を下げたニアさんがそれに続き、再び歓声をあげた妖精さん達も、キラキラしながら二人の後に続く。

「……うーん、まぁいいか」

妖精さん達を包み込んだテントは暫くの間クリスマスツリー宜しくピカピカと輝いていたけれど、少しずつ光がまばらになっていき、やがて静かになった。

「ましゅた」

「あぁ、ミケ、お疲れ様。みんな寝ちゃったみたいだね」

「あい」

ジャムの瓶をまとめてインベントリに片づけ、俺は一度火から下ろしていた和風チャウダーの鍋を再び焚き火の上に吊るす。

「宿屋を三回置いて、三回とも宿泊客が妖精さんばっかりとか。もしかしたら、そのうち『妖精の御宿』とか呼ばれたりして」

「よーせいの、おやど？」

「ハハッ、いい名前だけどね」

温め直したチャウダーを皿に注ぎ、ミケの分を冷ましてから、今度こそ二人で遅めの夕食を口にする。さすがに牡蠣は煮えすぎてしまっていたけれど、出汁はしっかりとしていて、ミルク味をベースにしたスープの口当たりが優しい。

和風チャウダーを食べ終わった頃にはミケが船を漕ぎ始めていたので、俺は「大丈夫です」と強がるミケを膝の上に抱き上げ、ポンポンと背中を叩いてやった。うーうーと何度かむずかってはみたものの、最後には睡魔に負けて眠ってしまったミケを抱っこしたまま、焚き火の番をして夜を明かすことにする。

その間に恒例になってしまったＳＮＳのチェックをしてみると、どうやら西のウェブハ行き伝令は、イーシェナ行きより過酷みたいだ。

イーシェナ行きの伝令は既に先発組が到着していて、ギルドに書簡を届けると、ヤシロで依頼を受けるクエストが発生する仕組みだ。ヤシロからホルダに向かう冒険者達の穴を、伝令の冒険者達が埋める形みたいだな。しかしプレイヤー達の中には、ヤシロでクエストを受けず、ホルダにとんぼ返りして、スタンピードの迎撃戦に参加する猛者も多い。

「パーティ組んで行くとは言っていたけれど……炎狼、大丈夫かな」

今は宿屋になっているので炎狼の状況は摑めないが、ヤシロに着いたら連絡を取ってみることにしよう。そんな予定を考える俺の後ろで、モゾモゾとテントの布が動いた。

「ん？」

外部アプリから視線を外して空を見上げれば、月は西の山に向かって傾き、東の空は少しずつ明るくなってきていた。

「もうこんな時間か」

「オプ！」

「……ティタ」

最初にテントから出てきたのは、やっぱりベロさんとニアさんだ。その後を次々と飛び出してきた妖精達の、汚れたり破れたりしていた服や穴だらけの翅などが、朝日を吸い込んで綺麗に修復されていく。

「おぉ……凄いな。良かった」

俺の近くにわっと寄ってきた妖精達が、頭の周りを飛び回りながら、口々に何かを話しかけてきた。うん、よく判らないけれど、多分、お礼を言われているっぽい。食事と休憩場所を提供しただけなのに、何だかくすぐったいな。そして妖精さん達は、俺の膝の上に小さい宝石みたいな石を一つずつ置いては笑顔で手を振り、元気に飛び去っていった。

最後に残ったベロさんとニアさんは、目を覚ましたミケの手を握り、何やら話しかけている。そういえばこの二人、ミケの名付け親だったな。

「カーラ」

「ん？」

今度は俺も、二人に手招きされた。

近づいた俺の右小指に触れたまま、ベロさんとニアさんが瞳を閉じる。

目を閉じた二人から淡い燐光が溢れ出し、右小指に嵌めた指輪が熱くなる。熱いのに、そこに痛みは感じない。そして、その燐光が指輪に吸い込まれた後には、

「う、わ……？」

俺が右小指に嵌めていた指輪の本体の下から、根のようなものが生えていた。しかもそ

れは既に、俺の右小指の半分ぐらいまで皮膚の中を侵食してしまっている。

「ちょ、怖いんですけど」

「オプ！」

「ニア」

ドン引く俺を他所に、ベロさんとニアさんは「良い仕事しました」と言わんばかりに満足げな表情をする。そして、またもや俺の制止を聞かず、二人して飛び去ってしまった。

「え、えええ……何これぇ……」

動揺する俺の視界に、通知のログがずらっと並んで届く。

【初めての団体客（五名）の実績を解除いたしました。当日の宿泊客数に20％の加算ボーナスが加えられます】

【初めての団体客（十名）の実績を解除いたしました。当日の宿泊客数に50％の加算ボーナスが加えられます】

【リピーターの蓄積数が二人に増えました】

【宿屋の運用条件を満たしました。宿屋レベル2までの目標宿泊者数：20／20】

【宿屋レベル2へのランクアップが可能です。ランクアップさせますか？】【Yes／N

。】

「うわ、凄いタイミング」

ここに来て、宿屋がまさかのレベルアップ要件を満たすとは。

当然ながら【Ｙｅｓ】を選んだ俺の前で、インターフェースが自動的に開く。確認を促されているのは［ネイチャーⅠ］のタブだ。そろそろ朝の時刻で他の冒険者達も活動を始める頃合いだし、宿屋は撤去するつもりだけれど、説明文にだけ目を通そうかな。

ミケに声をかけると、一回転して猫の姿に戻ったミケは、俺の腕を駆け登って肩の上に乗った。ゴロゴロと鳴らす喉に巻いてあるのがただの革バンドなのが、ちょっと残念だ。どこかで縮緬っぽい布とか調達して、可愛い首輪を作ってあげたいところ。

俺はミケの頭を撫でつつ、［宿屋レベル２］の概要を確認することにする。

〈宿屋レベル２：

・一辺が６ｍの立方体型の基礎を自由に設置できます。

・宿屋レベル２の完成条件は、基礎の中に『個室』が三つ、『食堂』が一つ、『浴場』が一つ、それぞれ設営されていることです。

・宿屋レベル２の運用条件は、宿泊客が個室で休息をとること、食堂で食事をとること、浴場を利用すること、対価を支払うことの四つです。
・基礎の敷地内では、限定スキル［宿屋の主人］を行使出来ます。
宿屋レベル３までの目標宿泊者数：０／50〉

え、お風呂……⁉


個室の数も三つに増えているけれど、まさかの風呂。でも『浴場』となっているから、これは部屋に付属する風呂じゃなくて、宿泊客が共同で利用出来るタイプのものだろう。

それに、基礎の敷地となる６ｍの立方体。今までの立方体の一辺が３ｍだったから、単純に八倍の体積だ。かなり広い。それでも個室を三つと共用の風呂を設置することを考えると、どうなるのか見当が付かない。

「うーん……また要検証だな」

俺は火の始末を確認してから宿屋を閉じ、［格闘家］のシオンに入れ替わった。試したいことは山積みだけど、まずはヤシロに到着して、手紙を届けるのが先決だ。バックパックの上に飛び乗ってきたミケをひと撫でして、俺は竹藪を掻き分けて街道に戻る。

改めて地図を確認してみれば、現在の位置はシラウオからヤシロまでの行程の約四分の一というところ。夜までにヤシロに到着出来るかどうか、微妙なラインかも。

「まぁ、行ける所まで行こう」

街道は整備されていて、ソロの俺でも危険を感じることは少ない。そこから俺は、ずっと歩き続けた。鍾乳洞の中を通り抜け、縄の張られた崖際の道を進み、なんとか行程の残りが五分の一ぐらいまで辿り着いたのだが、そこですっかり夜が更けてしまっていた。

俺が立ち止まったのは、道の先が橋のかかっていない川だったからだ。水深は深くないように見えるけど、夜は危険かもしれない。日中に歩いて渡るのが正解だと思う。

「おーい、そこの君」

「ねぇ、一人？」

どうしようかと考えていた所で、河原で焚き火を囲んでいた集団から声を掛けられた。どうやら、俺と同じく川で足止めになった冒険者達のようだ。俺は少し迷ったけれど、いざとなったら逃げられるように警戒をしつつ、彼らと合流してみることにした。

「えー！　シオンはここまでソロで来たの⁉」

「そうだよ」

「まぁ、確かに強いモンスターとかには遭わなかったけどさぁ」

「それにしても、度胸が据わっていますねぇ」

焚き火を囲んでいたのは、予想通りに伝令としてヤシロを目指すプレイヤー達の集団だった。ホルダから伝令に出た五人組のパーティが二つと、ミンスで意気投合したという、Fランク冒険者であるNPCが二人の、合計で十二人。

浅瀬でも、夜の川を渡るのは危ないとリーダーの『イッサ』が判断して、ここで休息をとりつつ夜明けを待っているとのこと。うん、慎重なのは良いことだ。

「それはそうと、その子、何⁉ めっちゃ可愛いんですけど！」

女子高生ぐらいのアバターを持つ二人が、ミケを見つけて抱っこさせてと強請ってきた。女子高生っぽいアバターでも中身が女性とは限らないけどね！ リーエン＝オンラインの規約的に十八歳以上なのは確かですし！

しかしミケはそんな二人の強引さが恐かったのか「フシャア」と鋭い警戒の声を上げ、俺の頭に爪を立ててしがみ付いてしまう。あの、ミケさん、ちょっと痛いです。

「戦闘用の従魔ではないの？」

俺に尋ねてきた『杠』は長い青髪の女性アバターで、焚き火の近くに招かれた俺が椅子代わりの丸太に腰かけてからも、身体が冷えすぎていないかとお茶を淹れてくれたり、紙に載せた菓子を分けてくれたりと、面倒見の良いお姉さんみたいに世話をやいてくれた。

そんな杠が携えている武器は、細身の槍だ。スレンダーな体軀をしているけど、サイハ

イに包まれた太腿から足先までのラインは滑らかな曲線を描いていて、凄く綺麗だ。すっと筆でなぞったような眉と黒い瞳も、凛とした彼女の雰囲気によく似合っている。

それでも会話の始まりには必ず少し下からこちらの顔を覗き込み、ふわりと目元を緩ませて声を掛けてくれるから、安心して言葉を返しやすい。彼女はこれまでソロの戦士として活動してきたのだが、今回のイベントに合わせてイーシェナ行きのメンバーを募っていたパーティにホルダで声をかけられ、ここまで一緒に旅をしてきたらしい。

「ミケは、純粋に俺の大事な友達」

「まぁ、素敵。ちょっと羨ましいぐらい」

ミケちゃんもシオンくんに会えて良かったわね、と仔猫に向ける声も眼差しも穏やかで、何処となく保育園の先生みたいな印象を受ける。

「ミャアン」

ミケがしきりに、俺の後頭部をざりざりと舐めている。……照れ隠しかな？

「さて。夜明けまでまだ時間があるし、順番に休憩をとろうか」

俺が杠と話していると、リーダーのイッサが軽く手を叩いて立ち上がった。

ここまでも十二人という大所帯ではなかなか宿が取れなかった合同パーティは、それでも夜の時間をログアウトしてやり過ごすのではなく、三人ずつ見張りを立てて交替で休憩するという方法で乗り越えてきたそうだ。ちなみに現在の時刻は、リーエンの世界で夜の十一時ぐらい。夜明けまで、だいたい六時間ほどだ。

「シオンはお客さんだから、休んでいて！」

「不寝番だろう？　俺も手伝うよ」

「良いって！　十二人居るから、これまでも三人で四チームに分かれて見張りをしてきたんだ。今夜もそれで行くつもりだったし」

礼を言おうとした俺はふと、口を噤む。……何だろう、この感じ。

「ニャン！」

不意にミケが、俺の膝に飛び乗った。グルルと何かに向ける唸り声は、先程のＪＫ（？）達に向けられたものより低い。俺はミケを撫でつつ、視線の先を、そっと窺う。

「俺達は、いつものように三番手かな」

「そうだな、ドゥイ。いつも通りだ」

「あぁ……そうしよう、イワン」

語り合う、二人のＮＰＣ。単なる会話を交わしているだけなのに。この、違和感は。

「シオン、大丈夫か？　顔色が悪いぞ」

近くに居たプレイヤーの一人が、考え込んでいる俺の肩を、軽く叩く。

「っ！」

彼の手が触れた瞬間に。俺の身体は、びくりと大きく揺れた。

「もしかして、リアルで何かあった？　ここでログアウトするなら、アバターが完全に消えるまで、俺達が見守っておくぞ」

「あぁ……いや、大丈夫。ちょっと明日の予定とか考えすぎた」

リーダーの『イッサ』にも笑顔を向け、俺は目頭を軽く揉み解す仕草をしつつ、視界に浮かんでいたテロップの表面を捲る。再び俺の肩に登り、首に尻尾を巻き付けて心配そうに鳴いているミケに、俺は心の中で「ありがとう」と礼を告げる。

俺のステータス画面には【慧眼】が発動していることを示すアイコンが点灯している。

……迂闊に、パーティに入れてもらったりしてなくて、良かった。


【……は『裏切り者』です】

◇

草木も眠る丑三つ時、とは、よく言ったものだ。焚き火を囲むように寝転んでいるパーティメンバー達のステータスを確かめて、彼らは小さく息を吐く。

リーエンでの冒険は、五人パーティが基本だ。それ以上の人数でパーティを組む場合は、パーティを合同させてセッションという集まりを作る。こうやって大人数で移動する際にも、互いの状態を確認できて便利だ。視界に並ぶ十二人分のステータスバーは、見張りについた三人を除いた全てが［睡眠中］のアイコンを点灯させている。

狼と共に見張りについていたNPCである二人の姿は、全員の状態を確認してから闇に溶けるように変化した。ドゥイと呼ばれていた戦士の青年がナイフを手にした男の姿に、イワンと呼ばれていたヒーラーの青年が、戦斧(せんぷ)を背負った男の姿に入れ替わる。

「今回は楽だなぁ、エリュー」

「フフッ、［無垢(むく)なる旅人］様々ってところだよな、ディズ」

「情報提供感謝するぜ、『ウド』よ」

二人からニヤニヤとした笑いを向けられた戦士の青年は、嫌そうに顔を歪(ゆが)めた。

「……俺の名前を呼ぶなって」

「ククッ、そうだったなぁ」

「心配するな。全員寝ているんだろ？　聞いちゃいねえよ」

早速とばかりに戦斧を構えた『エリュー』が、並んで寝ていた一人の首に戦斧を振り下ろす。同時に『ディズ』がナイフを振るい、その隣で眠る一人の首筋を切り裂いた。

二人とも悲鳴一つ上げることなく、一瞬だけ［即死］の状態表示が浮かんだステータスバーが、グレーに変わる。消えてしまった［無垢なる旅人］達の身体と魂は、本拠地で復活できる仕様だ。しかし一度死亡してしまうと、［虚弱］と呼ばれるデバフが一定時間付与されて、全てのステータスが半減状態になる。同時に、取得していた経験値までもが削られてしまうから大変だ。

本来はそれに加え、復活時に相当額の蘇生費用を徴収されるところなのだが、ディラン国王の意向で［無垢なる旅人］達は一定レベルに達するまでそれを免除されている。

「よし……レベル３まで、残り五人だ」

「俺はあと七人だ。レベル３になったら『無月の宴』に入団志願を出せる」

「高名な暗殺ギルド……早く門を叩きたいものだぜ」

エリューは［山賊］でディズは［盗賊］。パーティリーダーのイッサとたまたまその隣で寝ていた杠を除く七人を交互に手にかけた二人の目的は、［殺人数］を増やして職業経験値を貯めることにある。山賊や盗賊の職業経験値を貯めるには幾つかの方法があるのだが、二人は手っ取り早い［殺人数］を増やす方法をとっているのだ。

しかし、八人目の犠牲者であるイッサの首をディズが切り裂いた瞬間。その隣で眠っていた杠のステータスバーから、［睡眠中］のアイコンが消え失せた。ぱっと瞳を開けた彼女は、イッサを殺したディズの姿を見咎め、すぐに跳ね起きて愛用の槍を構える。

「曲者!?」

襲ってきたディズのナイフを躱し、エリューの一撃も何とか避けた杠は素早く周囲を確認するが、共に休息していたパーティメンバー達の姿は既に河原から消え失せている。

唯一ステータスを確認できる『ウド』に「逃げて」と警告しようとした杠の台詞は、彼の姿が一瞬にして別のものに入れ替わる瞬間を目にしたことで、言葉を無くす。

「それはお前の取り分だ。一撃で首を落とせよ『アジ』」

プレイヤーのウドに与えられた［ネイチャー］は［盗賊］だった。レベル上げに悩んでいた『アジ』に声をかけてくれたのが、同じ盗賊のネイチャーを持つドゥイだった。

少し焚き火から離れた所で、自前の寝袋に頭半分まで包まり眠っているシオン。同じパーティに入っていないのでステータスは確認できていないが、他の面々が近くで次々と殺されていても身動ぎ一つしなかったのだから、熟睡しているとみて間違いない。

アジは剝きだしのナイフを片手に、シオンの眠る寝袋の横で、両膝をつく。

「やめなさい！　シオン！　起きて！」

杠はアジの凶行を止めさせようと声を張り上げるが、山賊と盗賊の二人を同時に相手している中で、離れた位置に寝転んでいるシオンを助けに行く余力がない。

「……悪く思うなよ」

ナイフを逆手に持ち、シオンの首を切り裂こうと勢いよく振り下ろした、その刃が。

「……F S(ファーストストライク)、ありがとうな」

石を斬りつけたかのように、弾(はじ)かれた。

◆

肉体鋼化は、格闘家が使うスキルの一つだ。指定した肉体の一部を一時的に硬化させるという、単純なスキル。通常は拳や下腿(かたい)などに付与して攻撃力の上乗せに使うスキルを使い、俺は自分の首の皮膚を一時的に硬化させていた。狙ってくるのが必ず首だと判(わか)っているのだから、迎え撃つ方も楽だ。

「なっ……!」

驚く相手の喉笛を掴(つか)み、身体を起こす勢いで首を捻(ね)じ曲げてやると、『アジ』は白目を剝いて倒れた。地面に倒れ込むのと同時に、その身体が砂のように崩れていく。

「テメェ！」

「何しやがる！」

アジが殺されたと気づいた山賊と盗賊が、杠から標的を変えてこちらに襲いかかってこようとする。しかし俺は二人の武器がこちらに届く前に、鋭く叫んだ。

「エリュー！　お前はイワンの仮面だ！」

「ぐっ……!?」

「ディズ！　お前はドゥイの仮面だ！」

「なっ……!!」

硬直する二人の前で口にするのは、あの言葉だ。

「【アンクローク】」

言葉と同時に、身体を動かせないエリューとディズの身体に、ノイズが走る。慌てた二人が何かを叫ぼうとしているが、世界のシステムはそれを許さない。

仮面を引き剝がされた外観は炎に炙られたフィルムのように端から捲れ上がり、それが消え去った後には、山賊エリューはヒーラー『イワン』の姿に、盗賊ディズは戦士『ドゥイ』の姿に戻されてしまっていた。

「クソが！」

「てめえ！　ぶっ殺してやる！」

口汚く罵ってくるイワンとドゥイの前で、俺は軽く肩を竦（すく）める。

「良（い）いのか？　その姿で［殺人数（マーダーカウント）］を上げてしまって」

「っ！」

「大変になるよなぁ。どうせ、同じ手口を何回か使っているんだろ？　素顔でも罪を犯してしまえば、町に入ることすら難しくなるんじゃないのか？」

俺はそれでも良いけど？　と畳みかけてやれば、二人は揃（そろ）って、ガクリと肩を落とす。

ミケが教えてくれた、ＮＰＣ達の怪しい言動。そして、ふらついた俺を支えてくれた『ウド』を【狼だ】と評した慧眼。その二つが指し示す事実は、分かりやすい。

メインの職業で同レベル帯のパーティに同行して、他のメンバーが油断した隙に殺してしまう遣（や）り口。ミンスで意気投合したという話も、ウドと示し合わせてのことだろう。犯罪に疎（うと）い［無垢なる旅人］達をターゲットに絞り、楽に［殺人数（マーダーカウント）］を稼ぐ犯行。

それも、ヤシロに到着する寸前を狙うところが、実に巧妙な手口だ。これがホルダの近くだとしたら、復活してすぐにギルドに駆け込み、応援を引き連れて事件現場に戻ってきてしまう可能性が高い。時間が経過していない現場では、犯罪の残滓（ざんし）や遺留品が見つかり易（やす）いだろう。でも、ここはイーシェナ。セントロと違う国家である上に、ホルダから徒歩で四日以上かかる場所だ。そう簡単に戻ってくることなどできない。

ホルダからヤシロに向かう行程の中において、今日が最終日。ＮＰＣの二人には残りの道が分かっているのだから、徒歩で進むパーティの移動速度を調整するのは然程(さほど)難しくなかった筈(はず)だ。少し疲れたから休憩したいとか、暗くなりそうだから少し急ごうとか、リーダーに頼んでしまえば良い。

俺はこの三人が、全員が熟睡している「三番手」の時間帯に見張りを引き受けた時点で、犯行の予感を確実なものと捉えていた。だから眠ったフリをしつつ、潜り込んだ寝袋の中で様子を窺(うかが)っていたんだ。

パーティに入らなかった俺のステータスは、三人からは確認が出来ない。睡眠状態が確認できる方を先に片付けるだろうと予想していたが、案の定といったところか。

ここで俺が殺されると、『イワン』と『ドゥイ』の［殺人数(マーダーカウント)］が上がる。二人ともメインの職業なので、［ネイチャー］のように創世神の制約がない。［殺人数(マーダーカウント)］が上がっていれば、罪を犯したことは一目瞭然だ。因(ちな)みに俺もアジを殺しているが、先に攻撃してきたのはアジの方なので、正当防衛で返り討ちにした形になるから、犯罪にはならない。

「シオンくん！」

「杠(ゆずりは)さん、怪我(けが)はない？」

戦意喪失した様子の二人が攻撃してこないと判断した杠は、ほっとした表情で槍(やり)を下ろし、俺の背中におずおずとしがみついてきた。服を摑む彼女の手は、僅かに震えている。さすがに、突然の襲撃者二人に一人で対峙するのは怖かったんだろうな。ウドのネイチャーを確認するまで狸寝入りをやめられなかったので、助けに入れなくて申し訳ない。

ぽんぽんと杠の頭を撫でる俺にイワンとドゥイがじとりとした視線を注いでくるが、俺は笑顔を返して「撤回はしませんよ」の意思表示代わりに、緩く指を振る。

「チッ……理に則り宣言する。【イワンの仮面『エリュー』は、シオンに暴かれた】」

「……理に則り宣言する。【ドゥイの仮面『ディズ』は、シオンに暴かれた】」

チリンと、何処からか鳴り響く、鈴の音。

銀色の縁取りが施されたカードが二枚、回転しながら、俺の目の前に現れる。

「杠さんも、一枚取って」

「え？」

実際にアンクロークしたのは俺だけど、そのタイミングまで二人を抑えてくれていたのは杠なんだし、彼女が報酬を手にする資格は充分にあると思う。そう説明したんだけど、杠は微笑み、首を横に振った。

「あのままなら遅かれ早かれ、私は倒されていたわ。最初の対処だけできても、シオンくんみたいに冷静な判断が下せなかったもの。だから、それはあなたが受け取って？」

杠に促された俺は手を伸ばし、二枚のカードを掴んだ。指先に挟まれた銀縁のカードは光の粒となり、俺の身体に吸い込まれるようにして消えていく。

「……へぇ」

新規取得スキルのログに記されたのは、スリープ性能がある【眠りへの誘い】と、暗殺者御用達の【気配遮断】。どちらも、山賊と盗賊のスキルツリーにあるものではない。つまり、この二人が以前に誰かの仮面を剝いで手に入れたスキルということになる。

「クソッ、また経験値の積み直しか」

「ついてねぇ……」

「それはまぁ、ご愁傷様ってやつかな。どうせこのあとは、ウドを含めた三人で『襲ってきた賊から辛くも逃げのびた』って芝居を打つ予定だったんだろ?」

「……見てきたようなことを言うな」

「いや？　だって俺でも思いつく方法だし」

ただ、やり方が杜撰だよな。もうちょっと保険をかけてからやった方が良いと思う。それこそ人狼ゲームのように、時間をかけたり偽の情報を囁いたりすることで、メンバー同士を疑心暗鬼に陥らせる方法もありだ。そんなことを言って聞かせる俺の顔を、二人は珍獣でも見るかのような表情をして見つめてくる。

「変な奴。普通、仲間の仇を取ってやったとか言い出すもんじゃないのか」

「お前も［無垢なる旅人］達の一人なんだろう？」

「そうだけど［無垢なる旅人］でも仮面の存在は知っているんだから、臨時のパーティで油断する方も悪い。そもそも俺なら、見張りを希望者同士で組ませたりしないよ」

「まぁ、な」

「……一理ある」

「よく考えたら、そうよね……迂闊すぎたわ」

俺の意見に、イワンとドゥイだけでなく、杠までも頷いている。

二人は、セントロの外れにある貧しい村の出身だそうだ。村を出て冒険者になったのは良いが、得たネイチャーがそれぞれ［山賊］と［盗賊］だ。今更村に帰ることはできず、だからと言って、職業経験値を貯める方法の一つである［義賊行為］は仲間の居ない二人には難しい。それで［殺人数］を上げる方法をとるようになった訳だ。

「さて。俺はこのままヤシロに行くつもりなんだけど、杠さん、一緒に行かないか？」

「いいの？　お願いできたら嬉しい」

「こちらこそ！　……で、イワンとドゥイはどうするんだ？」

「一度山に入って『必死に逃げた』をやってから、ミンスに戻るさ」

「ウドの様子も気になるからな」

リーエンの世界では、復活時は仮面(マスク)が剝げた状態で本拠地に戻されるらしいので、ウドの仮面である『アジ』の正体はバレていないだろう。少し頭が回るなら、俺に返り討ちにされたとは言わず、襲ってきた山賊と盗賊に殺されたと報告するはず。そうでなければ、普通に自分の正体を暴露してしまうだけだ。

イワンとドゥイ曰(いわ)く、目の前の川は、本当は夜に渡っても問題ないらしい。確かに、見た目には穏やかな流れをした川っぽい。一応ミケを頭に乗せ、杠と手を繋(つな)いで浅瀬の川を渡ると、水位は膝ぐらいまでで流れも速くなく、あっさりと向こう岸に着いてしまった。

振り返れば二人は律儀(りちぎ)にも俺と杠が川を渡りおえるまで見守ってくれていたようで、向こう岸の河原から山に向かう彼らに手を振り見送りつつ、俺は少しばかり瞳を眇(すが)める。

——でもさ。こんなありふれた方法は、ナシだよな。虐殺に、相応(ふさわ)しくない。

何はともあれ、夜明けも近いし、このままヤシロまで行ってしまった方が、効率が良い。

「杠さん、もう少し頑張ろう」

「分かった。あ、そういえばシオンくん、私のことは『杠(ゆずりは)』って呼びすてでいいのよ?」

んん、そうは言っても『お姉さん』の印象がついちゃっているんだよなぁ。

そこから更に一時間ほど歩き続け、峠を越えた先に瓦葺き(かわらぶき)の町並みが見えて来た。天守を中央に据えた町の通りには大小の店が立ち並び、賑(にぎ)やかな気配が伝わってくる。

「漸(ようや)く到着か」

「長かったわね」

イーシェナの首都、ヤシロ。想像通りに、和風テイストが漂う町だ。往来の町民達はみんな着物っぽい服を身につけているし、建物は石造より木造が多い。通り沿いにゴザを並べ、野菜や果物などを売っている露店も、どこか懐(なつ)かしい雰囲気だ。

さて、まずは冒険者ギルドに報告して、その後はヤシロでクエストを受けてみようかな。ホルダに帰ってスタンピード迎撃戦に参加してみても良いけれど、多分、ゾンビプレイになるだけだろうから、そこは攻略組に任せていいと思う。

「号外号外！　セントロのダンジョン『ソクティ』で、スタンピードの兆(きざ)しあり！」

大通りの真ん中で、紙束を抱えた男性が、瓦版めいたものを撒(ま)いていた。次々と藁半紙(わらばんし)を手にする町人達に倣(なら)い、俺と杠も『号外』と大きく記された瓦版を拾いあげる。

「昨今のリーエンは何かと不穏だ。異常気象に天変地異、民族間の諍(いさか)いに魔族の台頭と、不安材料には事欠かない。リーエンの中央に位置する神護国家セントロの首都ホルダ。そしてホルダの近郊に位置するダンジョン『ソクティ』。そのソクティでスタンピードの兆しがあるという報告がもたらされた。ホルダの冒険者ギルドはすぐに隣国に救援要請を出すと共に、ホルダを本拠地として活動するS級クラン『ハロエリス』を先鋒隊としてソクティに派遣、スタンピードの発生を少しでも遅らせようと試みている」

ハロエリスっていうと、確かあのアルネイ様のクランだよな。S級とは言え一介のクランに過ぎないのに、スタンピードの対応を一任されるとか、国の騎士団とかは何やっているんだろう。むしろ、国王と王城を護る方に戦力を割く感じなのかな。どちらにしても、頑張って欲しい。俺達の本拠地になるハヌ棟とメロ棟が破壊とかされたら大変だろうし。

瓦版を折り畳んで荷物に突っ込み、再び杠と一緒に冒険者ギルドを目指して歩く。すぐに見つけられたヤシロの冒険者ギルドは、時代劇に出てくる武家屋敷のような外観をしていた。それでもちゃんと『冒険者ギルド』の看板が出ているから、ちょっと面白い。

人の出入りが多いためか門扉は開きっぱなしにされていて、【ホルダから到着した伝令の冒険者はこちらで報告を】とわざわざ道案内の高札が掲げられている。指示された受付にそのまま向かってみると、早朝に近い時間帯だというのに長い列ができていた。

「凄い人数だな」

「うん。［無垢なる旅人］はもちろんだけど、ＮＰＣの冒険者も多いみたいね」

それだけ、美味しいクエストだってことだよな。そうこうしているうちに順番が来た俺達は、首に掛けていた冒険者証を取り外し、インベントリの［貴重品］タブに入っていた救援要請の書簡と一緒にまとめて受付嬢に渡す。……受付嬢が巫女さんの格好をしているのは開発の趣味かな？　杠にも似合いそうだけど。

「Ｆランク冒険者［格闘家］の『シオン』様。救援要請の書簡、確かに受領致しました。ありがとうございます」

石板の上に置いた俺の冒険者証が青色に光り、同時に、視界にテロップが浮かぶ。

【冒険者ランクアップクエストを達成致しました。シオン様は冒険者［Ｃ］ランクまで到達が可能となりました。ギルドへの貢献を重ね、一流の冒険者を目指しましょう】

おぉ、なんだか嬉しい。今回も後ろに他の冒険者達が並んでいるので、受付から冒険者証を受け取った俺はすぐに列の横に出て、自分のステータスを確認してみることにした。

「……あれ？」

アバター名の横に記されていた冒険者ランクの［F］の文字が、点滅している。半透明のパネルを軽く指先でスライドさせて確認してみると、どうやら今の緊急クエストを受けた段階で、俺の冒険者ギルドへの貢献度が［F］の上限に達してしまったらしい。

一応、出発前に貢献度の貯まり具合はチェックしていて、緊急クエストとは言えFランクの上限に達するまで貢献度はもらえないだろうと踏んでいたのだけれど、ログをみる限りでは、ソロ達成ボーナスが加算されたようだ。

「シオンくん、どうしたの？」

同じように冒険者証を受け取ってきた杠に尋ねられ、貢献度の上限が来てしまったことを伝えると、杠は「まぁ」と口に指先をあてて目を丸くする。

「それじゃあ……一旦、ホルダに戻らないとダメね」

冒険者ランクの更新は、所属している冒険者ギルドで行う必要がある。現在俺の所属ギルドは、ホルダの冒険者ギルドだ。Eランクに上がっていない状態のままでは、クエストを達成しても貢献度を貯めることが出来ない。ヤシロで受けられるクエストに興味があったけど、仕方がないな。次の楽しみにしよう。

「杠さんは、これからどうする予定？」

「ニカラグを通った時に、槍の手入れに寄った鍛冶師の店で、気になる話題を耳にしているの。ヤシロだけで受託できる武具クエストらしくて、それを探す予定だったわ」

「そうなんだね。折角だもの、俺のことは気にせず、そのクエストを探してよ」

「……ごめんなさい。助けてもらったお礼もろくにできていないのに」

しゅんと肩を落とす杠に気にすることはないと笑いかけた俺と杠は、それぞれの目的の為(ため)に別行動をとることになった。互いにフレンド登録を交わし、目的が一区切りついたらホルダで会おうと約束して、クエストの心当たりを探しに行く杠と手を振って別れる。

「まずは買い物……あ、米売っているか確認しよう。あとは炎狼に連絡か」

to-do(やること)リストを反復しつつ冒険者ギルドを後にした俺は、まずはヤシロの市場に買い物に繰り出してみることにした。


ヤシロで一番大きな市場は、碁盤目のように整備された土地の区画を、幾つか纏(まと)めて大きく囲むような形で展開されていた。首都の市場なだけあって、賑わいも相当だ。

色鮮やかな野菜に、見たこともない姿の魚、山積みにされた香辛料。目移りがして仕方がないけど、まずは目標達成を目指すことにする。

周囲を見回しながら少し歩けば、『米』と『味噌(みそ)』の文字が書かれたのぼり旗が幾つも並んでいる店を見つけることができた。良かった、味噌があるなら米もあると踏んでいたけど、実際に見つけることができると嬉しい。俺はインベントリの残り容量を確認して、精米された米を五キロほど買い求める。

「あの、俺はセントロが本拠地なのですが、セントロでも米と味噌は買えますか？」

俺が頼んだ米を袋に詰めてくれていた店員に尋ねてみると、幸いにも首都ホルダに、イーシェナからの輸入品を扱う店があるそうだ。米も取り扱っているけど多少割高になってしまうよと苦笑されたが、それは移送料がかかるのだから当然なので文句は無い。店の名前と場所を紙に書いてもらい、無くさないように、バックパックではなくインベントリの中に入れておく。ついでに味噌を数種類と壺に入った水飴も買い込んで、それも全てインベントリの中に入れる。ホルダに帰ったら、早速店を覗きに行かないと。

リーエンの住人達から羨ましいと言われるインベントリは、［無垢なる旅人］達に標準装備されているアイテムボックスだ。一辺が１ｍの立方体の中に入るものであれば、その重量を無視して持ち運べる。モンスターの死骸も運べるが、生きたままでは入れられない。温かい料理を鍋ごと入れた場合、どれだけ本人が飛び跳ねようと溢れることは無いけど、料理そのものは時間の経過で冷めていく。とは言っても充分便利であることに間違いはなく、更にそれとなくパッキング能力が試される代物でもある。

「さて、どうするかな」

あとは炎狼に連絡を取ってみるだけなのだが、考えているのは、残り時間の使い方だ。

イベント中ということもあり、少し長めにダイヴし続けてしまった俺は、そろそろログアウトする必要がある。残り時間は、リーエンの中での、今夜ぐらいまでといったところ。

ホルダに戻る方法もあるにはあるが、いわゆる死に戻りというやつなので、あまり選択したくない。でも今すぐヤシロを発ったとしても、シラウオに着く前に夜が来る。本当は報告の後すぐに宿を取り、ヤシロで幾つかクエストを受けてみるつもりだったのだが、貢献度の上限値が来てしまっているので、それもままならない。

悩む俺の目がふと止まったのは、市場の端に掲げられていた『乗合馬車』の看板だ。

「乗合馬車が出ているのか」

イーシェナが和風テイストの国とは言え、ここもリーエンにある国家の一つ。都市間を繋ぐ乗合馬車は、何処でも運行されているみたいだ。

乗客を募っている御者に尋ねてみると、昼前に出発する乗合馬車に乗り込めば、今日の夕方にはシラウオに到着できるとのこと。料金は三銀ルキだが、無駄に一泊するより、これでシラウオまで戻った方がいいかもしれない。シラウオで一旦ログアウトして、そして明日ログインしてから、ホルダに戻る計画を立てよう。

そう結論づけた俺は御者に料金を支払い、近くの店で水を調達してきてから、そのまま幌馬車の荷台に乗り込んだ。木箱を並べた座席に座り、大きく伸びをするミケを撫でつつ、バックパックを膝に抱えてフレンドリストの一覧を確認する。と言っても、実はフレンドリストにはまだ炎狼と杠しかいなかったりするのだが。

フレンドリストに記された炎狼の名前は明るく表示されていて、彼がログイン状態であることを示してくれていた。俺は個別チャットのタブを開き、取り込み中なら無視してくれと断りを入れてから、メッセージを送ってみることにする。

『炎狼、そちらの調子はどうだ？』

『シオンか？』

『あぁ、会話しても大丈夫？』

『構わない。今は、比較的安全な街道を移動中だ』

今は、ってことは、そうじゃない街道もあったってことか。

「こっちは、無事にランクアップクエストを達成したよ」

『おめでとう！　俺が入っているパーティは、実は道中で、一度全滅してしまったんだ。ホルダから再出発して、今は三つ目の町であるマージュを出立したところ』

『全滅⁉　そんな凶悪な外敵が出る街道なのか』

『いや、モンスターではなく、地形だ。二つ目の町であるユベを過ぎた先は、砂漠を横切らないといけなかったんだ。砂嵐と流砂で全員離れ離れになり、見事に遭難してしまった。バイタルサインがレッドになった時点で、強制的に死亡扱いだ』

『うわ、厳しい……』

『砂漠に入る前に、ＮＰＣの案内人を雇うのが正解だったらしい。今はその案内人と一緒に進んでいて、行程は順調だ。夜前には、四つ目の町に着く予定だ』

『そうか、良かった。俺はヤシロでクエスト受ける予定だったんだけれど、貢献度の上限が来ちゃったみたいで、仕方がないから、急いでホルダに戻る途中』

『それは残念だな。俺はホルダに死に戻りした時に、進行経験値が入ったのかＦランクの貢献度上限が来て、その場でＥランクに上げてもらってきた。Ｅランクに昇格するのに、特に試験なんかはなかったぞ。貢献度の数値確認だけでランクアップできた』

『お、それは楽で良いね。じゃあ、終わったらホルダで落ち合わないか』

『そうだな。俺は、残りの道程を油断せず踏破してくる。シオン、ホルダで会おう！』

俺が炎狼とのチャットを終えたのと同時に、ハンドベルが大きく鳴らされる。そろそろ、出立の時刻みたいだ。俺が乗り込んだ時にはまばらだった幌馬車の荷台は、いつの間にかほぼ満席状態になっていた。結構、利用客が多いんだな。

「ヤシロとシラウオを結ぶ定期乗合馬車、出発致します！」

御者の大きな声を合図に、俺が歩いて踏破した街道を、乗合馬車が走り始める。

そのまま馬車に揺られ続けること、数時間。俺とミケは、無事にヤシロからシラウオに戻ってくることが出来た。夕闇が迫っても連絡船には相変わらず人が一杯で、夜になってもタバンサイに渡ることはできるみたいだったけれど、今日はとりあえずシラウオでログアウトしようと考えていた俺は、馬車が到着するとまずは宿の確保に走る。

幸いすぐに宿泊先が見つかり、俺は宿の従業員に数枚の金貨を握らせ、自分が眠って（ログアウトして）いる間のミケの世話を頼んだ。一般的な相場よりかなり多めのチップを手にした従業員が喜んで了承してくれたから、多分大丈夫だろう。

プレイヤーである［無垢なる旅人］がリーエンからログアウトする時、宿屋や本拠地のように安全が確保された部屋の中であれば［熟睡］というログアウトを選ぶことが出来て、眠った状態のアバターがその場に存在し続ける。これが旅の道中やダンジョンの中など危険を伴う場所の場合、プレイヤーは［隔絶］という状態でログアウトする。これは、アバターそのものもリーエンの世界から消えてしまうもので、その状態に移行するのに五分程度の時間を要する。でもプレイヤーの接続はその時点で切れているから、その僅かな間に無抵抗のアバターが襲われたりすることもある。「ログインしたら死に戻りしていました。装備が全部無いです！」の可能性がある訳だ。

つまりは、安全を確保してログアウトしてね、が推奨されているんだよな。装備だって、インベントリに入れてからの死に戻りなら、落とす心配もない。俺は自分が泊まる部屋の中でミケと暫く遊んだ後で、［熟睡］を選び、リーエンの世界からログアウトした。

◇青の独白◇

命って、何だろう。救命室の看護師として、ただひたすらに、消えかける命を救おうと奔走する毎日。身を引き裂く慟哭を知っている。花束と同じ数の微笑みを知っている。

身体が悲鳴を上げていると分かっていても、立ち止まることなんて出来なかった。

終わりは、突然にやってきた。電池が切れた玩具みたいに倒れた私の内臓は、極度の過労と不規則な生活の影響でボロボロになっていた。

とにかく休みなさい。あなた自身が命を大事にせずに、誰の命を助けるというの。

真剣に私を案じてくれた室長の言葉に諭され、私は救命室を離れることになった。

パート勤務の看護師となった私は、院内の色んな部署を体験する機会を得た。

懸命に生きようとする、小児科の子供達。その一方で、自ら命を絶つ若人達。

家族に見放された老人。薬物に溺れた大人。虐待を受けて心を閉ざした子供。

これまで救命室の中でただ『繋ぐ』ことだけを必死に求めてきた命は、病院という小さな世界の中だけでさえも、こんなにも異なる表情を見せる。

ずっと短くなった勤務時間の隙間を埋める目的で、学生時代の友人に誘われて始めたVRMMOは、楽しかった。現実ではない、ゲームの中の世界。それでもそこには「命」に近い何かが存在していて、住人達は生き生きと毎日を過ごしている。そんな彼等に協力したり、時には敵対したり、おしゃれを楽しんだり。電子の世界は、毎日目まぐるしい。

やがて私は、幾つかのVRMMOの世界でランカーと呼ばれる存在になっていた。

そうなると今度は、やっかみを受けたり、変に付きまとわれたりすることが多くなる。それは私と同じプレイヤーだけでなく、電子の世界に生きる住人達からも同様だったりするから、驚きだ。楽しいことの方がずっと多いのに、ほんの一部の人達からの嫌がらせが、夢中になっていた世界を窮屈にしてしまう。

そうやって幾つものVRMMOを渡り歩いていた私は、ある日、話題になっていた「リ－エン＝オンライン」の広告に目を奪われた。

何もかもが新しく始まるこの世界でなら、また、自由な私に戻れるのかな。

細かい規約と事前登録の審査も、無秩序が招く不安要素を弾いてくれる気がする。

早々に登録を終わらせていた私だったが、サービス開始前に「リーエン＝オンライン」の運営会社から呼び出しを受けた。

「……【大虐殺】を？」

私に青の『盟主候補（モナーク）』になって欲しいと依頼してきた開発スタッフの女性、水橋さんの話では、世界には『脅威』が必要だという。住人達からもプレイヤー達からも恐れられながらも、その絶大な強さゆえに憧憬を抱かれる、そんな存在が世界を活性化させる。

——だけど【大虐殺】を望む理由は、きっと、それだけじゃない。

命を助けることを考えて生きてきた私が、ゲームの中とは言え、命を奪うことを考えて成長していく。それは、私に新たな変化をもたらしてくれるだろうか。

「……その話、お受けします」

私の返事に、水橋さんは穏やかに微笑んだ。

そして私は、青の『盟主候補（モナーク）』となった。

第四章　帰り道

　翌日。俺が再びリーエン＝オンラインにログインしたのは、リーエンの世界で一日半程度の時間が経過した時刻になってからだ。ちなみにリーエンと現実世界との間で生じる時間の流れの差は一定ではなく、プレイヤー数が多くなる週末や開催しているイベントに合わせて、運営側がフレキシブルに変化させているらしい。

　現実世界にいる時は、誰でもダウンロード可能なリーエン＝クロックというアプリで、リーエンの現在時刻を確認出来る。今はランクアップ解放クエスト開催という重要なイベント中でもあるので、時間の流れは緩やかになっているみたいだ。

「ただいま、ミケ」

「ニャア！」

　宿屋で目を覚ますとすぐに、ミケが飛びついてきた。俺はミケを撫でつつ身体を起こし、リーエン内での時間を再度確認する。うん、だいたい一日半ぐらい経ってる。ログアウト中の経過時間を見越して、宿代を二日分払っておいて良かった。

ミケを肩に乗せた俺は部屋を出て共用の洗面台で顔を洗い、荷物と部屋の鍵を持ってフロントに向かう。玄関を掃除していた従業員にチェックアウトの意向を伝え、鍵を返して宿の外に出ると、シラウオの町は、今日も朝から活気に溢れていた。

観光気分で宿から連絡船の船着場に移動する途中に、びっしりと小店が立ち並んだ一角を見つけた。NPC達もプレイヤー達も集まって楽しそうに騒いでいる、高架下の横丁のような場所。商品を並べた露店だけでなく、立ち食い蕎麦や揚げ物の屋台とかもたくさん出ているみたいだ。そう言えば朝食もまだだし、適当に何かつまんでいこうかな。

そう決めた俺が一角に足を踏み入れた瞬間に、『シラウオ横丁』と視界に地域名のテロップが浮かぶ。地域名のテロップは、初めての場所を訪れた際に、初回だけ表示してもらえる設定にしていたんだった。

「ん？」

俺が少し驚いて足を止めてしまったのは、その『シラウオ横丁』のテロップが浮かぶ吹き出しの右上に［ここから捲る］のマークが見えたからだ。俺は近くの露店に並んで吊してあった風鈴を眺めるふりをしつつ、半透明をした吹き出しの表面を一枚剝ぎ取った。

【シラウオ横丁（別名・袖引き横丁）：町名の由来は、この地域で名産となっている半透明の白い魚から来ているが、横丁の由来は異なる。シラウオ横丁には元々大きな奴隷市場があったが、売れ残った奴隷は、当時荒神として恐れられていた巨大な凶鳥に生贄として捧げられる運命にあった。奴隷達は恐怖に血の気が引いた白い指で行き交う人々の袖を摑み、自分を買って欲しいと訴えたと言われている。その白い指が名産のシラウオと似ていたことから、この横丁はシラウオ横丁と呼ばれるようになった】

……え？　えっ、こっっっわ、怖ぁあああい！
慧眼さん、何でそんな恐怖の情報をいきなり教えてくれたんだ⁉

俺は肩に乗せていたミケを胸の前に抱え直し、露店と露店の間にある路地の暗い隙間にあまり視線をやらないようにしながら、ささっとシラウオ横丁の中を見て回った。
何も知らないプレイヤー達や由来は知っていても多分気にしていないＮＰＣ達との楽しそうなやり取りを横目で見つつ徘徊し、最終的に俺が足を止めたのは、大きなオニギリを並べて売っていた屋台だった。海苔を巻いたとり天と海老天の天むす二つを昼の弁当として包んでもらい、連絡船の切符売り場へと向かう。

船でタバンサイに渡ったら、今度はニカラグに向かうツイ山脈越えが待っている。水はタバンサイで改めて買うことにして、問題はそこで一泊するかどうかなんだよな。一度通ったから判るけど、ツイ山脈を越える街道はそこまで苦労するものじゃない。でも朝からニカラグを出立してタバンサイに到着したのが夕刻だったから、復路も同じペースだと考えたら、船で渡った後にタバンサイを出発するのが昼頃だと、夜の前にニカラグに到着できる可能性が低い。

ネイチャーの［宿屋］を使って夜を過ごしても良いんだけれど、ツイ山脈の各所には、負傷した冒険者達が監視に立ってくれている。俺が山の街道を逸れてこそこそ森の奥とかに入って行こうものなら、きっと止められてしまうだろう。

「うーん……タバンサイからニカラグまで、乗合馬車みたいな移動手段がないかな」

何分、タバンサイの町は、往路ではほぼスルーして通り過ぎてしまったので、何も情報を集めていない。これは、現地で聞いてみるのが一番かも。そう結論づけた俺は早速連絡船に乗り込み、セントロの隣国、イーシェナを後にした……のだが。

……誰だってさ、見つけなくても良いモノをうっかり見つけてしまった時の反応って、困るよな。うん、まさにそれなんだけどさ。

「……何あれ」

俺が思わずぼやいてしまったのも、無理はないと思う。

ヤシロからホルダにトンボ帰りをしている道中。シラウオから船でタバンサイに渡った俺とミケは、港の船着場周辺に広がっている市場で、ニカラグへの移動手段について尋ねてみることにした。出来れば夜になる前に、ニカラグに到着してしまいたい。

「そうだねぇ。一応、貴族の方や火急の用がある人のために、テイマーギルドの支部が、騎乗用のグリフォンを飼育しているよ」

グリフォンは俺達が想像している通りの大きな鷹の姿をした魔獣で、野生のグリフォンはとても危険だけれど、卵から孵化させて飼育すると人間に懐き、成獣に育った後は移動手段として重宝するのだそうだ。

「それに乗れば、ツイ山脈なんてひとっ飛びさ。ニカラグまでも、一時間もかからないだろう。ただ、余程のことでないと利用の許可は下りないと思うよ。そもそも、ニカラグ程度だったら、みんな歩いてしまうからね」

「まぁ、そうですよねぇ」

ちなみに乗合馬車もあるのだが、今日の便は既に出立してしまったとのこと。シラウオ横丁で慧眼さんの脅しに怖がっている場合ではなかった。

　これは大人しく、タバンサイで一泊した方がマシかな？　あるいはいっそ、冒険者達が街道を見守ってくれているんだから、シオンのまま野宿しちゃうか。

　俺はとりあえず市場を抜けて、ツイ山脈に向かう街道の方に行ってみることにした。もしかしたら、誰かが他の移動手段を知っているかもしれない。

　途中の雑貨店で水を買い求め、野宿の可能性も考慮してランタンの燃料もバックパックに突っ込み、町の出口に辿り着いた俺を待っていたのは、異様な光景だった。

『ホー！』

「……いや、ホーじゃないだろ」

　タバンサイに限らず、リーエンの世界では、街道と町との境目がしっかりしている。これは町の出入り口を一ヵ所にしておかないと、防衛だけでなく、人の出入りを管理する点で面倒があるからだろう。

　町の入り口には衛兵が立っているけど、都市のほとんどは、冒険者証の提示で無料で通行できる仕組みだ。商人や一般の旅客などは、町に入るのに通行料を支払う必要がある。これは、町を守ってくれる衛兵達の維持費になるのだろうから、仕方がないよね。

　でも今問題なのは、そこじゃないんだよな。胡乱になってしまう俺の視線が注がれているのは、門のところに並んで立っている衛兵のうちの、一人の頭上だ。

『ホー!』

……フクロウ、だよね? ばっさぁと翼を広げた、かなり大きなフクロウ。

それが冑をかぶった衛兵の頭に止まり木よろしく摑まり、何やらホーホーと声を上げながら翼をバサバサさせている。どうみてもかなり異様な光景なのだが、誰もそれを気にしている様子がない。もしかしてタバンサイでは有名なフクロウだったりするのかもと思ったけど、それにしては、プレイヤーっぽい冒険者達も含めて、目立つフクロウの存在をまるっと無視するのはおかしい。

「……ミケ」

俺はバックパックに乗っているミケに小声で声をかけ、するりと首筋にすり寄って来てくれたミケに、フクロウをこっそりと指差して尋ねる。

「ミケは、アレ見えている?」

「ニャアン?」

どぉれ? と言いたげなミケの返答。こてんと首を傾げる姿が、今日も愛らしい。ともあれ、これではっきりした。どうやらアレは、俺にしか見えていないものだ。

いきなりフクロウの幻覚とか困るよね……と一瞬現実逃避しそうだったけれど、よく考えたらこの世界は現実じゃないんだった。何らかのバッドステータスが付いていたら別だけど、今の状態で幻覚はありえない。……であれば、残された可能性は一つ。

あのフクロウは衛兵のペットとかではなく、何か別の存在だ。しかも、俺にしか姿が見えないように出来るなんて、それなりに力の強い何かでは？

「……よし」

無視しよう。面倒なことになる気配しかない、これは、見えないふりに限る。

俺は少し俯き加減になりながら門を通り抜け、衛兵達への挨拶もそこそこに、タバンサイの町を後にした――つもり、だったのだが。

『ホー!? どうして無視する!?』

「……チッ」

がっしりと、大きな鉤爪で頭を摑まれ、上に乗られてしまった。

とは言っても、別に痛くはないし、重みも感じない。何だか「乗られた」という感触があるだけだ。もしかしなくてもこのフクロウ、実体がないのでは？ そうじゃないと、さっきの衛兵だって、重さで気づくだろうし。仕方なく俺はそのまま街道を歩き続け、タバンサイの町から少し離れて、周りに人が居なくなったところで頭上に話しかける。

「で、フクロウさんはどこのフクロウ？」

『ホー！ 私はフクロウではなくオウル！ ツイ山脈に棲むオウル！』

「……そのオウルさんが、俺に何の用事？」

オウルってフクロウでは？

ものすごくツッコミたい心を抑えて、俺はオウルに、話の続きを促す。姿は見えなくても何かが俺の頭上にいるのを感じたミケは、俺の右耳に前脚をかけて立ち上がり、頭の上目掛けて猫パンチを繰り出している。……うちの仔、いい仔過ぎない？

『用事ではなく、礼を述べたくて、そなたが通るのを待っていたのだ』

「……礼？」

身に覚えが無い俺がうっかり首を傾げたせいで、上に乗ったまま斜めになってしまったオウルは『ホー!?』と慌てた声を上げて翼をバタつかせる。

「あ、ごめん」

『びっくりしたホー!?　落ちるかと思ったホー!?』

プリプリと憤慨するフクロウの嘴で、何故か頭頂部をぐりぐりされる。やめて、ハゲたらどうするの……そもそも飛んだら良かったんじゃないかなと反論したいけど、大人なのでグッと堪えています。

『ツイ山脈は、私の大事な住まい。それが数日前から何やら騒がしくなった上に、山を荒らす不届き者達が増えて、ほとほと困っていたのだ』

「はぁ」

『それを、諫める手筈を整えてくれたのはそなただろう？　感謝しておる』

「え、じゃあオウルさんってもしかして」

『ホー……うむ、山の神やら、山の精霊やら、呼ばれておるな』

「マジか」

山神が直接お礼を言いに来てくれるっていうのも驚きだけど、何より。

「……それやったの、俺じゃないんだけどな」

確かに、ツイ山脈の街道を護衛する依頼を冒険者ギルドに出したのは俺だが、それは『シオン』ではなくて『カラ』の方だ。でもオウルは、迷いなく俺を探し当てた。つまりオウルには、仮面が機能していないってことになる。

『あぁ、案ずるな。我等のような精霊は、人間の仮面に興味がない。ただ、そなたのような行いの人間は珍しい。礼を述べるついでに、顔を見に来たまで』

そんな理由で「来ちゃった♡」しなくても。

『心配せずとも、他の者には私の姿は見えないし、声も聞こえぬ。そなたの仮面が剝がされる心配もなかろう』

「そりゃ良かった」

俺が小さく笑うと、オウルは空気を大きく吸い込むようにして、一声、大きく鳴いた。

そして何故か今度は俺の左肩に飛び乗り、ミケが前脚をかけているのとは逆の左の耳朶(じだ)を、ツンツンと嘴で啄(ついば)み始める。うぉ、痛くはないけど、くすぐったい！

「え、な、何？」

オウルが啄んだ左の耳に、何やらふわっとした、羽毛みたいなものが触れている感触。

手を伸ばして実際に触ってみると、耳朶に羽根っぽいアクセサリーがつけられているのが分かる。慌ててステータス欄を開いてみたけれど、特に変化はない……って、あれ？

この装備欄の、文字が灰色に潰されて読めない［特殊装備］って何だ？　しかも二つ、四角く潰された項目があるんだけど。

『山を救ってくれたのは、そなたの［ネイチャー］の方だ。その指輪(リング)と同じように、私の贈る羽根飾り(フェザー)も、そなたが仮面(マスク)を被(かぶ)った時のみ、他の者が目に出来るようにしておいた……感謝するぞ、［無垢(むく)なる旅人］よ。私の力が必要な時があれば、呼ぶが良い』

「え？　いや、ちょっと待って」

『では、さらばだホー』

俺の制止も虚(むな)しく。オウルは満足そうに肯(うなず)いたかと思うと、翼を広げて俺の肩から飛び立ち、空気に溶けるように消えてしまった。……こっちの話を聞かないまま何処(どこ)かに行っちゃうの、リーエンに住む妖精さん達のセオリー？

【ユニークアイテム［？？？］を手に入れました】


　オウルが飛び去ると同時に、ピコンと視界に浮かんできた［？？？］つきのテロップ。確認してみると、特殊装備の所に表示されている二つの［？？？］は、灰色に塗り潰されたままだ。一応、オウル自身が羽根飾り(フェザー)って言ってたけどな。

「何の効果があるかさっぱりなんだよなぁ」

『そうですよねぇ』

「まぁ、どっちも悪いものじゃなさそうなんだけど」

『はい。指輪(リング)も、ととさまとははさまからの贈り物ですし、大丈夫だと思います』

「そっかそっか……って、うん？」

　……え？

「……ミケ？」

『はぁい』

　マジか！

「ミケの言っていることが判る！」

『ええ⁉　本当ですかマスター！』

丸い目を更にまん丸にしたミケが、興奮してニャアニャアと声を上げている。猫の鳴き声も聞こえているけれど、ミケが宿屋の敷地内で人型になった時の声が、副音声みたいに重なって聞こえる。

今の格闘家であるシオンの姿では見えなくなっているが、どうやらこれは、オウルが左耳に付けてくれた羽根飾りとやらの効果らしい。ということは、全然気にしていなかったけど、右の小指にあの指輪もそのままなのか。左手の指で右の小指を辿ってみると、『カラ』の時に指輪が嵌まっている小指の付け根辺りに硬い感触があり、そこからあのちょっと怖い根っこが皮膚の下に伸びているのも分かる。

つまり、ベロさんとオウルにもらった二つの特殊装備とやらは、基本のアバターでも仮面を被った状態でも有効ということだ。慧眼さんでも情報を見ることができないところを見ると、何かしらレアなものなんだろうな。

「んー、でも今は、ミケと会話出来るのがとにかく嬉しいな！」

『ボクもです、マスター』

すりすりと頰に擦り寄って喜んでくれるミケが、今日も世界一可愛い……！

でもこれ、傍目からは一人で猫に話しかけ続ける危ない人に認定される可能性を過分に秘めているよな……ちゃんと気を付けよう。

俺はそれからも小声でミケと会話をしつつ、ツイ山脈の麓まで街道を歩き続けた。今日中にニカラグに到着するのは無理かもしれないけれど、確かタバンサイ側の街道の麓には、水の調達が出来る茶屋があったはずだ。シラウオで買ってきた昼食を弁当にして、もし泊まれるような場所なら一泊させてもらって、明日の朝一番でツイ山脈を越えよう。

そんな計画を考えながらツイ山脈の麓に辿り着き、山道の始まりに立っていた冒険者に聞いてみると、茶屋『揺れ葦』は街道から少し外れた川の畔に立っているとのこと。歩いて数分で着くと教えられたので、早速、川の流れに沿って横道を暫く歩いてみれば、風情ある茅葺屋根の茶屋が見えてきた。

「……ここが『揺れ葦』かぁ」

時代劇でよく見かけるような、野点傘に緋毛氈を被せた縁台を置いた、いわゆる峠の茶店とは違った雰囲気の店だ。もう少ししっかりとした、つまりは料亭みたいな。川の上にも、竹で組んだ座敷が作ってある。確か、川床って言うんだっけ。

俺の他にも冒険者達が水を貰いに来ていたけれど、みんな店の中までは入らず、入り口に置いてある水瓶から水を貰っていっている。確かに、水だけであの川床に入れてもらうのはちょっとばかり気が引ける。なにせ、日本人ですし。

「うーん……夜の間だけ一泊させてくださいも、頼みにくい感じだなぁ」

思ったより、敷居が高い。俺は暫く悩んだが、結局店には入らず、取り敢えず昼食だけとろうと考えて河原に降りてみることにした。

「お、綺麗だ」

さらさらと流れる涼しげな水の音と、水面に映る緑の美しさ。街道から少し逸れていることもあって、河原は比較的静かだ。ミケを撫でつつ、座りやすそうな場所を探してぐるりと周囲を見渡した俺は、川べりに俺達以外の人影があるのを見つけてしまった。

『マスター、あれ……』

「あぁ、俺も気づいたけど……どうしたんだろうな……一応声を掛けてみるよ」

『はい。お気をつけて』

肩に乗ったミケは俺の首にくるりと尻尾を巻きつけ、少し緊張した面持ちでその人影を見つめる。俺は腕に提げていたバックパックを再び背中に背負い、砂利の上に膝をついている人影とそれにゆっくりと歩み寄った。

「……あの、どうかしましたか」

急に近づいたら、警戒されるだろう。ある程度の距離を保ったまま俺が声をかけると、懸命にそれを、力無く砂利の上に横たわった大型の獣を撫でていた人影が、顔を上げた。

「……君、は」

戸惑いを滲ませながら俺を見上げたのは、二十歳前後の青年だった。少し汚れてはいるけれど、身につけているのは、しっかりとした旅装。戸惑った様子を見せながらも、横たわる獣を庇うように広げた腕は、俺との距離を測っているようだ。その首から下げているタグは、冒険者の証。多分、ＮＰＣの冒険者なんだろうけど。

「こんにちは。ええと、通りすがり……なんだけど。何かトラブルでも？」

「ニャアン」

俺に続き、ミケが挨拶するように鳴き声を上げれば、青年は少し驚いたようだ。続いてふわりと微笑む顔からは、警戒心が多少解けている。

「君も、テイマー？」

「いえ、違います」

「そうなの？」

「ええと。ミケは、今度ペット登録する予定の、大事な友人です」

「ミィ！」

俺の言葉に元気に声を上げたミケは、照れ隠しなのか、俺の後頭部を舐めはじめた。

……ミケさん、照れるとグルーミングする癖があるな？

「そうか、僕はハル。見ての通り、ビーストテイマーだよ」

「俺はシオン。今は、駆け出しの冒険者です」

自分で駆け出しっていうのも、何だか変な感じだけど。

「シオン……あぁ、君はもしかして、［無垢なる旅人］？」

「はい」

「そうか。じゃあ、ヤシロに伝令に向かう途中か、帰り道だね」

「帰りです。弁当を食べようと思って河原に降りてみたら、ハルさんと……その、相棒さん？を、見かけたので」

「ふふ、相棒で合っているよ。……彼はシグマ。僕の、大事な相棒。でも、今はちょっと、弱ってしまっていて」

悲しそうなハルの視線の先に横たわる、大型の獣。……どう見ても、ベンガルトラなんですけど。ビーストテイマーって、こんな動物もテイムできちゃうのか。

それにしても、その相棒であるシグマは、どうしたんだろう。苦しげな呼吸と、砂利の上に投げ出された太い四肢が、不調を示しているのは分かるけど。

「……何だか、元気がない、みたいですね」

「うん……この一ヶ月ぐらい、ずっと調子が悪かったんだけどね。昨日、事情があって無理をさせたものだから、ついに今日は、動けなくなってしまったんだ」

「そうなんですか……その、原因とかは？」

「……分からないんだ」

　彼が言うには、シグマはひと月程前から急に調子を落とし、その状態は日増しに悪くなる一方だった。ハルはパーティメンバー達と共にその原因を突き止めようとしたのだけれど、どうしても理由が判明せず、今に至るとのこと。

「……僕は、テイマー失格だ」

　ぽつりと。相棒の毛並みを優しく撫でながら、ハルが呟く。

「大事な相棒の不調一つ、治せないなんて。シグマが苦しんでいるのに……何も、してやれないなんて……！」

　ぎゅっと握りしめたハルの指先が、掌に食い込んで白くなっている。俯き、肩を震わせ涙を流すその横顔には、さすがの俺も、何も言えない。ぽたぽたと涙の粒がシグマの毛並みに落ちると、横たわったまま荒い呼吸を繰り返していたシグマが、薄らと目を開いた。

『やーダァ！　ハルちゃんったら、また泣いちゃってるの⁉　私は大丈夫ヨォ！』

……何て？

『ハァン。全く、困っちゃったわネ。しばらく休めば戻るとは言え、どうやってハルちゃんに伝えたら良いのかしら』

頭だけを砂利の上から起こしたシグマは、毛皮を撫でるハルの頰を、大きな舌で優しく舐めた。自分を気遣う相棒の行動に、ハルはまたもや、新しい涙をこぼしてしまっている。

「ごめん、シグマ。僕が不甲斐ないせいで、君を治す方法を見つけられない……！」

『そんなことないの、油断していた私が悪いのヨォ。私の方こそ、ハルちゃんに迷惑かけちゃってる……辛いワァ』

「でも、安心して。たとえシグマが戦えなくなったとしても、僕はずっと、シグマと一緒だ」

『アァン嬉しい！　でも、私、愛する人に養われるダケなんて嫌ヨ！』

ゴロゴロと喉を鳴らすベンガルトラの額に、そっと額を押し付けるハルの姿。

視覚的には、美しい主従関係が具現化した感動的な場面に違いないのだが、副音声が聞こえてしまっている俺は、漏れそうになる声を咳き込む素振りで誤魔化している。

　それにしても、台詞から推察する限りでは、どうやらシグマ自身は、不調の原因に心当たりがあるみたいだよな。俺はミケを撫でるふりをしながらそっと頭を傾け、掌で口元を隠し、ミケに「話を聞き出して」と小声で囁いた。

　ミケは頷き、俺の肩からハルの背中に飛び乗る。軽い衝撃にハルは驚いた表情をしたけれど、ミケが「ニャン」と声を上げて挨拶すると、微笑みながら抱き上げてくれた。

「こんにちは、行儀の良い子だね」

『こんにちは！』

『あら！　仔猫チャン。あなた、お喋りできるのね？』

『はい！　お喋りできます！　お姉さんも、こんにちは！』

『まぁまぁ！　可愛い仔ォ！』

　金色の瞳をぐるりと動かしたシグマが、低い唸り声を上げる。ハルはシグマが警戒していると思ったのか、「大丈夫、可愛い仔猫だよ」なんて声を掛けているけれど、そっちじゃないんだよなぁ。しかしミケさん、咄嗟のことなのにちゃんとシグマを『お姉さん』呼びするとは……末恐ろしい子だ。

　ハルに顎の下を撫でてもらい、シグマが機嫌良く喉を鳴らすと、ミケは、今度はシグマの背中に飛び移った。慌てるハルを他所に、シグマとミケは鼻を付き合わせて、猫科の挨拶を交わしている。

『お姉さん、具合が悪そうなのです……何処か痛いのですか？』

ミケの言葉に、シグマはふぅと大きく息を吐く。

『そうなのヨ。実はこの前、ちょっと油断した隙に、教団の手下になっているグルーマーに触られちゃったのよネ』

『……教団？』

『んん、仔猫ちゃんは、まだ知らないかしら。色んなところで騒動を起こしたり、能力のある人を誘拐したりして、世界を混乱させようとしている、悪い組織よ』

シグマの話では、神墜教団の手先である構成員達は諸国のあちこちに潜伏しており、虎視眈々と能力のある存在を傘下に収めようと画策しているらしい。

『いつもはハルちゃん以外にトリミングさせたりしないんだけど、大型従魔の手入れを勉強したい後輩がいるからどうしてもってハルちゃんのお友達から頼まれて、一度だけって約束で受け入れたノ。それが間違いだったワ』

グルルと唸るシグマは、美しい毛皮を纏った腰付近を、自分の尻尾でパシリと叩く。

『私の魔力を吸い上げる、変な機械を毛皮の下に入れられちゃったのヨ。とっても小さい上に、ハルちゃんが確認しようとしたら、別の場所に移動する機能まであるみたいなノ。厄介で仕方がないのよネ』

成るほど。そうやってシグマを弱らせて、困ったハルが助けを求めた先に、教団の手先がやってくるって寸法だな。シグマ自身がそれに感付いていても、言葉が通じないのでは、逃げ回る機械をハルに見つけてもらうのは困難だ。

教団側としても、シグマみたいに立派な大型従魔は貴重で、手に入れたいんだろうな。魔力を吸い上げて弱らせるだけで、休めば何とかなっているのは、多分、その為だ。

どう働きかけようかと思案する俺を他所に、ミケはフンフンと鼻を鳴らす。そして背中を丸めたかと思うと「ミャン！」と威勢の良い声と共に、シグマの背中に飛びついた。驚く俺とハルの前で、ミケは飛びついたシグマの毛皮に、ギュッと爪を立てる。

『捕まえた！　お兄ちゃん！　早く！』

『マァ⁉　仔猫チャン！』

「ど、どうしたんだい⁉」

ミケの行動に一瞬たじろいだハルだったが、怒る様子が無いシグマと自分を呼んでいるようなミケの鳴き声に、その表情は瞬時に真剣なものへと切り替わる。慎重に手を伸ばし、ミケが前脚の爪で懸命に摑んでいた毛皮の下を確認して、息を吞む。

「っ……まさか、これが！」

『そうよハルちゃん！　気づいてくれたのネ！』

ハルはすぐに虫ピンのような針を指の間に挟み、シグマの背中から、小指の爪ぐらいの大きさをした機械を引き摺り出した。取り出された機械は蜘蛛のような手脚を備えていて、毛皮の下から取り出されると蠢きながら逃げようとしたが、ハルが素早くピンを深く差し込むと、そのまま動かなくなる。

「シグマ！」

『ハルちゃん！』

動かなくなった蜘蛛型の機械を俺が持っていた空のジャム瓶に詰めたハルは、ゆるりと身体を起こしたシグマを抱きしめ、良かったと何度も呟き、また涙を流した。

俺は一人と一頭の背中を伝って戻ってきたミケを肩に乗せ、額の真ん中を指の腹で摩って「良い子良い子」と褒めてやる。ミケは嬉しそうに瞳を細めて小さく鳴き、俺の指先に頭を擦り付けて甘えてくれた。

しばらくして落ち着いたハルとシグマは、揃って、俺とミケに深々と頭を下げてきた。ハルはぎゅっと俺の手を握りしめ、シグマに至っては俺の脚に、飼い猫のように身体を擦り付けてくる。シグマさん、正直、ちょっと怖い。

何かお礼をさせてくれと言われて「ミケがやったことだし」と固辞しようとしたのに、そんな訳にはいかないと喰いつかれてしまった。

「だって僕は、このまま冒険者を引退してでも、シグマを治す方法を探そうと思っていたんだ。それがまさか、教団の策略だったなんて……シオンとミケちゃんに出会えていなかったら、僕もシグマも、教団の手に落ちていたかもしれないんだよ」

『本当ヨ！　仔猫ちゃん、あなたとご主人様には、簡単に返しきれないぐらいの恩が出来たノ。助けてくれてありがとう、はいサヨナラ、なんてありえないワ』

うーん、主従揃って圧が強い。お礼をと言われてもなぁ……あ、そうだ。

「ハルさんは、テイマーですよね」

「うん、そうだよ」

「タバンサイのテイマーギルドに頼んで、グリフォンに乗せてもらうこととか、出来ませんか。俺、可能であれば夜の前には、ニカラグに戻っておきたくて」

「ニカラグにかい？」

「正確には、ホルダまで早く帰りたいんです」

Ｆランク冒険者の貢献度が限界値まで貯まってしまっていて、早くホルダに帰って更新手続きをしたいという理由を説明すると、ハルは成るほどと頷いた。

「だったら、遠慮は要らないよ。ね、シグマ」

『ちょっと休んだら平気ヨ、ハルちゃん！』

ブルっと身体を震わせてから大きく背伸びをしたシグマは、綺麗な縞模様の尻尾を機嫌良く揺らして立ち上がる。

「シグマは騎獣としても優秀だから。僕とシオンの二人ぐらいなら、背中に乗せても楽に走ってくれるよ。ニカラグまでと言わず、ホルダまで送っていこう」

「え、良いんですか？　それは、すごく有難いけど」

「当然だよ。その……実を言うとホルダに戻るのはちょっと、怖いけど。君を送り届けるっていう名目があったら、僕も勇気が出せそう」

「……どういうこと？」

首を傾げた俺の腹が、今更ながらに「ぐぅ」と音を立てる。そう言えば、昼の弁当、まだ食べてないんだった。腹を押さえて俺が誤魔化すように笑っていると、今度はハルの腹が「ぐぐぅ」と音を立てた。

「あ、あはは」

ハルも腹を押さえて苦笑する。こっちは、食事どころじゃなかったって感じだろうな。

ハルは荷物からドライフルーツの包みを出して俺とミケに分けてくれた。じゃあ俺もと大きめのオニギリを取り出し、とり天の方をハルに差し出すと「大丈夫だから」と遠慮されてしまう。俺はそんなハルの手に無理やりオニギリを握らせて、自分は海老天むすびを片手に、近くに転がっていた大きな石の上に腰掛けた。

綺麗な色に揚げられている海老をミケに分けてやりつつ、川のせせらぎをバックサウンドに食べる昼食もなかなか良いものだ。ハルとシグマは俺の膝の上でモグモグと海老の身を食んでいるミケの姿を、子供を見るような優しい眼差しで見つめている。

「懐かしいなぁ」

『そうよネ』

「僕達も、駆け出しの頃はあんな風に、一個のパンを分けて食べたよね」

『あの頃はまだ、私の身体が小さくて良かったワァ。今じゃさすがに、パン一個だけだと、お腹と背中がくっついちゃう』

「……初心を忘れていたんだね。僕は、もっとシグマのことを知らないと」

『そうネ。私もハルちゃんをもっと理解したい。これから反省しないと』

そんなことを言いながら、とてもじゃないけど量が足りなそうなオニギリを、半分こして楽しそうに食べているハルとシグマ。シグマの言葉はハルに聞こえてないはずなのに、ちゃんと会話になっているところが何だか凄い。

簡単な腹ごしらえが終わると、ハルはシグマの背中に跨がり、ミケを抱っこした俺をその後ろに座らせてくれた。馬には乗ったことはあるけど、こんな猫科の獣に乗るのは初めてだ。鞍もないし、どうなるかなと思ったけど、想像していたよりずっと乗りやすい。しかも、背中の毛皮がふかふかで気持ち良い。

「ホルダまでなら、半日ってとこかな」

「そんなに早く？」

驚く俺を肩越しに振り返ったハルは、にっこり笑う。

「こう見えても、僕もシグマも一応、Aランクパーティの一員なんだよ」

「そうなのか⁉」

「……もう、『元』かもしれないけど」

何やら、不穏な台詞。

俺の疑問を他所に、軽く頭を振って鳴いたシグマは、颯爽と走り出してしまった。

「わ、凄い……！」

あっという間に加速したスピードに、周囲の景色が凄い速さで流れていく。河原から街道に戻ってすぐ登り坂に入ったけれど、シグマの走る速度は少しも衰えない。街道の各所に立っている監視の冒険者達や徒歩の冒険者達の姿も、一瞬目で追うのがやっとだ。

本来ならこの速度で走るシグマの背中に乗っていたら、風圧で大変なことになっているのだろうけど、ハルとタンデムしている俺の身体は安定している。どうやらシグマが、背中に乗せた人に負担をかけないための、何かのスキルを使っているみたいだ。

試しに後ろからハルに声を掛けてみると、普通に「どうしたの？」と笑顔を返された。ちゃんと声も通るんだな。だったら、気になったあのことも、聞いてみるか。

「……あの、ハルさん」

「うん？」

「ホルダに帰るのが怖いって、その、何かあったんですか？　もしハルさんに迷惑がかかりそうなら、俺、その手前で降ろしてもらっても」

「かしこまらないで、ハルでいいよ。……それに僕もちゃんと、帰るべきなんだ」

苦笑したハルは、首にかけていた冒険者証のタグを手繰り寄せ、俺に見えるように、後ろ側に回してくれた。

タグの裏には横向きのグリフォンを模した意匠の刻印が刻まれていて、これがビーストテイマーの証（あかし）みたいだ。ちなみに格闘家のものは拳の意匠だ。表に刻まれているのは冒険者の名前と冒険者ランクで、ハル、と短く記された名前の下にある縦線の傷は、三本。

「ええと……三本ってことは、ランクB？　凄いな」

「フフッ、ありがとう。でも、ホルダではあんまり珍しくもないんだよ」

俺も当然首から下げている冒険者証に刻まれた傷は、縦に五本、横に垂直の二本だ。つまり、全部で七本の傷が入っているのが、Fランクの証。これがEになると横線のうちの一本が消えて、更にDランクになると五本の縦線だけになる。ここら辺になって、冒険者はやっと一人前って感じらしい。国王直轄の緊急クエストが来るようになるのも、このランクからだ。ランクが上がるごとに傷は消されていき、Sランクになると、刻まれた線は一本だけになる。一本傷（ワン・スカー）と称される、冒険者達の憧れだ。

「……僕は、逃げてきちゃったんだ。パーティの、仲間達を置いて」

ぽつりと心情を吐露したハルの表情は、背中側からは、窺（うかが）えない。

「僕の所属していたパーティ……『雪上の轍（わだち）』のリーダー、ダグラスは【勇者】の称号を持っている僕の幼馴染（おさななじみ）で、Sランクの冒険者なんだ」

「勇者……」

「僕以外のパーティメンバーは、みんなAランク冒険者なんだ。でもみんな、凄く優秀なのに、優しくてね。僕が足を引っ張ってしまっているのに、いつも、気にするなって笑ってくれている。今回のシグマの不調も、スタンピードが迫っていて、名声を得るチャンスなのに、回避でも良（い）いって、提案してくれて」

ハルの肩が、少し震えている。

「申し訳なくて……。僕がパーティを抜けたら、もっと優秀な誰かを、パーティに入れられるんじゃないかって、思って」

そう考えたハルは、置き手紙一つを残し。ホルダに滞在している仲間達に何も言わず、シグマと二人で旅立った矢先のところだったそうだ。

「ええとそれって、お仲間は、かなり怒っているのでは……？」

無能だからと勇者パーティから追い出されました、ではなく、無能だからと勇者パーティから逃げてきました、というまさかの展開。話を聞く限りではハルが所属していた勇者パーティの仲間は良い人達みたいだし、足を引っ張られても構わないと大切にしていた仲間なのに、逃げ出されたら、それは怒るだろう。誰にも相談せず、たった一人でシグマを治す方法を探そうと旅立ったところも、多分ダメだ。

俺がそう言うと、ハルは困ったように眉尻を下げて、小さく肯(うなず)く。

「そうだよね。だから、一度はちゃんと謝りたい。もうパーティには戻れなくても、各地を回って情報を集めることだって、『雪上の轍』に貢献できると思うんだ。シオンをホルダに送り届けて、ダグラス達にきちんと謝罪してから、改めて旅に出るつもり」

「……そうですか」

うーん。なんかそう簡単に、いくのかな？

ハルの相棒であるシグマの走りは、素晴らしかった。普通に歩けば数時間はかかりそうな起伏のある山道を、シグマの脚は数分で駆け抜けていく。あっという間にツイ山脈を越え、騒がしいニカラグをスルーして、ミンスに向かう街道をひた走る。途中で何度か休憩を挟みはしたけれど、夕刻を前に、もうミンスが目の前だ。このまま何事も無ければ、今日中にはホルダに戻れるそうだ。……騎獣って凄いな、俺も欲しくなってきた。

「そう言えばソクティのスタンピードって、もう始まったりしているんですか」

昨日までホルダに居たハルに一番気がかりだったことを尋ねてみると、ハルはあっさりと首を横に振ってみせた。

「まだだよ。丁度、アルネイ様達がヒュドラ討伐から帰還していたのが良かったみたい。S級クラン『ハロエリス』のメンバーで構成した精鋭三部隊を、交替でソクティに向かわせて、溢(あふ)れ出てくるモンスターを倒し続けている」

「うわ、大変だ」

「各国からの増援が到着するまで時間を稼げば良いだけだから下層に潜る必要はないし、ハロエリスのメンバーなら、ソクティに出現するモンスター相手にそうそう後れは取らないよ。大変なのは、スタンピードの迎撃戦が始まってからかな」

ハルの説明では、ダンジョンからモンスターが溢れ出る、いわゆる【スタンピード】と呼ばれる現象が起こったとしても、その原因がダンジョンの最下層にあるとは限らないそうだ。中層を少し越え、最下層に向かう途中。上層では各層のボスに当たるモンスターが、一般的モンスターとして闊歩している階層付近が、原因となることが多い。

「スタンピードの原因は、人為的だったり魔族や教団が絡んでいたりすることもあるけれど、一般的な原因は『討伐不足』なんだよね」

「討伐不足、ですか」

「そうだよ。ソクティに限らずどのダンジョンでも、いわゆる『美味しい』階層は、既に遍く知られているんだ」

例えばそれは、経験値であったり、敵がドロップするアイテムだったり。レアリティの高い武具類は言うに及ばず、ポーションなどの材料として、恒常的に必要価値のある素材がドロップする階層は、何処でも人気だ。

「それで、階層によって討伐数に偏りが出てしまう。ダンジョンは深層に潜るほど敵が強くなるのは定石だから、下層になると、冒険者達の到達数が少ないのは当然だ」

「そうなりますね」

「でも最下層の方は、最初からモンスターが生まれる頻度が低いんだ。だから頻回に討伐されなくても、溢れるような事態にはなり難い。中層より上層の辺りでは、ドロップアイテムの中に日常的に必要な素材が多いこともあって、順調に討伐されるんだよね」

そして残され易いのが、中層以下、最下層以上という、中間管理職のような階層に棲むモンスター達。ドロップ品に旨味が欠けていて、更にドロップ数そのものが少ない。経験値も、目立って入らない。そんな場所を徘徊するモンスター達は、ランクの高い冒険者達にとっては邪魔にしかならない。

「成るほど……それで、人気の無い階層からモンスターが溢れてくるのか」

「うん。でもソクティはホルダから近いダンジョンだし、通い易さもあって人気だから、スタンピードを頻繁に起こすようなことなんて、なかったんだけどね」

まぁ、運営が動かしているのだろうしなぁ。

何はともあれ、まだスタンピードが始まっていないなら好都合だ。

スタンピードが始まったら冒険者ギルドは大忙しだろうし、その中で「ランクの更新してくださーい」と気軽にお願いしに行くのは、いくら俺でも気が引ける。

そうこうしているうちに辺りは暗くなり、ミンスを駆け抜けた俺達は、ついにホルダの少し手前に辿り着いていた。なだらかな丘陵が続くリラン平原を抜ければ、街道の先に、ホルダの町灯りが見えてくる。

「凄い……もう着いた！」

「無事に到着できそうだね。冒険者ギルドでよかったのかな？」

「はい！」

「了解。シグマ、ラストスパートを頼むよ」

『判ったワ、ハルちゃん！』

更にスピードを上げて街道を走っていたシグマの脚が、何故か急ブレーキをかけた。

「わ！」

「ミャア！」

スキルのおかげで背中から投げ出されるようなことはなかったけれど、さすがに驚いた俺はハルの背中にしがみつき、ミケも尻尾を膨らませて俺にしがみつく。

「ハル？」

道の先を見つめて黙ってしまっているハルの肩越しに前方を覗き込むと、一人の男性が街道の真ん中に立っている姿が見えた。

モスグリーンの髪をツーブロックに刈り込んだ、精悍な顔立ちの青年だ。腰の左右に差した双剣と逞しい体躯は、如何にも戦士といった雰囲気だ。しかし、腕組みをしたままこちらを見据える視線は厳しく、その表情は怒りに満ちている。

「……ダグ」

ハルが静かに名前を呼ぶと、シグマは心配そうに首を捻り、背中に乗ったままの主人を見上げて小さく鳴いた。

「大丈夫だよ、シグマ。僕の責任なんだから、ちゃんと向き合わないと」

あの戦士は、ハルの所属していた『雪上の轍』の一人らしい。『ダグ』と呼んでいたし、パーティリーダーでSランク冒険者でもある、勇者ダグラスで間違いないだろう。

ハルに頭を撫でられたシグマはゆっくりと脚を動かし、ダグと呼ばれた青年の前まで歩み寄った。ダグラスはハルの後ろに乗った俺にもちらりと視線をやったけれど、すぐにハルを真っ直ぐに見つめ直し、ますます表情を険しくする。

「……ダグ」

「……今更、どの面下げて帰ってきた」

ダグラスからハルに投げかけられる言葉は、冷たい。しかしこれは、当然だ。

「俺は、何度も言ったよな。ハルとシグマは、俺達のパーティに必要だと。決して、足手まといだなんて思わないと」

「……うん」

「一緒に探すと、言ったよな。シグマだって、俺達の大事な仲間なんだ。仲間が苦しんでいる時は、共に立ち向かうのがパーティの掟だ。それに反対する奴なんて、俺が集めた仲間の中に居るものか」

「……うん」

「それを、お前は……！」

ギリリと奥歯を噛み締める、ダグラスの表情。握りしめた拳が、込み上げる激情に震えている。ハルは何一つ反論出来ず、ただ項垂れているだけだ。

「どぉして……ヒック……おれを、オレたちを、置いて……グスッ……ひとり、で、……行っちゃう、んだよぉ‼」

……あれ？

「あーもぉ！　ほら、やっぱりダメだったじゃないの！」

「……予想通りすぎる展開なのです」

「まぁ、こうなると思っていたよなー」

わ、何か湧いた。

しゃくりを上げて泣き始めた勇者（？）ダグラスの背後に続く街道沿いの繁みから、どこか諦めたような呆れた声と共に、三人の冒険者達がわらわらと姿を見せた。

厚みのある本を携えた美しい女性と、木の杖を抱え白いローブを身につけた小柄な女性と、大きな盾を背負い頑丈そうな鎧を纏った大柄な体軀の男性。

十中八九、勇者ダグラスとパーティメンバーだろう。彼らは啜り泣くダグラスを囲むと、頭を撫でたり背中をさすったりと、子供をあやすような扱いをしている。

「ねぇ、可哀想よねぇ！　ダグラスったら大事な幼馴染に置いていかれて、荒れて大変だったんだから！　ホルダに帰って来ていたアルネイ様が腹パンしてくれなかったら、町の外壁に大穴とか空いちゃうところだったのよ！」

何それ怖い。じとりと美女から睨みつけられたハルは、シュンと肩を落としている。

「……リィナ……ごめん」

「リィナちゃんに謝っただけですむと思っているのですかぁ？　ハルは罰としてぇ、これからずーっと、シグマと一緒に、スズの荷物を運ぶのですよ！」

『スズちゃんのモノに限らず、パーティの荷物はいつも、私が全部運んでいるわヨォ？』

シグマのツッコミは、当然ながら俺にしか聞こえていない。

「まぁまぁ、落ち着けって。良いじゃねえか、こうやって自分で戻ってきてくれたんだ。ハル、反省したんだろ？」

「ベオは甘い！　ハルに甘すぎ！」

「そーです、そーです！　もっと私とリィナちゃんにも優しくするのです！」

「日頃の行いだろうが……ほら、ダグラス」

ベオと呼ばれた男性にポンポンと背中を叩かれ、漸く少し落ち着いたらしいダグラスは、シグマの背中から降りて近づいたハルを正面から見つめ、ぐすんと洟を啜る。

「……ハル」

「ダグ……ごめん。本当に、ごめん。僕が軽率だった」

「うん」

「その、シグマのこともね、解決したんだ。今更だって、言われるかもしれないけれど。許されるなら、もう一度、ダグ達と一緒に旅をしたい。……ダメでも、君達を助けるために動くことを、許して欲しい」

「……じゃ、ない。ダメじゃない……けど！」

ギッ、とモンスターに対峙しているかのように鋭い視線でハルを睨みつけたダグラスは、ハルの目の前に、おもむろに右手を上げた。

「ケジメは……つけさせて、もらう」

まさか、そのまま平手打ちでもするつもりだろうか。

慌ててシグマの背中から降りた俺が弁明しようと声を上げるより先に、パーの形で開かれていたダグラスの指が、小指を残して折り曲げられる。

「指きり！」

……はい？

「指きりげんまんだ！　ハル！　今度俺達を置いて、黙って出て行ったりしたら、ハリセンボン飲ますなんだからな！」

「「「「……」」」」

沈黙が、とても痛い。

唖然とする俺と、地面に突っ伏してしまったシグマと、頭や顔を掌で押さえて天を仰いでしまっている三人と、固まっているハル。ダグラスはそんな凍りついた場の雰囲気などお構いなしに、ハルの手を勝手に持ち上げ、小指を絡め、ブンブンと力強く振り回す。

「ゆーびきーりげんまん、嘘ついたら、はりせんぼん、のーます！」

ゆびきった！　と結びの節を歌い終えて、満足そうにハルの小指を放す笑顔の、なんと晴れ晴れとしたことか。

えぇと確か、こちらの方はパーティリーダーで、勇者の称号を持つSランク冒険者様。じゃ、なかったんだっけ……？（混乱）

幼女かな？

称号：勇者　属性：幼女　ランク：S　とかかな？

色々と設定盛りすぎじゃない？

『ごめんなさいネェ、シオンちゃん……ダグちゃんったら、いつもあんな感じなのヨォ』

マジでか。

「何はともあれ、シグマの調子が戻ったのは良かったな。んで、その理由は……もしかして、そっちの新人っぽい冒険者？」

ベオに指を差された俺は、とりあえず軽く会釈を返す。ハルは頷き、傍に居たダグラスに俺達のことを説明してくれたみたいだ。それを聞いたダグラスは少し驚いた表情をした後で、何故かゴシゴシと服の袖で頬を拭う。

シグマの鼻先に軽く膝の裏を押され、二人に近づいた俺と視線を合わせたダグラスは、ふと頬を緩め、爽やかな笑みを浮かべた。

「やぁ、シオン。俺はダグラス。話はハルから聞いたよ。［無垢なる旅人］の冒険者だってね。仲間を助けてくれて、ありがとう。何か俺に、手伝えることはないかな？」

……ん、んん？

「ちょっとダグ！　今更、勇者っぽい台詞使っても無理よ？」

「あれだけ醜態晒した後じゃなぁ」

「無駄無駄無駄無駄ぁ！　なのです」

仲間にまで、ツッコミされていらっしゃる。

ぬぐぅと唇を噛む勇者様と、その肩に手を置いて、ふるふると頭を振っているハル。

おかしいな……勇者とそのパーティご一同様って、もっとこう、傲慢チキチキ属性か誠実光属性のどちらかに振り切れていたりするんじゃないのか？

属性・幼女の勇者パーティと遭遇しました、とか新しすぎるんですけど。

「まぁ、まずは町の中に戻りましょう。そっちの……」

「シオンです」

「シオンね。私はリィナ。見ての通り、魔導士よ。仲間を助けてくれてありがとう」

軽く首を傾げるようにして微笑まれると、背中まで流れるウェーブのかかった金色の髪がふわりと広がって、美人度合いが倍増しだ。しかもリィナはこう、出る所は出ていて引っ込む所は引っ込んだ、素晴らしいプロポーションの持ち主だ。つい、俺の視線が泳いでしまうのは不可抗力と言える。

「私はスズ！　ヒーラーなのです！　何処か痛いところとかあったら、パパって治しちゃいますから、教えてくださいね！」

「俺はベオウルフ。俺も見ての通り、タンクを務めている」

黒髪をボブヘアーに切り揃えた女性と、頬に傷の入った男性からも挨拶をしてもらった。前衛後衛アタッカー二人に、ヒーラー、タンク、補助。バランスが良いパーティだな。

「俺はシオン。格闘家です。こっちは友達の、ミケ」

「ミャオン」

俺に名前を呼ばれ、鳴き声で返事をするミケに、リィナとスズとダグラスが「可愛い！」とはしゃいだ声を上げる。

「シオンが［無垢なる旅人］の冒険者なら、イーシェナに伝令に行った帰りだろ？」

「伝令は無事に終わったんだけど、Ｆランクの貢献度の上限が来てしまって」

「あー、成るほど」

「じゃあ、まずは冒険者ギルドですね！」

「スタンピードも何とか持ち堪えているみたいだし、今のうちにさっさとランクの更新してもらおうぜ」

何故(なぜ)かそのまま『雪上の轍(わだち)』のメンバーに同行されてしまった俺は、冒険者ギルドに直接向かうことになった。

ホルダに入る門を潜ると、数日前に旅立ったばかりなのに、町の様子はガラリと変化を遂げていた。道に沿って軒を並べている店の多くが扉を閉じ、営業はしているみたいだけど、いつでも防衛態勢に移行できるように備えている。のんびりと巡回していた衛兵達もキビキビと行動していて、夜の時刻でも、通りには冒険者達の姿が多く見られる。みんな、スタンピード対策でホルダに集まって来ているんだろうな。


冒険者ギルドの受付でランクアップの申し出をして冒険者証を預けると、ものの数分もしないうちに、祝福の言葉と一緒に冒険者証を返された。

シオン、と名前の記された冒険者証の表に刻まれていた傷が、六本に減った。これで、ランクEだ。

「おめでとう、シオン」

「うん、良かったな！」

「格闘家は良い職業だぜ。頑張って鍛えてくれよ」

「次は目指せDですね！　バフが欲しい時は、おスズさんのところに来るのですよ？」

「フフッ、初々しいわね」

口々に祝福してくれる『雪上の轍』のメンバー達に、少しはにかみつつ頭を下げていた俺の後ろから、何やら不遜な声が投げ掛けられた。

「見てよ、［雪上の轍］にお荷物テイマーが戻って来ているわ」

「あらやだ、見苦しい」

「自分のせいで迷惑かけているって自覚がないのねぇ、あのBランクは」

悪意のこもった言葉。

振り返った先に居たのは、陰口を隠そうともしない女性達の姿。高位の冒険者っぽいけど、その表情は醜い。ハルに注がれる明確な嘲りの視線は、俺から見ても気持ちの良いものではない。黙ったまま一歩踏み出そうとしたダグラスの肩を、ハルが摑む。

「良いんだ、ダグ」

「良くない」

「今は、シオンのランクアップを祝っているんだよ。水を差したらダメ」

ダグラスは、はぁと息を吐く。そんなダグラスとハルの背後を守るように立った仲間達は、暴言を吐いた女性達に冷たい視線を注いだ。

「言いたい奴には、言わせておけば良い」

「ハルちゃんが私達の仲間なのは変わらないのです！　ハルちゃんが留守の隙に、これ幸いとダグに擦り寄ろうとして秒で断られたからって、文句を言うのはお門違いですよ！」

「ウフフ。おスズったら、そんなにはっきり言ってはダメよ」

　あ、そういうことね。

　Sランク冒険者ともなれば、リーエンの中でもかなりの実力者に入ることは間違いない。実力は充分、その上若くてイケメン（ベソかいてなければ）となれば、狙われるのは仕方がないことか。悔しそうに睨みつけてくる女性達を他所に、俺はうんうんと頷く。

「成るほど。Sランク冒険者さんも大変ですね」

「ミャウ」

「シオンも判ってくれる⁉　ミケちゃん抱っこさせて！」

「だが断る」

「辛辣！」

　ガクっと項垂れているダグラスを置いて、俺はギルドの受付嬢からEランクについての説明を受けた。諸々の規約には特に変化がないけれど、次のDランク申請の時には、貢献度の蓄積に加えて、簡単な筆記試験もあるとのこと。

「Dランクからは、特別の理由がない限り、ギルドからの招集に応じる義務が生じます。

国王直轄の指定任務も同様です。また、報酬の一部がギルドに上納となるのもDランクからです。その分、受け取る報酬も高額となりますから、頑張ってくださいね」

「分かりました。ありがとうございます」

受付嬢からの説明が終わると、『雪上の轍』の面々が、ランクアップの祝いに飯を奢ろうと提案してくれた。特に断る理由も無いので有難くと返事をしようとした俺の耳に、バタバタと誰かが走ってくる音が聞こえてくる。

「大変です！」

息を乱してロビーに駆けつけて来たのは、俺と炎狼に一次職について説明をしてくれたミーアだった。

「伝令です！『ハロエリス』の全部隊が、ソクティから撤退しました！」

撤退。S級クラン『ハロエリス』が交替でソクティに送り込んでいた精鋭三部隊が全部撤退したということは、それで、抑えられなくなったということ。

「遂にか……！」

「スタンピードが始まるぞ！」

ギルドの中に、緊張が走る。何処かに走って行く者、武器を手にする者、装備の確認をする者。和気藹々としていた『雪上の轍』のメンバー達も、顔付きが変わった。

「そこに居るのは『雪上の轍』だな？　対策会議を開くからお前達も出席してくれ！」

受付の奥で忙しく動いていたギルドマスターが、ダグラスを見つけて声をかけてくる。ダグラスは「わかった」と返事をした後、俺に申し訳なさそうな表情を向けた。俺はそんなダグラスに軽く笑いかけ、しっかりと頷き返す。

「……すまん、シオン」

「気にしないで。俺はまだ力になれないと思うから、できることをやるよ」

「シオンも、気をつけて」

「無理に前線に出たりするなよ」

「でも可能なかぎり、町の人を守ってあげてね」

「あまりにも危ないと思ったら、ギルドの中に避難しておくのもお利口ですよ！」

『シオンちゃんもミケちゃんも、怪我をしないようにネ』

『はぁい』

『そうだワ……ミケちゃん、ちょっとこっちに来て』

何故かミケを促したシグマが、飛び乗って来たミケを背中に乗せたまま、ロビーの片隅に移動する。何事だろうと首を捻る俺達の前で、シグマは目の前にちょこんと座ったミケの正面で、ぶるりと身震いをする。

『一つ、ミケちゃんにスキルを伝達してあげるワ。【咆哮(ハウリング)】という威嚇スキルよ。低レベルでも、相手を怯(ひる)ませることぐらいはできるはずだから。いざという時に、シオンちゃんを守ってあげられるようにネ』

『シグマおねーさん……ありがとう！』

キラキラとした瞳でミケに見上げられたシグマは、ゴロゴロと機嫌良く喉を鳴らした後で、スゥ、と息を大きく吸い上げた。

【グォォォォォォォン‼】

「なっ……！」

「わぁ⁉」

ビリビリと空気を振動させる、シグマの雄叫(おたけ)び。ロビーの中に居た冒険者達は一様に武器に手をかけ、職員達は目を丸くしている。かく言う俺も、一頭と一匹の行動を目で追っていたにもかかわらず、鳥肌が立った。身体(からだ)が固まり、呼吸さえも忘れてしまいそう。

シグマがロビーの端っこに移動した理由は、これか。

「シグマ⁉」

「おい、どうした」

「何ごとなのです?」

慌てる『雪上の轍』の面々と俺が見守る前で、シグマの額から小さな光がふわりと浮かび、なんとか踏み止まっていたミケの額に、吸い込まれるようにして消えていった。

「まさかシグマ、ミケちゃんにスキルの伝達を……?」

すぐに行動の理由に気づいたハルは、それでも驚いた様子でシグマの背中を撫でる。俺たちのみならず、ロビーに居た冒険者達全員が注目する中、ミケは何度か前脚で顔を擦った後で、ふんっと四肢を踏ん張って立ち上がった。

『どう? ミケちゃん』

『はい、覚えられた……と、思います!』

『良かったワ。じゃあ試しに、一回使ってみましょう?』

『はい!』

シグマに促され、ミケは先程のシグマのように口を開き、大きく息を吸い込む。

【ミャアウウゥゥン!】

精一杯身体を反らせ、前脚でギュッと床を踏みしめ、本人（猫）にとっては最大級の大きさで解き放たれた、【咆哮】のスキル。

「まぁ！」

「おっ？」

「ふわぁ……！」

三角の形をした耳の先からふわふわの毛皮の先にまで、懸命に力が込められている。残念ながら威圧感は欠片も含まれていないのだが、その破壊力たるや、とんでもない。

正直に、言おう。その姿は、かなり。

「かっ……可愛い……！」

飼い猫（予定）の見せたあまりにも愛らしい行動に、俺は、膝から崩れ落ちる。

どうするの、これ。俺にどうしろと言うの。ミケの【咆哮】を正面から受けてしまったシグマとハルも、同様に床に膝をついてしまっている。

「うわぁ……可愛い。可愛いなぁ……シグマのちっちゃい頃、思い出しちゃう……」

『やーだァ！　ミケちゃん、も、可愛い！　可愛すぎて、食べちゃいたいワァ！』

え、ちょ。食べられるのはマズい。

慌ててミケを抱き上げようと駆け出した俺の横を、黒い影が凄い速さで追い抜いた。そのままミケに飛びつこうとする寸前、横から飛び出してきた他の影に、取り押さえられる。

「ミケちゃん――！」

「落ち着けアホ勇者！」

「……何やっているんですか」

　俺を追い抜きミケに抱きつこうとしていた影は、勇者の称号を持つ冒険者ダグラスだった。それを飛びついて押さえてくれたのは『雪上の轍』のタンク、ベオウルフだ。ジタバタともがくダグラスと床の上で格闘しつつ、二人はギャアギャアと言い争いをしている。

「だって！　だって可愛い……！　可愛いじゃないか！　俺も抱っこしたい！　ふわふわのニャンコと遊びたい！　いくら、いくら払えばいいんだよぉ！」

「馬鹿野郎！　勇者が下世話な言動をするな！　慎め！」

「嫌だ！　俺が何のために勇者をしていると思っているんだ⁉　こんな時のためだよ！」

「絶対違うからな⁉」

　……なんかこう、勇者とかSランク冒険者とかに対する憧れが、こう……。

　ミケを抱き上げ遠い目になる俺の視界の片隅では、ギルドマスターがこめかみに指を当てて俯いてしまっていた。あ、うん、心中お察し致します……。

結局。その後、あまりに可哀想だなと思ったらしいミケが自分でダグラスに甘えに行ってくれたので、再び泣き出しそうだったダグラスは、ミケを抱っこしたまま嬉しそうに微笑み、勇者っぽい外面を取り戻した。

こうやって黙って見ていれば、本当にただのイケメン勇者なのにな……。

「じゃあ、俺は一度、ホームのハヌ棟に戻ります」

「あぁ、俺達は対策会議に参加してくるよ」

冒険者ギルドから出る前に、ハルを始めとした『雪上の轍』の面々からフレンド登録を申し出てもらったので、有難く受けることにした。フレンド欄が、一気に賑やかになる。

ちなみにNPC達の間では、このフレンド登録を『友誼の絆』と呼んでいるらしい。

「……さて」

ハヌ棟に戻る道の途中、俺はこれからの予定を考えていた。

「せっかく【ホルダ聖門】が使えるようになったんだから……活用しないと」

ホルダ聖門は『華宴の広場』の近くにある大きな魔法門だ。要所の町には中心部に一つ用意されているもので、その特徴は『移動手段』としての登録・利用ができること。

例えば俺が町の外で死ぬと、ホルダにある自分の部屋に戻る。これが『死に戻り』という移動手段だ。各町の聖門は基礎レベルが35に到達するか冒険者ランクがEになると一箇所だけ登録ができて、魔法かアイテムを使うことで、遠方からでもその門に戻ることが可能になる。いわゆる、テレポートが使える仕組みになっているわけだ。

基礎のレベルや冒険者ランクが上がると登録できる門の数が増えていくらしいけど、とりあえず今は本拠地であるホルダに登録しておきたい。

「まずはハヌ棟で仮面(マスク)を被(かぶ)ってから、もう一度冒険者ギルドだな」

キダス教会に行ってミケのペット登録手続きを進めてもらいたくもあるけれど、これからスタンピードが始まる以上、こちらが優先だろう。

俺はハヌ棟に戻る前にホルダ聖門に立ち寄り、冒険者証を提示して帰還ポイントの設定をすることにした。門を管理している衛兵に声をかけ、聖門に触れながら【登録】と声を出した瞬間、軽い電子音と共に視界に実績解除のテロップが浮かび上がる。

【『初めて聖門を設定した』実績が解除されました】

同時に、何かがアイテムボックスに振り込まれたとの通知が入った。確認してみると、表に紋様が描かれた3㎝ぐらいの丸くて青い石が、インベントリに十個振り込まれている。簡単な説明文を読むとこれは『帰還石』と呼ばれるもので、利用すると［テレポート］の魔法と同じ効果を得られるそうだ。テレポートの魔法は効果が分かりやすく、自分の本拠地(ホームポイント)か登録しておいた聖門のどちらかを選び、そこに移動できるというもの。

今回振り込まれた帰還石は、最初に聖門を登録した時のプレイヤー特典みたいだ。

その足でハヌ棟の自室に帰った俺は、職業タブを「宿屋」に切り替える。今回はちょっとギルドで目立ってしまったので、ミケを連れて行くのは得策ではないだろう。不服そうにニャアニャア言っているミケをあやしてご機嫌取りをした後で、俺はインベントリに入れっぱなしになっていた布袋(ぬのぶくろ)を取り出し、中身を掌(てのひら)に出してみる。

「精霊石って……多分、これだよなぁ」

それぞれが赤や青のカラフルな色を持つ、指の一節ぐらいの大きさをした宝石達。ベロさんニアさんと一緒に俺の宿に泊まった妖精達が、宿泊の対価に置いていったものだ。

あの時は宿屋のレベルアップが直後にあったものだから、単純に「綺麗(きれい)だなー」と思いながら袋にまとめて、インベントリに放り込んだまま存在を忘れてしまっていた。

その後、あまり長居できなかったけどヤシロの冒険者ギルドで『精霊石の高価買取・急募』の貼り紙を目にしていた。次に訪れた市場でも同様の看板を掲げている素材買取屋を見かけたし、更には帰還したホルダの冒険者ギルドにも、同じ趣旨の貼り紙がしてあった。

掌に転がした精霊石に視線を落とすと、テロップの浮かぶ説明は【精霊石：各種の精霊がドロップする純度の高い魔力の結晶。高額で取引される】となっている。説明文の右上にいつもの「ここから捲(めく)る」があったので、テロップの端を摘んでぺろりと一枚引き剝がすと、新たな説明文が姿を見せた。

【高純度精霊石：各種の精霊がドロップする純度の高い魔力結晶の中でも、生誕して数百年を経た精霊達のみが作り出せる、高純度の精霊石。魔法効果及び魔術言語を格段に高めることが可能であり、その価値は計りしれない。流通が極々少数であることから、魔法職にとっては、常に探し求め続けるアイテムでもある】

……これ、世の中に出したらいかんやつでは⁇

俺は暫く悩んだが、今は目先のスタンピードのことが大事だと思い返す。全部で八個ある精霊石の内訳は、黒と白が一つずつ、赤と青と緑が二つずつ。俺はその中から黒と白だけを抜き出してインベントリに入れ、残りを布袋に入れてポケットに突っ込む。

「じゃあミケ、行ってくるよ。すぐ戻るからね」

「ミャン」

頭を擦り付けてくれたミケを軽く撫でてから、俺は掌にのせた帰還石を強く握りしめる。

【帰還石を起動します。移動先を選択してください】

▶ホームポイント
▶ホルダ聖門

選択肢の『ホルダ聖門』を指先でタップすると、カウントと共に、少しずつ視界が暗くなってくる。

【『ホルダ聖門』にテレポート致します】

機械的な音声が耳に届き、一瞬視界が暗転した次の瞬間には、俺の身体(からだ)はホルダ聖門の外に降り立っていた。

「ふぅ……人が多いな」

思わず呟(つぶや)いた言葉に聖門を守る衛兵の一人が視線を向けてきたので、俺は軽く会釈(えしゃく)を返し、声をかけられないうちにさっさと歩き始める。ホルダは、スタンピードの迎撃準備で大忙しの最中だ。ホルダ聖門からも各地から救援の冒険者達が次々と出てきているので、俺の印象が強く残ったりはしていないだろう。

ホルダの冒険者ギルドは、スタンピード迎撃が迫り、冒険者達で溢(あふ)れかえっていた。

各ランクのパーティは、それぞれに固まってどの部隊に振り分けられるかを待っているし、ソロ活動が主体の冒険者達も臨時のパーティを探している。ドワーフの鍛冶士達はロビーの片隅で武器や防具の手入れを受け付け、ポーションを始めとした様々な薬を扱う錬金術師達も、薬箱を広げて冒険者達の補給を手伝っているみたいだ。

ロビーの一角にある素材買取受付は、迎撃部隊の受付ほどではないが、それなりに賑わっていた。クエストボードを見たら一目瞭然ではあったけれど、ポーションの原料となる薬草や武具の補修に必要な各種素材の買取価格が跳ね上がっている。

それらに加えて『高価買取』を主張されているのが精霊石だ。リーエンでは様々な魔道具を動かす原動力として魔石が利用されるが、魔石は蓄積された魔力が消費されてしまうと、再び魔力をチャージする必要がある。充電式の乾電池みたいなものだ。

一方精霊石は、魔石とはシステムが異なる。精霊石はその名の通り精霊が生み出す結晶体であり、魔石のように溜(た)め込んだ魔力が切れてしまうことはない。精霊石に宿る魔力は、自然の中から勝手に蓄積されていくからだ。……そう考えると、妖精さん達は、精霊でもあるってことだよな。

魔導士はこの精霊石を自分の持つ魔導書(グリモワール)に嵌(は)め込み、その組み合わせによって【魔術言語】と呼ばれる固有の詩を作り上げる。魔導書のレアリティは基本的に精霊石を嵌め込むことが可能な穴(ホール)の数に左右されるけど、いくらレアリティが高くても、良質の精霊石を揃(そろ)

えられなくては、それが無用の長物と成り果てるわけだ。

そうこうしているうちに、買取受付に並んでいた俺の順番が廻ってきた。カウンターの前に置かれた椅子に腰掛けると、髪の長い穏やかな表情の受付嬢が微笑みかけてくれた。

「冒険者ギルドの買取受付にようこそ。私は、本日の受付を担当しております、カタリナです。現在、スタンピード迎撃準備に伴い各種素材の需要が高まっています。お手持ちの品に素材がございましたら、ご検討いただけると幸いです」

「……査定を依頼したい。これなんだが」

俺は敢えて中身を取り出さず、デスクに置かれたコルクボードの上に、精霊石を袋に入れたまま載せた。

「拝見致します」

流石に中央の冒険者ギルドの受付嬢だけあって、彼女は、俺がわざと袋のまま置いた品物の中身をその場で広げるようなことはしなかった。コルクボードごと自分の傍に引き寄せた袋を持ち上げ、中を覗き込んだカタリナの表情が、瞬時に凍りつく。

「っ……！」

ガタンと音を立てて椅子から立ち上がった彼女に、買取受付の周囲やカウンターの中に居た職員達からの視線が集まる。

「暫く、お待ちいただけますか？」

「……出直してもいいが」

「いいえ！　とにかく、少しだけお待ちを！」

彼女は俺に念を押すように言い含めた後で、他の職員に声を掛け、慌てて何処かに走って行ってしまった。幸い、迎撃準備の為に大混雑しているせいでそこまで注目を浴びていないが、異変に気づいた職員達はチラチラとこちらの様子を窺っている。俺が内心溜息をついているうちに、パタパタと軽い足音と共に、さっきの受付嬢が戻ってきた。

「お待たせしました！　あ、えぇと……」

「カラ、だ」

「カラ様。ギルドマスターが是非お目通り願いたいとのことです。申し訳ありませんが、ご足労いただけますか？」

うわぁ……今度はギルドマスターかぁ。

カタリナに連れられた俺が受付の横から繋がる廊下の先に進んで部屋に入ると、そこには既に、ホルダの冒険者ギルドのマスターが待っていた。部屋の中央にあるローテーブルの上には、俺が持ち込んだ精霊石六つが、トレイの上に色分けして置かれている。

「初めまして、カラ様。中央冒険者ギルドのマスターを務めております、ブライトと申します」

「……カラだ」

ギルドマスター、ブライトって名前だったんだな。軽く下げられた頭にこちらも会釈を返し、俺は促されるまま、彼の対面に置かれたソファに腰掛ける。

「本日は中央冒険者ギルドの買取受付へお越しいただきまして、誠にありがとうございます。早速ではありますが、カラ様がお持ち込みくださった精霊石について幾つか質問がございまして、別室にご足労いただきました」

「……入手方法については、教えられない」

先手を打って俺が告げた言葉に、ブライトとその傍に控えたカタリナの表情が硬くなる。

「そちらがどうしてもと言うならば、取引は中止する。持ち込み先は、他にいくらでもあるからな」

ハッタリを含んだ台詞(せりふ)だったが、それは正解だったようだ。瞳を眇(すが)め、ソファの背に凭(もた)れて膝の上でゆっくりと指を組んでみせた俺の仕草を『不機嫌』と判断したブライトとカタリナは、揃って頭を下げてきた。

「どうかご容赦を。精霊石は魔導書(グリモワール)を育てる魔導士は言うに及ばず、前衛職の属性武器にも重用され、冒険者であれば誰しもが手にすることを望んでいる品物です」

「精霊石は入手そのものが非常に困難です。それを六つもお持ちこみくださったのですから、何か特別な技法をお持ちかと考えました。可能であれば、ご教授願いたいと希望した次第です。お許しください」

「それに、カラ様がお持ち下さいましたこの精霊石……逸品としか言いようがありません」

トレイの上に置かれた精霊石を一粒摘み上げたブライトは、その透明感のある輝きを光に透かすように翳して、はぁと大きく息を吐く。

「私も長年冒険者を務めていましたが、ここまで純度の高い精霊石を目にした例しは、数えるほどしかないでしょう」

あぁ、やっぱりそういう代物なんだな。妖精さん達、一泊の宿泊費にどれだけ置いていったんだよ……。

「是非とも買い取らせていただきたいところなのですが、残念ながら当ギルドは現在スタンピード対策に追われており、六つの精霊石全てを買い取る資金に余裕がありません」

「……だろうな」

うわ、そんなに高額になるのか。内心びびっている感情を「仕方ない」と予め判っていたような表情を浮かべて誤魔化した俺は、それで？　とブライトに話の続きを促す。

「当ギルドが推薦する魔導士達を、緊急で集合させています。今回は、彼等の中でカラ様のお眼鏡に適う者が必要とする精霊石のみを、買い上げさせていただきたいのです。残りはお持ち帰りくださっても構いませんが、当ギルドが購入資金を整えるまでお預けいただけるのであれば、責任を持って管理いたします」

成るほど、賢いやり方だ。高純度精霊石の相場がどれぐらいかはまだはっきりしていないけど、かなりの高額になることは分かった。それでも恐らくは、セントロの中央冒険者ギルドの資金が全て枯渇するようなものではない。

ただ現在は、スタンピード迎撃戦が目前に押し迫っている。消耗品を円滑に仕入れるには、現金が必要だ。それを鑑みると、俺が持ち込んだ精霊石を全て買い取り、手持ちの現金を減らしてしまうのは、得策ではない。

しかし、ギルドマスターでもなかなかお目にかかれないこの高純度精霊石は、流通そのものが極端に少ない。ギルドの買取受付を通さず、もっと別の場所に……例えばオークションなどに出品すれば、価格はもっと吊り上げることができるだろう。そうなれば、冒険者達の手元に来る時には、値段は更に跳ね上がる。だからギルド側としては、買取受付に持ち込まれた今、何としても精霊石の所有権を得ておきたいわけだ。

その折衷案が、これだ。まず精霊石を与える魔導士を選ばせることで、俺に優越感を与える。選ばれた魔導士に恩を売る一方、他の魔導士には、精霊石の存在を教えることができる。すると俺は身の安全を考えて、精霊石をギルドに預けるという選択肢を選びやすい。ギルドが間に入ることで精霊石の買取価格は適正価格内に収まり、オークションなどを介して跳ね上がることもない。

「良いだろう。ただ俺は、魔導士の善し悪しは分からない。適当に決めることになるぞ」

「問題ありません。カラ様が誰を選ばれたとしても、冒険者ギルドに所属する魔導士の力が強化されることに、変わりはありませんので」

うーん……おおごとになってきましたよ？

考え込む俺の内心を他所に、やがて部屋の扉が軽く叩かれた。ブライトが許可を出すと、失礼しますと断りを入れてから、受付嬢のメリナさんが部屋に入ってきて一礼する。

「ギルドマスター。魔導士達が揃いました」

「判った。カラ様、先程お伝えしました、魔導士達が揃ったようです。こちらの部屋に呼んでも宜しいでしょうか？」

「……構わない」

俺が肯くと、ブライトはメリナに軽く合図を出した。再び一礼して部屋から出ていったメリナは、すぐに五人の冒険者を連れて戻ってきた。全員が魔導書を携え、ローブを羽織り、如何にも魔導士ですという雰囲気を醸し出している。

「通常はリーエンの各地に散っている冒険者達が、スタンピード迎撃戦のためにホルダに集まっていたのが幸いでした。前衛職は省き、ランクA以上の魔導士、かつ、炎・草・水のいずれかの属性を得意とする者を集めさせています。……皆、挨拶を」

「マチルダよ！　炎属性を得意とするわ」

「リィナと申します。得意は炎属性です」

「ラフカディオです。草属性を得手としております」

「……アクアです。水属性が、得意です」

「ユージェンです。水と氷の魔法が得意です」

まず二人は見覚えがある。マチルダは冒険者ギルドの受付でハルに暴言を吐いた女性の一人だ。やたらと扇情的な格好をしていて、ギラギラした瞳で俺を見つめていて正直怖い。リィナは『雪上の轍』の魔導士だ。ちょっと緊張しているのか、表情が硬い。ラフカディオは落ち着いた雰囲気の壮年男性で、アクアは小学生ぐらいに見えるのだけど、それでもランクはA以上なんだなぁ。ユージェンは二十歳前後の、頭の良さそうな青年だ。

「全員、実力はギルドの折り紙付きです。何か質問がございましたら、どうぞご自由にお声がけください」

「……そうだな」

とは言っても、何を聞けば良いのやら。

得意属性……は既に教えてもらっているし、年齢……は絶対に女性には聞いちゃいけない禁句の一つだと、死んでないばあちゃんが言っていた……うーん……。

『ヘイＹＯＵ――！　悩んでないで、僕に決めちゃいな、ＹＯ！』

うーん……うーん……ん、んん？

『あぁ！　抜け駆け！　アマデウス、ずるいです！』

『セレスの言う通りよ！　私達は口出ししないって、さっき決めたじゃない！』

『Lady ガブリエル、Lady セレスティエル。君達のご立腹は尤(もっと)もだけど、そちらのＢＯＹ、かなり悩んでいる感じなんだＹＯ。どうやら、決め手に欠けているみたいなんだ』

『そうだけどさぁ』

『それに、マトリが選ばれたら大変だろう？　少しでも自分からアピールしないと！』

……幻聴にしては、やけにしっかりした声が、聞こえるのですが。

『お前たち、もう少し静かにせんか。マトリが休めないだろう』

『あっ、そうだったわ……ごめん、マトリ』

『ごめんなさい、マトリ』

『Oh……僕としたことが、なんという失態。ソーリー、マトリ……』

『うぅん……僕は、大丈夫……ありがと、ギューフェン。みんなも、気にしないで』

残念ながら、聞き間違いでもない。どうやらこの声は、紹介された五人の魔導士達がそれぞれ携えている魔導書（グリモワール）から聞こえてきているみたいだ。これも羽根飾り（フェザー）の効果か。

俺が黙ってしまったのをどう解釈して良いか判らないのだろう、ブライトが何か話しかけようとしたが、俺は片手でそれを制し、魔導書（グリモワール）達の会話に耳を傾ける。


消え入りそうな少年の声色をした、マチルダの［マトリ］。

大人っぽい女性の雰囲気がある、リィナの［ガブリエル］。

翁（おきな）のように落ち着いた声を持つ、ラフカディオの［ギューフェン］。

幼い少女じみた言葉で喋（しゃべ）っているのが、アクアの［セレスティエル］。

そしてやけにチャラい話し方をしている、ユージェンの［アマデウス］。

　主人をそっちのけで勝手に会話をしているが、仲が悪い雰囲気ではない。元気の無い「マトリ」を、全員が気遣っている感じ。

　でも、マトリが選ばれたら大変だって……何故だ？

　俺が視線を注ぐと、マチルダは何を勘違いしたのか妖艶な微笑みを浮かべ、組んだ腕で豊満な胸を持ち上げるようにしてみせた。その隣に立っていたリィナが辟易しているが、マチルダはお構いなしだ。

「マチルダ……と、いったな」

「ええ、そうですわ。旦那様、私に精霊石の権利を頂けますの？」

「……まだ決めていない。その前に、君の魔導書を見せてくれるか」

　俺の要求にマチルダは少し不満そうな表情を浮かべたが、俺の機嫌を損ねてはいけないと思い直したのか、自分の魔導書を俺に差し出してきた。

　それは、見かけは他の魔導士達が持つものとさして変わらない、古くて分厚い魔導書。ただ何処となく、なんと言うか、くたびれた雰囲気があるのは何故だろう。

　俺が指先で本の背に触れた瞬間、掠れた小さな声が耳に届く。

『……おね、がい。僕を、選ばないで』

続いて聞こえるのは、慌てふためく、複数の声。

『あぁ、神様……！』

『人の子よ。後生ですから、これ以上、マトリを苦しめないでくだされ……！』

『ダメよー！』

『NO！　止めるんだBOY！　マトリだけは、だめだ！』

うーん……ただごとじゃないな？

泣きそうな声で懇願してくる魔導書（グリモワール）達の声を聞きながら手にした［マトリ］に視線を落とすと、【魔導書（グリモワール）マトリ：レアリティ・S／得意・火属性】とポップアップしている簡単な説明文の端に、［ここから捲（めく）る］ための目印を見つけた。きっとこれが、手がかりだな。

俺は［マトリ］の表紙に軽く掌（てのひら）で触れるように見せかけつつ、ポップアップしている説明文の表面を一枚、引き剝がす。

【魔導書（グリモワール）マトリ：精霊石　2／4

レアリティ・S／得意・火属性／状態：非常に悪い。

火属性の魔術言語を得意とする魔導書《グリモワール》。

オーバーユーズ及び手入れ不足により、劣化加速のデバフ状態。

これ以上の負荷は崩壊を招くか、禁書化する可能性が高い。

禁書化した魔導書は、持ち手の魂を糧(かて)に闇の魔物を召喚する】

……これって、結構ダメな感じでは？

◇

最初の印象は、何処かの箱入り息子か、慈善事業に目覚めたお坊ちゃま。

希少な高純度精霊石が冒険者ギルドの買取受付に六つも持ち込まれたとカタリナから報告を受けたブライトは、何故こんな時にと内心舌打ちをしながらも、まずはその真偽を確かめるために、ギルドに常駐している鑑定士の所に件(くだん)の精霊石を持っていった。

ブライトから精霊石を渡された鑑定士は三色の宝石が放つ輝きに感嘆の声を上げつつ、

「これが偽物(にせもの)なら俺の頭を斧(おの)で割ってくれても良い」と物騒な太鼓判を押してくれた。

「本物なのか……厄介だ」

いっそ、偽物であって欲しかった。鑑定士から返された精霊石をベルベット生地のトレイに並べ、ブライトは低く唸(うな)り声を上げる。こんな緊急時に限って、扱いに困る代物を。

「ギルドマスター、いかがいたしましょう」

「私が会ってみるしかないだろう。最近、高純度精霊石の取引価格はどれほどだ？」

「同サイズで比較しますと、二年前トーハン遺跡で発掘された炎の高純度精霊石がオークションにかけられ、二千三百金ルキで落札されました。最低価格としては、草の高純度精霊石を嵌めこんだ指輪が冒険者ギルドに持ち込まれ、千金ルキで買い取っています」

「……随分差があるな」

「オークションの場合は、手数料も含まれることから、どうしても価格が跳ね上がります。ギルドに家宝を持ち込んだ貴族の方は、御子息の治療費にどうしても即金が必要とのことで、相場よりも低い買取価格で同意してくださったようです」

「ふむ。であれば、相場は千五百金前後だな……」

　ギルド側としては、この滅多に流通しない高純度精霊石は、是非とも手に入れておきたい。しかしながら、今回はタイミングが悪すぎる。スタンピードを目前に備え、薬を始めとした大量消耗品を仕入れるには、ギルドの手元に現金が必要だ。

　高純度精霊石をこれまでの最安値である一つ千金ルキで取引をしたとしても、単純に六千金ルキがギルドの金庫から消えてしまう。それは、避けたい事態だ。

「取引を持ちかけよう。全てではなく、こちらが買い取れるだけの個数を……現状では、二つほどだろうな。それを、『対象を見せて』選ばせる。同時に、それを枷とする」

「……もしかして、高純度精霊石の存在と持ち主をあえて冒険者達に教え、安全を考慮してギルドに預けざるをえなくさせる……ということですか？」

長く冒険者ギルドに勤め続けているだけあって、ギルドマスターの意向をすぐに読み取ったカタリナの問いかけにブライトは頷き返す。やや卑怯な手段ではあるが、この好機を失うことはできない。

「メリナは、冒険者ランクがAに到達している魔導士の中で、炎・草・水の三属性のいずれかを得意とする者を選抜して緊急でギルドに召喚してくれ。後からで構わないので、最低、千金ルキ程度の支払い能力があることも条件の一つだ」

「分かりました」

蛇の鱗を煌かせながら素早い動きで廊下を滑っていったメリナを見送り、ブライトはギルドの奥にある応接室に移動した。ローテーブルに精霊石を載せたトレイを置き、ソファに腰掛けて程なくして、カタリナに連れられた青年が姿を見せる。

短い黒髪に、端整な顔立ち。猫のように眦がつり上がった蜂蜜色の瞳。軽く挨拶を交わしてからも、何処かの貴族か裕福な商家のお坊ちゃんと感じた印象は変わらない。

どんな思惑で精霊石を持ち込んできたかはまだ判らないが、まずは精霊石の情報を手に入れてからだと考えたブライトの出端は、あっさりと挫かれた。

情報は教えられない。それ以上を望むならば、取引は中止。他所に持っていく。

拒絶・条件・脅迫。絶対の不可侵を宣言する言葉は、余計な装飾を持たない分、付け入る隙もない。……これは『取引慣れ』をした言葉だ。若造だからと、油断した。

結局ブライトは、カタリナと揃って頭を下げる羽目になった。

内心、これで取引が中止になってしまうのではないかと危ぶみもしたが、悠然とソファの背凭れに背中を預けている青年の表情には、苛立ちも怒りも浮かんではいない。

今回の高純度精霊石買取について、全てを買い取ることが現状では不可能であることを伝えても「そうだろうな」と呟き、涼しい表情をしている。精霊石購入の権利を与える魔導士を選んで欲しいと願い出れば、「魔導士の善し悪しは判らない」と嘯いたが、それでも選ぶ行為そのものには反対しない。

もしかして、今の、この状況で精霊石を持ち込むこと自体が、彼の思惑だとしたら？

その可能性に気づいてしまったブライトの背筋は、ひやりと氷を押し当てられたように冷たくなってくる。

入手が難しい高純度精霊石が詰まった袋を、小石を詰めたような気軽さでポケットに突っ込み、護衛一人つけずに冒険者ギルドに持ち込んできた豪胆の持ち主だ。精霊石の買取という行為そのものが、何かのフェイクである可能性は否定出来ない。

外見に惑わされて下手を打てば、どんな結果が待ち受けているのだろうか。

思考を巡らせるブライトのもとに、呼び寄せておいた魔導士達が揃ったとの報告が入った。対面のソファに座った青年に許可を得てブライトが肯（うなず）けば、メリナが緊急で召喚してくれた五人の魔導士が部屋の中に入ってくる。

さすがに、高ランクの冒険者が揃った中で、何かを仕掛けたりはしないだろう。内心で胸を撫（な）で下ろすブライトを他所に、魔導士達にそれぞれの自己紹介を聞いた青年は、僅かに首を傾（かし）げた。そして視線を五人に注いだまま、何故か、行動が止まってしまう。

「……カラ様？」

ブライトが尋ねようとしたところを、軽く片手で制される。

何事だろうと思いつつも、静寂を保ったまま、待つこと数分の後。

「マチルダ……と、いったな」

カラが声をかけたのは、露出の多い装備を身につけたマチルダだ。マチルダは優秀な魔導士ではあるのだが、それを鼻にかけ、何かと人を見下す言動が目立つランクA冒険者でもある。そんなマチルダが選ばれてしまったことにブライトは正直ガッカリしたのだが、精霊石を購入する権利を選ばせると言ったのは彼自身だ。それを今更覆（くつがえ）すことはできない。ならばせめてもう一人、誰かを選んでもらわねば。

　しかしブライトの予想に反して、カラがマチルダに声をかけたのは、彼女に購入の権利を与えるのではなく、彼女が持つ魔導書（グリモワール）が目当てだった。少し不服そうな表情をしたマチルダから魔導書を受け取ったカラは、本の背表紙を撫でつつ、何やら暫（しばら）く考え込む。

「……うん、そうだな。やっぱり、そうしよう」

　結論の言葉と同時にカラが提示した条件は、驚くべきものだった。

「マチルダ。君に精霊石購入の権利を与えることは出来ない」

「何ですって⁉」

　マチルダは怒りの表情を浮かべるが、カラは畳み掛けるように、次の条件を口にする。

「ただ、一つ提案がある。この魔導書（グリモワール）を、俺に譲るつもりはないか？　交換で、君に草の精霊石を一つ進呈しよう」

「進呈……？」

「その通りだ。こちらの魔導書に現在嵌め込んである精霊石も返却する」

　マチルダが使う魔導書（グリモワール）マトリは、炎属性と相性が良（い）い。精霊石を嵌め込む穴（ホール）も四つあり、レアリティはSに分類される。しかし魔導書はドロップが多く、レアリティSであっても、価値はあまり高くない。マチルダ自身も「マトリ」は自分で拾ってきたか、買い求めるかで手に入れた物だ。これまで実際に使っていたのだから、癖は少ないが、特別な能力も無いと知っている。高純度の精霊石を手に入れる代価としては、破格と言えるだろう。

あまりにも予想外の提案に驚きつつ、ブライトはカラが口にした提案の意味合いを考える。黙って考え込んでしまっているマチルダも同様だとは思われるが、彼女自身も、その理由を考えあぐねているようだ。

ただ一つだけはっきりしているのは、この正体不明の『カラ』と名乗る青年は、マチルダの持つ魔導書を手に入れたいと願っているということだ。

ブライトはその事実を考慮して、カラの提案に助け舟を出すことにした。

「マチルダ。君は確か、新しい魔導書の購入を希望していなかったかな？」

「え？　ええ……その通りよ、マスター。最近、［マトリ］の調子が何かと悪くて。元々、魔術言語の詩句も良好とは言い難かったし……。ギルドで新しくレアリティSSの魔導書［メンデル］が売り出されたから、それを手に入れたいと思っているわ」

魔導書は、レアリティSSになると、希少価値が跳ね上がる。中でも攻撃力に優れた炎属性のものは人気が高く、ランクAの冒険者でも、軽々しく手が出せない価格となる。

「もし君がカラ様の提案を受け入れ、草の精霊石を入手するならば、冒険者ギルド側でそれを買い取ろう。あるいは、君自身が誰かと交渉するか、オークションに持ち込むかして

「メンデル」の購入資金にあてても構わない。その間、「メンデル」は取り置いておくことを約束しよう。……どうだね？」

マチルダの表情が、目に見えて輝く。

使い古した「マトリ」を手放すだけで、切望していた魔導書が手に入るのだ。

「……判ったわ。その条件、呑みましょう」

彼女はその提案を受け入れ、カラが差し出した草の高純度精霊石と引き換えに魔導書「マトリ」の所有権をカラに譲渡した。

「では、私は先に失礼致します」

残された四人の魔導士達に向けて得意そうな表情を浮かべたマチルダは、精霊石を手に、さっさと部屋を出て行ってしまった。早速、換金の手段を求めに行ったのだろう。

「何を考えているの……これからスタンピードを迎撃するのに、魔導書を手放すなんて」

リィナは信じられないといった様子で呟いているが、目先の欲に眩んだマチルダの耳には、その言葉は届かない。確かに問題であり、ブライトはそれがカラの目的なのかと一瞬疑いを持ちかけたが、それを狙ったとしても、彼女一人の戦力を削ぐだけでスタンピードの迎撃に大きな影響があるとは言い難い。

「……ギルドマスター。それで、精霊石を買い取れる数は幾つだ？」

カラの問いかけに、ブライトは「今は二つです」と言葉を返す。膝の上に置いた魔導書(グリモワール)［マトリ］に視線を注ぎ、カラは再び少しの間、何かを考え込む。

「……判った。では、炎の精霊石を買い取る権利をリィナ殿に。草の精霊石を買い取る権利をラフカディオ殿に与えてくれ」

リィナとラフカディオは水属性の二人を考慮してあからさまに喜んだりはしなかったが、恭(うやうや)しく一礼をしてカラに謝意を示した。選ばれなかった二人は肩を落とすものの、こちらも身を弁(わきま)え、騒ぎ立てたりはしない。

「承知致しました……では、他(ほか)の精霊石は」

「残った炎の精霊石を一つ、俺に戻してもらおう。水の精霊石二つは、条件次第では、ギルド側に譲渡しても構わない」

その発言には、ブライトとカタリナだけでなく、残された魔導士達も驚愕(きょうがく)してしまう。

「……本気ですか？」

「本気じゃない方が良いのか？」

「い、いえ。まさか」

驚きの発言を口にしたカラは、狼狽(うろた)えるブライトに向かって、指を三本立ててみせた。

◆

無事に魔導書［マトリ］を手にすることが出来た俺が、残った水属性の高純度精霊石と引き換えに、ギルドマスターに提示した条件は三つ。

一つ、水の精霊石二つを売却した資金を、負傷した冒険者達の治療費に充てること。
一つ、この先ランクB以上の魔導士が定例の査定を受ける際に、使用している魔導書の状態もチェックを受けるよう義務付けること。
一つ、冒険者ギルドで指名依頼を出せる権利を『カラ』に与えること。

「どうだろうか？」

俺の出した条件に、ギルドマスターは少し考え込み、カタリナに小声で何かを指示した。小さく頷いたカタリナが立ち上がり、俺に一礼をしてから小走りに部屋を出ていく。
「カラ様の提示された条件ですが、一つ目のものは、我々にとって願ってもないことです。これからスタンピード迎撃戦に臨む冒険者達の大きな助力となるでしょう。そして二つ目ですが……カラ様はもしや、書籍鑑定の能力(スキル)をお持ちですか？」

「いや、そんな特殊な能力は持ち合わせていない」

「では何故(なぜ)、魔導士達にそのような条件を課そうとお考えになったのでしょうか」

「理由を説明してくれる相手は、今、あなたが呼び寄せたのではないか？」

「……っ！」

俺の予想を裏付けるように。数分も経(た)たないうちに、ノックの音と共に「書籍鑑定士を連れて参りました」と告げるカタリナの声が、部屋の外からかけられる。

「……通してくれ」

「承知致しました」

ギルドマスターの許可を得て部屋に入って来たのは、杖(つえ)をついて歩く、丸眼鏡をかけた好々爺(こうこうや)風の翁(おきな)だった。

「書籍鑑定士を務めております、ヨハンですじゃ。どうぞ、お見知り置きを」

「……カラだ」

簡単な挨拶を交わす俺とヨハンを他所に、魔導書(グリモワール)達は大盛り上がりをしている。

『あぁ、ヨハン様だー！』

『excellent(エクセレント)！　ヨハン様は変わらず元気そうだね！　良いことだ！』

『長くお会いできていなかったのよ……嬉しい』

『良き日に巡り合えたのう』

『わぁ、ヨハン様……』

なんだか、こちらの書籍鑑定士ヨハンは、魔導書達に大人気の存在みたいだ。

「書籍鑑定士は鑑定関連の職業の中でも、特殊なスキルを必要とする稀少職です。モンスターやダンジョンの宝箱からドロップした魔導書を鑑定し、属性相性や隠されたレアリティを見抜くのは、書籍鑑定士にしか出来ない仕事となります。ヨハンはその中でも、このセントロで随一と称される鑑定能力の持ち主です」

「おやおや、持ち上げてくれるのは嬉しいが、あまり期待をされすぎても困る」

ギルドマスターの熱の籠もった紹介に笑顔で頭を掻いたヨハンが対面のソファに座ったところで、俺は手に持っていた魔導書「マトリ」を、黙ったままヨハンに差し出す。

「……んむ?」

見かけ上は、少し表紙がくたびれただけの、何の変哲もない魔導書。しかし、俺が差し出した「マトリ」を手にした、その次の瞬間。

「何と……!」

驚愕に目を見開きながら、ヨハンは叫ぶ。そして先程までの穏やかな様子とは一変して険しい表情を浮かべ、マトリの持ち主である俺を憎々しげに睨みつけてきた。

「あなた様は、この子の状態を判っているのかね？　ギルドの下で魔導書を扱う者として、看過できない状況じゃよ」

「……どういうことだ？」

ギルドマスターの問いかけに、露骨な嫌悪感を隠そうともしないヨハンは、俺を睨みつけたまま口を開く。

「魔導書には、定期的な手入れが必要。それは、魔導士ならば誰もが知っている。うっかり手入れを怠り、格段に魔導書の性能が落ちた経験は、皆も一度ぐらいあるじゃろう」

魔導士達は顔を見合わせ、頷き合う。

「何故、手入れが必要なのか。レアリティA以上の魔導書は、『詩句を詠う』為の疑似人格を持つようになる。ゆえに、酷使が続けば疲弊し、性能が落ちる。それでも無理に使い続ければ、今度は人格そのものが摩耗されていく。それはやがて魔導書を崩壊させるか、下手をすれば……禁書へと転化させる危険性を孕んでいるのじゃ」

ヨハンの告げた事実に、魔導士達は、驚愕の表情を浮かべる。

「禁書ですって!?」

「知らなかった……禁書は、そのような過程で生まれるのか」

「あえて、世間一般には知らせておらぬし、情報も出回らぬ。なにせ魔導書(グリモワール)が禁書化した場合、最初に犠牲になるのは、持ち主である魔導士の魂じゃからな。魔導士の魂を贄(にえ)に呼び出された闇の魔物は、すぐに逃走する……そして何処(どこ)かに身を潜め、機会を窺(うかが)うのじゃ」

何だか、頭が良(い)い魔物だな。書物が媒介となって呼び出すだけのことはあるのか。

「この［マトリ］も、既に瀕死(ひんし)の状態じゃ。どれほど手酷(てひど)く扱ったのか……！」

所有権が俺にあると判っていても、返す気には到底なれないのか、ヨハンは［マトリ］を手の間に挟み、ギルドマスターの顔を見遣(みや)る。何とかして、俺から［マトリ］を取り上げて欲しいと言いたいのだろう。ギルドマスターは、慌てて誤解だと首を振る。

「違うんだヨハン。［マトリ］をそこまで追い込んだのは、こちらのカラ様ではない」

「……何と？　それでは、誰が……」

「今まで［マトリ］を持っていたのはマチルダだ。カラ様は貴重な精霊石を交換条件に出して、マチルダから［マトリ］の所有権を得てくださったのだよ。私も［マトリ］がそんな状態になっているとは知らなかった」

今度は、ヨハンが言葉を無くす番だ。

「申し訳ございませぬ！　そのような事情とは露知らず、儂(わし)は、何という無礼を……！」

「大丈夫だ、気にしていない。それで……［マトリ］は修復出来るのか？」

俺の問いかけに、ヨハンは大きく頷き返してきた。

「可能です。儂にお任せくだされば、崩壊と禁書化の危険性が無くなる段階まで、責任を持って修復してみせますのじゃ」

「……では、あなたにお願いしたい。報酬は、これでいいか？」

一つ手元に残すと宣言しておいた炎の精霊石を俺が指させば、ヨハンは「とんでもない」と顔の前で大きく手を振る。

「あなた様は［マトリ］の恩人ですじゃ。この子達を鑑定したのは、ほとんど儂なのです。じゃからどの子も、儂の子供のようなもの。魔導書(グリモワール)は数が多く、レアリティSであっても、崩壊するまで使い潰されることが多い……そんな中、あなたは私財を抛(なげう)って傷ついたこの子を引き取ってくださった。親として、礼節を尽くさねば、叱られまする。どうぞここは、感謝の意として引き受けさせてくだされ」

『ヨハン様が、我らのことを子供だと！』

『あぁん、ヨハン様。素敵ぃ……！』

『ダディと呼んでも良いってことだよね⁉　最高にcool(クール)じゃないか！』

『マトリ、良かったわね！　ヨハン様が治してくださるのなら、私達も安心よ』

『うん……嬉しい……』

　キャイキャイ騒いでいる魔導書（グリモワール）達の会話を聞き流しつつ、ヨハンの厚意を受けることにした俺は魔導書の預かり書を受け取り、折り畳んだそれをローブのポケットに突っ込む。

「通常、魔導書（グリモワール）の手入れには一週間、修復にはひと月程の時間を要しておりますのじゃ。しかし今回はスタンピードがございますゆえ、少し長くお時間を頂戴するかと」

「あぁ、構わない。頃合いを見て、ギルドに顔を出す」

「承知致しました」

『あぁ、良かった……！　これで思う存分、スタンピードでも詠（うた）えそうよ』

『うむ。私は後方支援になるとは思うが、持ちうる限りの詩句で助けよう』

『私はどうなるかなぁ。アクア、水の精霊石売ってもらえるといいなぁ……』

『僕のユージェンも何も言わないけど、気にしているみたいだね。高純度の精霊石を得たらどんな詩が詠えるのか……！　是非、知りたいものだ』

　まぁ俺としても、残りの水の精霊石は、アクアとユージェンが手にしてくれるのが理想なんだけどな。二人とも、魔導書（グリモワール）に慕われているみたいだし、あとは俺が出した最後の条件をギルドマスターが承知してくれるかどうかが、肝ってところか。

「ランクB以上の魔導士達に魔導書（グリモワール）の点検を義務付ける案も、是非導入したいと思います。

見直しの機会をお与えくださったことに、ギルドを代表して感謝致します」

ブライト、カタリナ、ヨハンが揃って俺に頭を下げてくる。うん、これはやった方がいいと思うんだよね。スタンピードの最中に禁書化事件とかが起きたら、大変だと思うし。

さて。最後に残った条件は、俺に『指名依頼』の権利を与えること。

通常、冒険者ギルドに依頼を出しても、誰がそれを引き受けてくれるかは分からない。依頼の種類や内容を吟味して、どのランクの冒険者が引き受けられるかを判別するのは冒険者ギルドになり、その上で、掲示された依頼を受けるかどうか選ぶのも冒険者側だ。

それが指名依頼となると、話は別だ。当然ながら依頼料は上がるが、依頼主側が、任務を引き受ける冒険者を指名することが出来る。何度も冒険者ギルドを利用した実績のある、所謂『お得意様』に許される特典だ。

「……三つ目の条件ですが、これは通常であれば、相当の審査を必要とします」

「そうだな……それで？」

俺は軽く、首を傾げてみせる。それ以上は、問いかけも、否定もしない。

その意味合いも、重要さも、理解していると示す態度だ。

『ギルドマスター、悩んでいるみたいだね』

『……指名依頼って、そんなに重要なことなのかしら？』

『あれじゃないかい？　難しい依頼を、到底遂行出来ないランクの冒険者に押し付けて、わざと失敗させることでギルドの評判を落とさせるとか』

『そんなに単純ではなかろう。そもそも指名依頼でも、国王からの勅命でない限り冒険者に拒否権がある。アマデウスが指摘したようなことにはならん』

眉間に皺を寄せて考え込んでいるブライトを他所に、ヨハンに抱えられたままの「マトリ」も、魔導書達の会話にちゃっかり参加している。ヨハンはギルドの中でも優秀な書籍鑑定士と聞いたけれど、魔導書同士の会話までは聞き取れないみたいだ。うーん、俺の左耳にぶら下がっているこの羽根飾りは、相当高性能なんだろうな。

『それにしても、高純度精霊石か。私の為に誂えてくれるのはとても嬉しいが、ラフカディオがコツコツと貯めていた金が減ってしまうな』

『確か、最安値でも千金ルキぐらいだって聞くね』

『え、千金ルキもするの⁉』

『それでも破格の筈よ。オークションにかけたら、その倍にはなるって聞いたことがあるわ』

え、えええええ……。

精霊石ってそんなお値段するの？　千金ルキって、つまりは、一千万円⁉

妖精さん達、宿代を高く支払いすぎでは？　今度会ったら、何かサービスしないと。

内心大慌てをしている俺の前でブライトが悩んでいるうちに、外の喧騒が、建物の奥に位置するこの部屋まで届くほど大きくなってきた。ソクティから溢れ出たモンスターを迎撃しながら後退している防衛ラインが、少しずつ町に近づいてきている証拠だ。

ホルダは、セントロの首都。当然ながら、その防衛システムはかなり堅固に作られているだろうから、ちょっとやそっとのことでは陥落する心配はない。それでも、必ず負傷者や犠牲者が出てしまう。それを如何に少なくできるかは、冒険者達の指揮を執るギルドマスターの手腕にかかってくる。

「……判りました。今回に限り、ギルドマスターとしての裁量で、カラ様のご提示された条件を採択させていただきます」

結局ブライトは、俺の出した条件を受け入れることにしたようだ。

身元が不明かつ実績不充分の俺に対して与えられた、優遇の権利。本来ならばもっと吟味を必要とする案件を、切羽詰まった状況で、結論を急いてしまったゆえの結果だ。

「ありがとう。では約束通り、水の精霊石二つは、ギルドに進呈しよう」

俺はトレイの上から炎の精霊石を一つ摘みあげ、それをポケットに突っ込む。

「感謝いたします。炎の精霊石と、草の精霊石の買取価格については……」

「これまでの最低値で構わない。二つで、二千金ルキというところか？」

「それもご存じでしたか。冒険者達に対する御温情に、深く感謝いたします」

うん、今魔導書達から聞いたばっかりだけどね！

ブライトから指示されて、少ししてメリナが運んできた袋は、ずしりと重い。

受け取った袋の中には、いつも目にしている金貨より二回りほど大きなサイズの金貨がびっしりと詰まっていた。中から一枚を手にとって視線を合わせると、【大金貨：高額取引などに利用される特別な金貨。一枚で十金貨の価値がある。大金貨の上には、百金貨の価値がある宝玉金貨がある】との説明が浮かんで見えた。成るほど、金貨以上の通貨も一応あるんだな。もしかしたら、小切手みたいなものも、存在するのだろうか。

「通常の金貨では嵩が多くなるので、大金貨で用意させていただきました。一部を金貨でお渡しする方が宜しければ、換金して改めさせますが」

「いや、構わない。どうせすぐに、銀行に預けるからな」

確かリーエンでの通貨システムは、古代のオーバーテクノロジーを応用して、大陸全土で銀行を利用できるようにしてあるという代物。その管轄は冒険者ギルドでもキダス教会でもなく【使徒】と称される集団が司っている。リーエンの中で神秘の民なんて呼ばれている彼等は、つまりは運営直轄のＮＰＣなんだろう。

　だから、俺が今受け取った代金を即行で預金してしまったとしても、金の流れからメインアバターである『シオン』を見つけ出すことはできない。というか、それをやられたら他の住人達だって、仮面（マスク）がすぐにバレてしまう。

「では、俺は失礼する」

「ありがとうございます……カラ様。スタンピードが落ち着きましたら、ぜひ、今一度ギルドにお越しください」

「……気が向いたらな」

　俺はこれで取引は成立したとばかりに立ち上がり、何か言いたげなブライトとカタリナ、ヨハンと魔導士達の視線を背中に受けつつ、さっさとロビーに戻った。相変わらず人で溢れている冒険者ギルドのロビーを通り抜け、更に人の往来が激しい表通りに歩み出る。

「……まぁ、そうなるよな」

　冒険者ギルドからほんの数軒先にある銀行まで歩く俺の背中を、追いかけてくる気配。

　俺は涼しい顔で銀行に入り、精霊石を売った金を口座に預けてから、再び大通りに戻る。

　物資を運ぶ商人、武器を提げて移動している冒険者、歩きながら書類に目を通す何処かの職員。俺はそんな人垣の間をすり抜けつつ、そっと一つのスキルを使った。

「……［気配遮断］」

同時に荷物を積んだ荷台を引いている男性と歩調を合わせ、建物の角を曲がった瞬間に、目についた店に入る。陳列されている商品を眺めるフリをしつつ外を窺うと、キョロキョロと何かを探している様子の男が、焦った表情を浮かべながら店の表を通り過ぎて行った。冒険者ギルドのカウンターの中に見かけた顔だ。十中八九、ギルドの職員だろうな。

ギルドマスターに指示されて俺を追跡したけれど、追跡のスペシャリストじゃないから、あっさり見失ってしまったってところか。まさか、俺が［気配遮断］を使えるとは思わなかっただろうから、仕方がないよな。

第五章　スタンピード

遂に、スタンピードの波がホルダを襲い始めた。

俺は人混みを利用してシオンに戻り、一旦ハヌ棟に帰ると、インベントリの中に失くしたら困るものを詰め込んだ。スタンピードがどれほどの被害を与えるか分からないが、万が一にでもハヌ棟にまで被害が及ぶならば、ミケを一匹で置いていくのは不安だ。

そういえば、イーシェナで別行動になった杠はどうしているだろう。フレンドリストを確かめようとした瞬間、思い浮かべていた相手から、個別チャットが飛んできた。

『シオンくん、ログインしている？』

『杠さん！　ちょうどいま、杠さんはどうしているかなって、考えていたところだ』

『心配してくれたの？　ありがとう。私はまだクエスト中で、ヤシロに滞在しているわ』

『ホルダは、遂にスタンピードが始まったよ。今から俺も、何か手伝えることがないか、ギルドに行ってみようと思っている』
『そうなのね。シオンくん、無理をして、大きな怪我をしたりしないようにね？』
『あぁ、気を付ける。杠さんも、クエストの残りをがんばって』
『えぇ！　必ず【羽津護】を入手して、シオンくんに見せに行くから』
『楽しみにしている』

杠との会話は、相変わらず、年上の落ち着いた女性と話す心地がして和む。彼女とのチャット画面を閉じた俺は、ミケを肩の上に乗せ、俺から離れないように言い含める。

ミケの尻尾が首に巻きついたのを確認してから、ハヌ棟の廊下に走り出たところで。

「わっ！」

「キャッ……！」

急いで走っていたためか、荷物を抱えていた女子アバターのプレイヤーと廊下の曲がり角で衝突してしまった。衝撃で後方に倒れかけた彼女の身体を、咄嗟に伸ばした腕で抱き留める。うわ、軽くてちっちゃい。

「ごめん！　怪我はない？」

「だ、大丈夫です」

吃驚したのだろう、白いふわふわの髪に不思議な色合いの虹彩を持つ茜色の瞳が、俺を見上げて丸くなっている。おわ、可愛い……けど、あれ、何か見覚えがあるな。

でもここで「俺達何処かで会ってない？」とか言い出したら危ない人認定を下される可能性が高い。俺は彼女が体勢を整えるのを待ってから大人しく腕を離し、床に散らばってしまった荷物を拾い上げる。小分けにパッケージングされたそれは、全部召喚獣の餌だ。成るほど、サモナーなんだな。

ふと視線を移せば、彼女が履いている靴の紐が解けかけていた。今からホルダの町中は乱戦が予想されているし、このままではあまり良くないだろう。

「靴紐が緩んでいる。俺が結んでも良い？」

俺が尋ねるとちょっと戸惑った様子だったけれど、すぐにこくんと頷いてくれたので、俺は彼女の足元に跪き、解けかけていた靴紐を一旦解く。現実の日常ではスニーカーを履くことが多いけど、仕事に使う革靴の手入れも好きだ。靴紐が簡単に緩まないようにベルルッティ結びで手早く整えると、彼女が「綺麗」と呟き、目を輝かせる。

「……もう片方も、結び直しておく？」

「良いの？」

「お安い御用だよ」

片方の靴紐も結び直すと、彼女は嬉しそうに微笑み、俺に頭を下げてくれた。

「ありがとうございます！　あの、私、九九って言います」

「俺はシオン。あ、思い出した！　確か初日の王城で、俺の前に居なかったかな」

「うん。私もそうじゃないかなって、思っていた」

「そっか、同期組だね。九九さんは、サモナー？」

「そうよ。ねぇ、同期なんだし『九九』って呼び捨てにして。私も『シオン』で良い？」

「あぁ、もちろん。格闘家の『シオン』だ、よろしく」

俺達が軽く握手を交わした瞬間、ハヌ棟の建物が揺らぐほど大きな衝撃が響く。そうだ、ちょっとほんわかしてしまったけど、スタンピードが始まったところなんだった。

「俺は今から、冒険者ギルドに行くところなんだ。九九は、このまま迎撃戦に？」

「私は、攻撃タイプの『エルトドッグ』が召喚できているの。最前線が打ち漏らした敵を倒すぐらいの手伝いはできるかなと思って、町の中を巡回するつもり」

「いい考えじゃないかな。お互い、怪我をしないで乗り越えよう」

「うん、ありがとう！」

笑顔を見せてくれた九九と手を振って別れ、俺はハヌ棟の外へと飛び出す。

「うわ、すご……！」

すぐに俺が目にしたのは、空を覆うような数で飛来してくる、翼を持つモンスターの群れだ。一見するとペリカンのように見えるそのモンスターは、大きな鉤爪と嘴を持ち合わせている。大多数が撃ち落とされているけれど、それでもかなりの数が外壁を越えて町の中に侵入し、人影を見つけると急降下して襲ってくる。

逃げ遅れた子供に飛びかかろうとしていた一羽を蹴り飛ばし、続いて降りてきた一羽をトンファーで叩きのめす。驚きに固まっている子供を抱き上げ、扉を開いて「こっちに！」と声をかけてくれた店の中に子供を放り込み、俺は再び走り始める。

「シオン！」

少しずつホルダの中央に向かって移動する俺の背中に、聞き覚えのある声がかけられた。

「炎狼⁉」

「あぁ、そうだとも！」

快活な言葉と共に、足を止めた俺目掛けて飛び降りてきた一羽を、炎狼の一太刀が見事に斬り裂く。俺の台詞が思わず疑問形になってしまったのは、最後に会った時と、炎狼の外見がかなり変わっていたからだ。

戦士に転職してからも、基本的な防具は俺とあまり違いがなかった数日前と異なり、今の炎狼が身につけているのは赤を基調とした脛当てと軽鎧だ。首の後ろで一纏めにしていた髪もハーフアップにされていて、メッシュの入った一房が綺麗に編み込まれている。

「え、なんか見かけが随分変わったね？」

「かなり装備を調(ととの)えたからな。シオンこそ、その子はどうした」

俺の肩に乗ったまま様子を窺っていたミケを指差し、炎狼が首を傾(かし)げる。俺より少しばかり身長が高いアバターを使っている彼は軽く膝を折って頭の位置を下げ、ミケと視線を合わせてにっこりと笑う。

「可愛いな！　三毛猫だ」

「ミケっていうんだ。今度、ペット登録させてもらう予定」

「そうなのか。触っても？」

「あぁ、大丈夫だと思う。ミケ、俺の友達の炎狼だよ」

俺が軽く頭を撫(な)でながら炎狼を紹介すると、ミケは差し出された炎狼の指に頭を擦り寄せ、ニャアと可愛く鳴いて挨拶してくれた。

「おぉ……人懐(なつ)っこい」

「ミケは賢いから、俺の友達って分かるんだよ」

「そうなのか。いいな、俺もペットが飼いたい！」

「スタンピードが終わったら探してみるか？」

「是非とも！」

会話を交わしながらも、次々と飛来する鳥型モンスターを撃退する手は休めない。炎狼も目的地は俺と一緒で、冒険者ギルドを目指して移動していた途中らしい。

「シオン、レベルは幾つになった？」

「今、35。炎狼は？」

「42だ！」

「お、かなり上がっているね」

「ウェブハ行きはモンスターとの遭遇が多かったからな。テリビン砂漠のモンスターからドロップした素材で、この防具も作れたんだ」

「俺の方は、戦闘はほぼ無かったな」

「それでもイーシェナまで単独（ソロ）で踏破してきたのだろう？　なかなかの豪胆だ」

まぁ実際はミケもいたし、途中でベロさんやニアさん達と過ごしたり、ゴールは杠も一緒だったりしたから、ずっと一人だったわけじゃないけれど。それを説明するとなると、ネイチャーの説明も必要になってしまうので、素直にお茶を濁す。

「しかし、この襲撃はかなりの規模じゃないか？　これではNPCに死人が出てしまう」

「NPCって、基本的には蘇生（そせい）できないんだよね？」

だから俺も、リーエンの住人らしいNPCは、出来るだけ護っているのだが。

「基本的にはな。だが砂漠の案内人に聞いた話では、どんなNPCでも、その死因が病気や老衰でない限り、一回だけは蘇生の権利を持っているらしい。しかしそれ以降になると、神殿に相当額の寄進をしていたり、何らかの分野で功績を上げたりすることで、蘇生可能な『回数』を増やしてもらう必要があるとか」

「何それ、世知辛い」

寄進に必要なのがどのくらいの金額かは判らないが、安価なものではないだろう。そう考えると、NPC達の命は、[無垢なる旅人]達よりかなり重い。

「ちなみにプレイヤーは、蘇生を受けると、所持金をごっそり持っていかれるぞ」

「余計にシビア！」

え、怖い。やっぱり、出来るだけ死なないようにしないと。

そうこうしているうちに、俺と炎狼は冒険者ギルドの近くまで何とか辿り着く。

まだ空を飛べるモンスター以外は町の中に侵入していないようだが、ギルドに運び込まれる怪我人達と、それと入れ替わりに前線に向けて走っていく冒険者達の往来で、辺りは戦場さながらにごった返している。

「シオン、こっちだ！」

俺は炎狼に手招かれ、冒険者ギルドの外階段を駆け上がり、建物の屋上から隣家の屋根に飛び移った。炎狼が指差した先には、街を一望出来そうな高さの物見櫓がある。

「あそこに登ろう！」

「分かった！」

石積みの櫓に架けられた梯子に飛び移り、鳥に襲われないうちに、一気に頂上まで登り切る。俺達が登ってくることに気づいた櫓の弓兵達が、飛んでいる鳥を警戒しつつ、最後は腕を掴んで頂上の足場に引き上げてくれた。

「ありがとうございます」

「恩に着る」

「おぉ、威勢の良い坊主達だ」

「落ちて怪我をしないようにな」

櫓の頂上に揃った兵士達は手練れぞろいなのか、こんな状況でもどこか余裕がある台詞だ。俺と炎狼は櫓の柵を掴み、遠くに見える大門の方に目を凝らす。

「あれがスタンピードか！」

土煙と喧騒と共に、次々と押し寄せてくる異形の群れ。大門からかなり距離のあるここからでも姿が視認できるぐらいの、大型のモンスターも入り交じっている。

「凄(すご)いな……」

まさに波状攻撃という言葉そのままに、次々と押し寄せてくるモンスター達。

それでもホルダを護る冒険者達は、一歩も引かない。時折見える落雷の閃光(せんこう)や天に伸びる炎の柱は、魔導士達が唱える魔術やアタッカー達の繰り出すスキルの産物か。

まさに、映画のような一幕(ひとまく)だ。

「いつかは、俺達もあそこで活躍出来るようになりたいところだ」

「うん。役立たずのままは嫌だしな」

今は、あそこに行っても確実に足手纏いだ。頷き合う俺と炎狼に、櫓の兵士達は「そんなことないぞ」と笑ってくれる。

「取りこぼしから町民達を救ってくれるだけでも、充分助かっている」

「スタンピードはダンジョンにつきものだから、防衛には慣れている。……それにしても、今回の襲撃はかなりの規模だ。モンスターの種類も量も、相当だろう」

「確かに。やはり神託の通り、リーエンに異変が迫っているのだろうか」

それはまぁ、運営さんが起こしたスタンピードだからでしょうね。

外部アプリでSNSを覗(のぞ)いてみると、所属クランのメンバー達と共に、スタンピード迎撃の前線に出ているプレイヤーも結構いるみたいだ。

「そういえば炎狼は、クランとかまだ考えてないのか？」

「幾つか誘われたりはしたが、まだだな。そういうシオンはどうだ」

「俺は全く。ほぼ、ソロ活動してきたし」

「ホルダでもそうだが、ウェブハでも［無垢なる旅人］出身の冒険者を抱き込もうとしているクランはそれなりに多かったな。創世神の神託が効いているとみえる」

　リーエンに元から暮らすＮＰＣ達と比較すると［無垢なる旅人］達の成長は速いらしいから、今のうちに身内に引き入れておくという考えは理解できる。青田買いってやつだな。

「プレイヤーが作ったクランも、幾つか出来てきているぞ」

「マジか。クランの設立要件ってなんだっけ」

「確か、一定額の資金と本拠地の準備ができていれば、冒険者ランクに左右されず、クランそのものは誰にでも設立できるはずだ」

「今の時点で、本拠地の準備ができるプレイヤーっているのか……？」

「いる。俺がウェブハ行きで同行したパーティのリーダーだ」

　炎狼達と一緒に砂漠を越えた魔術師『眠兎（ミント）』は、ウェブハに到着して冒険者ランクの上限が解放されると同時に、Ｅランク貢献度の上限を通知されていたそうだ。俺がイーシェナで貢献度の上限が来たのと同じ状況ってことだな。ただし、眠兎の方がまるまる一つ上のランクではあるが。その分、彼はクランの設立資金もしっかり貯めていたとのこと。

「でも、本拠地の土地とか凄い値段じゃないのか？」

「ワールドアナウンスのログに目を通した方がいいぞ。眠兎は［無垢なる旅人］達の中で最初に転職を果たしていて、かつ、現在のレベル上限にも最初に辿り着いている」

ちなみに現状での［無垢なる旅人］達のレベルキャップは50。え、凄いな？

恐らくその眠兎は、ガチの攻略組の一員なんだろうな。

「本拠地は何処かの土地を最初に踏破した報酬で貰えたって話だったな。一度クランハウスに招いてもらったが、なかなか居心地の良い場所だった」

「へぇ、一回行ってみたいな」

「あぁ、今度機会があったら、シオンのことを紹介しよう。喜んで招いてくれるぞ」

「ありがと。もしかして炎狼は、そこのクランに誘われているのか？」

「まぁな。しかし俺はそこまで攻略に熱中せずリーエンの世界を楽しんでいる方だから、どうしようかと迷っている」

「うんうん。その楽しみ方、良いよなぁ」

美麗な世界や歴史を垣間見るストーリーを楽しみつつ、イベントや上位ダンジョンに挑める程度には、強くなっておく。上位ランカーにならなくても、共に楽しめる仲間が居る。

数多くのＭＭＯＲＰＧに参加してきた俺が、一番好きなプレイスタイルだ。もちろん、ガチの攻略をして上位を目指すのも自由だから、それこそ好きに選んで良いと思う。

でもまぁ、俺の最終目的に炎狼を巻き込むつもりは、今のところはない。

いつの日か、敵として立ちはだかる日が来るんじゃないかなぁとか、思っている。

……ちょっと、楽しみでもあるよな？

喧騒に包まれた大門の方は相変わらず、一進一退の攻防が続いている。街道を埋め尽くしているモンスターの群れは、まだ数が減っている様子はない。そもそもスタンピードって、どれぐらいまでの期間続くものなのだろうか。

俺の問いかけに、新たな鳥を撃ち落とした弓兵が「うぅん」と額に指を当てる。

「だいたいは、一日から二日。長くても三日。それ以上続く大規模災害級のスタンピードは、ここ数十年起きてないと思うが」

「それでもこの勢いでずっと攻め続けられるって、大変ですよね」

ダンジョンの階層から溢れるほどの魔物を生み出せるダンジョンの仕組みそのものが既に不気味だが、それが群れを成して町を襲い続けるとか、悪夢でしかない。

しかしホルダはダンジョンが近くにあるからこそ、栄えてきた部分もあるそうだ。

「まずダンジョンから得るドロップ品は、生活に欠かせないものが多いからな」

「ダンジョンの特定階層にしか生えない薬草もある。昔、その薬草を使った薬で、伝染病が未然に防がれたって記録もあるんだぜ」

「だからこそ、スタンピード対策はしっかりと行ってある」

櫓の兵士達の言葉に、俺と炎狼は納得して頷(うなず)く。

再び大門に視線を向けて冒険者達の活躍に声援を飛ばし続け、途中で水分補給しようと、何の気なしにぐるりと方向転換をした俺は、あるものを見つけてしまった。

「え？　何、あれ」

「……雲？」

あまりにも、場違いなそれは。

青空にぽつりと浮かぶ、不思議な五色の雲だった。

◇

「イレギュラーだ‼」

イベントの推移を見守っていた開発チームから、悲鳴とも歓声ともつかない声が上がる。

続いて、壁の一面を埋める大型のモニターに映し出されたのは、五色の雲だ。それは今回、冒険者ランクアップ解放クエストのためにリーエン＝オンラインの運営側が用意した【ソクティのスタンピード】とは全く関係が無い何か。

他の部署からも次々と人が集まってきた開発室内は、その明らかに異様な光景をモニター越しに見つめる人々で、騒然となる。

「予測より早いな」

今回のイベントを企画した開発者の一人は、防衛戦が続いているホルダの情勢を確認しつつ、【雲】の解析を急ぐ。

運営という、リーエンの住人達にとって神に等しい存在が起こすイベントに、何らかの勢力が介入してくること。それは、NPC達に個人の歴史と世界の治権を委ねている以上、いつか起こるだろうと予測されていた。

しかし開発チームは、それが始まるのは［無垢なる旅人］であるプレイヤー達がリーエンで暮らし始めてからかなりの時間が経過した後。現実世界においては数ヶ月先になると考えていたのだ。だが予想に反し、今回でイレギュラーの介入が始まってしまった。

「それだけ、リーエンが成熟しているということでしょうね」

「……盟主達の成長が間に合うと良いが」

運営側が選び出した、五人の盟主候補。彼等には【大虐殺】という共通の目標が与えられてはいるが、その目的は、プレイヤーの頂点を目指すことだけではない。

「雲の構成データ、判明しました。魔力を有する拳大の核が雲の中心にあり、核を包む球体の表面に、魔法陣が言語ロジック化された文字で綴られています」

「つまり?」

「あの『雲』は、五大属性の全ての魔法を使役可能です。魔法陣のロジックを完全に解読できていませんが、一定条件下であれば、中級程度の魔術言語は詠えるのではないかと推察されます。保有者識別にもジャミングがかけてありますね。これならば、万が一誰かの手に渡っても、簡単には足がつかない」

見かけはファンシーな雲だが、かなり優秀なギミックだ。

この雲が市街地付近で無差別に魔法を撃ち始めれば、武力が大門に集中している現状では、市民に犠牲者が出る。スタンピードの騒動を上手く利用された形だ。

「こんなことを考えつくのは……」

「神墜教団の仕業だな。魔族達であれば、自らの力を誇示する方法を好む」

プレイヤーとNPC達の共通敵である神墜教団。リーエンの世界において教団の歴史は古く、彼等の拠点が何処にあり、その頂点に誰が君臨しているかを知る者は殆ど居ない。運営がその気になれば、データの痕跡などからその正体を追跡可能ではあるが、リーエン＝オンラインにおいて運営はあくまでも［神］であり、傍観者。

プレイヤー達を導くイベントや不具合などには関わりを持つが、それ以外のNPC達の行動に関しては、基本的に不干渉を貫いている。イレギュラーの介入という出来事も、この先、リーエン＝オンラインの進化を促す重要なファクターとなるだろう。

「ここに来て、教団の活動が活発になりましたね」

「彼らが厭う［創世神］の神託通りに［無垢なる旅人］達がリーエンに降り立ったのも、原因の一つだろうな」

「さて、あの雲に対処できるプレイヤーかNPCは、居るかな」

現在、ホルダは上級の冒険者達が集結した状態にあるが、その武力の殆どは、スタンピードの襲撃を受けている大門に集中している。他の門にも衛兵は一応配置されているものの、誰もが外に注意を向けていて、町の中央に浮かぶ雲に気づいていないようだ。

しかし運営チームが見守っているうちに、漂っていた雲が一つ大きな落雷を落としたかと思うと、かなりの速度で移動を始めた。雲の周辺を確かめたスタッフの一人が、屋根の上を駆けるプレイヤーの姿を見つける。

「どうやら、［無垢なる旅人］の誰かが、雲の存在に気づいたみたいですね」

「お、鋭いな。誰だ？」

「櫓に登っていた二人で……このプレイヤーは確か……中村さん！」

「ええ、見ています」

他の開発者達と一緒にモニターの映像を眺めていた中村は、眼鏡のブリッジを指先で押し上げ、『炎狼』と共に屋根の上を走る『シオン』を見つめる。

「盟主候補のシオンと友人の炎狼ですね。二人が向かっているのは……裏門の方角？」

「そのようです。件の雲は、二人を追いかけています」

「誘導するスキルを使ったんだろう。このまま、町の外に連れていくつもりかな」

誰かの疑問に、更に［雲］の解析を続けていたスタッフの一人が、首を横に振る。

「ダメです。あの［雲］は、ホルダの敷地外には出ない設定となっています」

「二人も、何となくそれには気づいているみたいですね」

さすがの判断力ねと頷き合うのは、青の盟主候補を担当する水橋と、白の盟主候補を担当する相良の二人だ。

モニターの中では、所々が焦げた防具を身につけた『炎狼』が、走り続けながら『シオン』に何やら話しかけている。『シオン』も頷き、ちらりと後方の雲に視線を向けた後で、肩に乗せていた［三毛猫］を胸の前に抱え直した。

「シオンが、屋根から飛び降りました。……そのまま雨樋と窓枠を蹴って、無事に着地。相変わらず、アバターとの親和性が良好ですね」

「炎狼が使っているスキルは［挑発］ですか。雲の攻撃を引きつけている」

「その間にシオンが向かっている先は……あぁ！」

シオンの走る先には、西門の前に隊列を組んで佇む集団があった。

その先頭に立つ緋色のローブを羽織った青年は、瞼を閉じ、片耳に手を当てて誰かからの連絡を受けている。

「……こんなところで、遭遇してしまうとは」

中村の言葉に、その隣でモニターに視線を注いでいた池林も苦笑する。

「ええ、まだお互い、正体を知らないでしょうけど」

池林が担当しているのは、赤の盟主候補。既に自らのクランも設立している彼は、優秀なプレイヤーであり、攻略組を率いるリーダー的存在でもある。

「黒の盟主候補『シオン』と、赤の盟主候補『眠兎』ですか。……さて、どんな闘い方を見せてくれるのでしょうね」

◆

町の中央に不意に現れた五色の雲は、異様な雰囲気を醸し出していた。それを目にした直後から、首の後ろがちりちりと痛み、差し迫る危険を訴えてくる。

あれは、良くないものだ。それも、俺達では対処出来ないレベルの、何か。

「……炎狼」

俺は雲から視線を逸らさないまま炎狼の名を呼び、服の袖を引く。

ん？　と振り返った炎狼は俺の見据える先を見上げ、小さく息を呑んだ。

「なっ……んだ、あれは」

炎狼のあげた声に、櫓に居た兵士達も空を見上げ、一瞬、言葉を無くす。

「っ……おい、あの雲は何だ⁉」

「いつの間に！」

慌てる俺達の気配に気づいたのか、漂っていた［雲］の表面が、渦を巻き始めた。細く青白い光線が、雲の隙間を縫うように走る。それは夏の空で目にする、大きな雷雲の様に似ている。そして僅かに聞こえてくるのは、人工的な音声で紡がれた詩歌。

「伏せろ！」

「［挑発］！」

雲から雷が放たれる瞬間、俺は近くに居た兵士達の襟首を摑み、櫓の床に引き倒した。

同時に挑発スキルを使った炎狼の肩当てを、落雷が直撃する。

「炎狼！」

「……っ、な、んとか、大丈夫だ！」

急いで身体を起こした俺に、肩当てが焼け焦げた炎狼は、それでも軽くサムアップしてくれた。ずるずると柱に寄り掛かるようにして床に座り込んだ炎狼にログイン報酬で貰っていた回復ポーションを渡し、瓶の中身を一気に飲み干す彼を庇う位置から、俺は再び渦を巻こうとしている［雲］の様子を窺う。渦の隙間に見えているのは、今度は赤い火花だ。もしかしてあの五色の雲、雷だけじゃなくて、炎を放ったりもできるのか。

「あれは、モンスターか何かですか」

「いや……俺達も、あんなものは見たことがない」

「まずいぞ、あれが無作為に暴れ始めたら、確実に市民に被害が及ぶ」

「クソッ、どうにかしないと」

頭を低くしたまま雲を見つめて歯嚙みをする兵士達の横で、ポーションの瓶を投げ捨てた炎狼が、真剣な表情で俺の顔を覗き込んでくる。

「走れるか、シオン」

「……囮になるつもり？」

「あぁ。［無垢なる旅人］である俺達と違って、町で暮らす市民達には、蘇生に制限があると話しただろう？　彼らを守らなくては」

「……分かった。俺も付き合う」

頷く俺に小さく笑い返した炎狼は、俺達が観察していた南側の大門とは違う方向にある、『裏門』と呼ばれている小型の通用門の方を指差した。

「さっき言っていたプレイヤーの『眠兎』と、連絡が取れている。彼のクランは城壁の哨戒をしつつ、手薄になりそうだった裏門付近で布陣を組んで、有事に備えていたそうだ。あそこは農耕地に行く為の門だから、東西南北の各門周辺よりは、人家が少ない」

「そこまで、あの雲を引っ張っていくんだな」

「あぁ。だがシオンは［格闘家］だから、挑発スキルを持っていないだろう？　雲を引っ張るのは、俺が引き受ける。シオンは暫く追走して雲を観察、途中で先行して眠兎達と合流して、雲の情報を伝えてくれ」

「了解した」

俺は、肩の上に乗せたミケに「俺は死んだとしても後で復活出来るんだから、危険と判断したら、先に逃げるように」と言い含めて、炎狼と一緒に立ち上がる。

「俺達と一緒にあの［雲］が離れたら、冒険者ギルドに伝達をお願いします！」

「あぁ、任せろ！」

「シオン、行くぞ！」

「分かった！」

俺と炎狼は櫓にかけられた梯子の支柱を摑み、登ってきた時とは真逆に、滑るように下まで伝い降りる。パチパチと炎の気配を漂わせていた雲に向かって炎狼が［挑発］を放ち、間髪を容れずに屋根の上を走り出す。今にも何かの魔法を撃ちそうだった雲はブブッと一瞬機械じみた音を立てたかと思うと、すぐに炎狼を追って移動し始めた。雲の追跡を確認してから、俺もその後を追って屋根の上を走り始める。

「炎狼！」

「シオン、雲はどうだ！」

「ついてきている！」

「上等！」

進路を確保しつつ、クールタイムが終わる度に、炎狼は雲に［挑発］のスキルを使う。

地道な繰り返しが功を奏したのか、雲は住宅が密集した町の中心地から少しずつ離れ、裏門のある方角に誘導されていっている。一方俺は、炎狼から少し離れた位置で同じように屋根の上を走りつつ、雲の観察を続けた。

◇

『シオン、雲はどうだ！』

『ついてきている！』

雷が落ちたような音と、先ほど九九(クク)が知り合ったばかりの名前を叫ぶ、誰かの声。

路上から仰ぎ見れば、緋色の髪をした青年と短い黒髪の青年二人が、屋根の上を疾走するのが目に入る。そんな二人の頭上に浮かぶのは、いかにも怪しい、五色の雲。

「シオン！」

防衛ラインの隙間を掻(か)い潜(くぐ)り、町の中にまで侵入してくる魔物の数は少なくない。

町の住人達には、戦う術(すべ)を持たない者も多い。「無垢なる旅人」であるプレイヤー達だけが所属するクラン『黎明(アウロラ)』を立ち上げている眠兎は、そのリーダーシップを遺憾なく発揮して、スタンピードを迎撃中の冒険者達が後顧の憂い無く戦えるよう、自分達は町の中を守ろうとする方針を早々に発表していた。

　九九は『黎明』に所属しているわけではないが、彼らの提案には賛成している。だから自分なりに住人達を助けようと、ホルダの町を縦横無尽に走り回っていたところだ。

　そんな緊張の舞台で交差した、一瞬の邂逅（かいこう）。

　ハヌ棟の廊下で九九の靴紐（くつひも）を結び直してくれた格闘家の青年は、さりげない気遣いと屈託ない笑顔の持ち主だった。緊迫の状況でなければ、珍しくも九九の方から、もう少しおしゃべりがしたかったなと思えた相手だ。そのシオンが、屋根の上を走っている。

「……何だろう、あの雲」

　渦を巻きながら二人を追いかける雲の正体が何かは、九九にも判別できない。だけど何か『よくないもの』であろうことは、なんとなく分かる。あの二人がそれを引き付ける囮となって、眠兎達が陣地を構える裏門の方に誘導しているであろうことも。

「シオン、がんばっているんだね……」

　私も、一人でも多く助けよう――いつかその全てを裏切る日が、来るとしても。

　またどこかでと言ってくれたシオンの背中が、見えなくなるまで見送ってから。

　九九もまた誰かを助けるために、走り出していた。

◆

「チッ！」

直撃だけは避けているとは言え、雲からの魔法攻撃は、既に何度か炎狼に当たっている。

まだ走り続けられているが、ポーションをがぶ飲みするのにも、そろそろ限界が来る。

「このまま、ホルダの外まで誘導できないか！」

「いや、多分ダメだ！」

走り続ける炎狼が口にした提案に、俺は大きく首を振って、叫ぶように答える。

「あれからは、生き物の気配を感じない！」

「……つまり⁉」

「どこからか現れた、じゃない。多分近くで作られた存在だ！」

「敵が、町の中に居たってことか！」

「だから、『町の外に出ない』という指示が組み込まれている可能性が高い！」

「成るほどっ……！」

返事の後で、炎狼は横に大きく飛び、降ってきた火の玉を避ける。屋根を大きく削るその威力は、かなりのものだ。次いで別の方角から突っ込んで来た鳥型のモンスターは、俺がトンファーで殴り地面に叩き落とす。

「ただ、なんとなく弱点は判った！」

「本当か！」

「でも、人手が要る！」

「丁度良い！　そろそろ裏門が近い、シオン、地面を走れ！」

もう少し、俺が引き付けて走り続ける！　と言い残した炎狼が再び［挑発］を放ち、雲を連れて屋根の上を駆けて行く。俺はミケを胸の前に抱え、雨樋や窓枠を伝って地面に飛び降りた。

「……あれか！」

人の気配が少ない通りの中央を、俺は裏門に向かってひた走る。

門の前には、一人の青年を先頭にした十人程の集団が、俺を待ち構えていた。

「こっちだ！」

「早く！」

青年の両脇に立っていた冒険者の二人が、俺に向かって大きく手を振る。どうやら、結界のようなものを張っているらしい。

ミケを抱えたまま駆けつけた俺の到着と同時に、薄く目に見えない布が肌に当たったような感触がして、片耳に手を当てて誰かとの通信をしていた青年が、すっと瞳を開いた。

肩で息をしている俺を見下ろし、青年は柔らかく微笑(ほほえ)む。

「君がシオンくんですね。炎狼から連絡は受けています。C級クラン『黎明(アウロラ)』のクランマスター、『眠兎(ミント)』です」

「格闘家の『シオン』だ。よろしく」

「ありがとう。詳しい自己紹介は、また後ほど。今はまず、出来る限りあの［雲］に対処をしましょう……サカキ、カラス」

「はい」

「おう」

さっき俺に手を振ってくれた二人が眠兎に呼ばれ、それぞれの盾を持ち上げて頷く。

「炎狼のサポートに向かってください。時間を稼ぎつつ、こちらに誘導できますか」

「任せて」

「承知した」

「他は結界の維持と、市民の避難誘導を繰り返しお願いします。金は後から稼げますが、NPC達の命は、簡単に復活出来る僕達より重い。可能な限り、救いましょう」

おぉ、なんか指示慣れしている感じだなぁ。

俺が感心しているうちに、指示を終えた眠兎は「それで」と俺に向き直る。

「シオン、あなたはあの［雲］に実際に襲われています。こちらに移動する間に、何か気づいたことはありましたか」

「多分、人工物」

「……ほう？　根拠は何でしょう」

「根拠というか……あれ、『プログラム』で動いているんだ」

炎狼を襲う雲の様子を観察していれば、あれが単純なプログラムで動いていることは予測できる。

「小さな火球を代表とする単一属性魔法を使った後は、クールタイムに四十秒。サンダーなどの複合属性魔法を使った後は、クールタイムに九十秒をかけている。雲の色は五色で五大属性を使役させているみたいだが、一度『右回り』で渦を作って複合魔法を放った後は、必ず『左回り』でしか魔法を発動できていない。そして、三回に一回は水属性を挟むから、クーリングが要るんだろうな。それと、炎・草・水の三属性での上級複合魔法は使えないし、黒と白……闇と光での複合魔法も無理みたいだ」

隣り合ったスイッチしか同時に押せない、そして一度押したスイッチは、元の位置に戻してから再び押すことが出来ない。如何にも人工的でアナログタイプの、on & off の不便さを感じるシステムだ。回路の冷却効果にも課題が残っているし、無理に属性を全部詰め込もうとするから、こんなポンコツ指令しか組み込めなくなる。

そんな解説をつらつらと述べていると、何故か眠兎とその周りに居た彼の仲間達が、ぽかんとした表情で俺を見つめていた。

……俺、何か変なことを言ったか？

「成るほど、炎狼が気に入るわけですね」

首を捻る俺を他所に、最初に硬直から回復したのは眠兎だった。彼はローブの裾を手の甲で払い、俺と視線を合わせて微笑む。

「スタンピードのイベントが無事に終わりましたら、近いうちに、炎狼も交えてお話などの機会を持ちませんか。クランハウスの見学なんてどうでしょう」

絶妙にクランに誘われる気配がするので、俺は無難に「見学だけなら」と答えておく。

「攻撃のパターンとディレイタイム、加えて起動モーションが判っているなら、こちらの兵力でも対応が出来ます。一撃必殺の火力は残念ながら僕達にはありませんが、被害を出さないことは可能です」

眠兎は結界の維持に必要な魔術士の数を確認し、残りの魔術士と弓の得意なプレイヤーを揃えた。炎狼から誘導を引き継いだサカキとカラスの二人と連係を取りつつ、五色の雲を布陣の近くまでおびき寄せる。

遠距離戦となると、格闘家の俺に出番は無い。俺はミケを肩に乗せ、邪魔にならないように、後方部隊が詰めている天幕の下に入る。ちょうど、他のプレイヤー達に支えられて、限界まで雲を引き付けながら走り回っていた炎狼も、天幕の中に入ってきた。

「炎狼！」

「シオン、無事だったか」

「それ、こっちの台詞だよ」

俺は炎狼に駆け寄り、満身創痍の状態で笑みを浮かべた彼と軽く拳を合わせる。

「上手く誘導できたみたいだな」

「うん。大門の方はどうなっているんだろう」

「高位の冒険者達が揃っている。よほどのことが無い限り、大事には至っていないさ」

「まぁ、そうだけどね」

結界の外では誘導されてきた雲の攻撃パターンに合わせて魔術士達が逆属性の魔法を放ち、沈黙した隙に弓矢を撃つというルーティンが繰り返されている。派手な討伐とは言えないが、堅実な倒し方は悪くないと思う。更に攻撃が繰り返されていくうちに、［雲］の中心にある丸い機械の存在が次第に露わになってきた。

「何だ、あれは」

応急手当てを受けつつも結界の外に視線を向けていた炎狼が、興奮した声を上げる。

俺もつられて天幕の外を窺うと、ぷかぷかと宙に浮いていた雲はその外殻であった五色の雲を削り取られ、球体に象られた拳サイズの機体を晒していた。

「炎狼」

俺は身を乗り出して雲の本体を観察しようとする炎狼の肩を掴み、アバターの姿が天幕の覆いから出ないように、自分と一緒にやや後方に移動させる。

「あまり、前に出ない方が良い」

「……何故だ？」

「あれは機械だ。多分……スタンピードの原因と違う」

スタンピードは、ダンジョンから溢れ出たモンスターが、近くの村や都市を襲う災厄のことをいう。村や都市が襲われるから被害が出るのであって、人々を恐怖に陥れようなどという魂胆を持っているわけではない。本能で動いているだけだ。

しかしあの［雲］は、それとは目的が完全に異なっている。あの［雲］が狙っていたのは、ホルダの都市機能不全と混乱。そして、日々を暮らす町人達の命だ。

それに、あの機械は試作品の可能性が高い。そして試作品であるならば、データを【記録】するシステムがある。そんなシステムが最も働くのは、だいたい『緊急時』だ。

つまりは、外殻を削り取られた現状。

雲が何かしらのデータを蓄積するならば、まさに、今だろう。あのベロさんとニアさんを追いかけていた機械のように、何処(どこ)かにカメラを備えている可能性は充分にある。

「いざこざには、巻きこまれない方が吉だ」

上位ランクになれば別かもしれないが、俺達はまだ駆け出しもいいところ。国家レベルの権力抗争に巻き込まれでもしたら、身動きが取れなくなる。

「成るほど。君子危うきに近寄らず、だな」

「そういうこと」

やがて、眠兎の放った魔法の一撃で、遂(つい)に［雲］の中心にあった球体の機械が破壊された。石畳の上に落下した機械を囲んだ『黎明(アウロラ)』の面々から、勝ち鬨(どき)の声が上がる。

「冒険者ギルドの援助を待たずに勝てちゃったな」

「さすがは眠兎の率いるクランだ」

俺と炎狼は、天幕の下から揃って拍手を送る。

ちなみに俺は観察に集中していて攻撃は受けていないから、今回の［雲］討伐に対する報酬は何も入っていない。炎狼の方には討伐報酬を山分けにした懸賞金に加え、ＦＡの【勇気ある一撃】と【屋根の上の走者】というちょっと笑える称号まで付与されていた。

炎狼の称号を見ているうちに、今度は大門のある方角から大きな歓声が聞こえてくる。同時に撃ち鳴らされる、祝砲の音。どうやら、スタンピードの迎撃も勝利を収めたみたいだ。でも何だか、予定よりもかなり早く終わったんじゃないか？

そしてプレイヤーである［無垢なる旅人］達のＵＩに、お馴染みの通知音とワールドアナウンスが現れる。

【第一次冒険者ランク解放クエスト：［ソクティのスタンピード］が終了致しました。スタンピード終了前に冒険者ギルド及び商人ギルドで受託した緊急クエストを完遂済みのプレイヤーは、冒険者ランクをCまで上げることが可能となっています。また、本日よりレベル50より受託可能な上位転職クエスト［更なる高みへ］が配信されています。加えて、プレイヤーのレベル上限は80まで解放されました。［無垢なる旅人］達の皆様の、更なる活躍をお待ち申し上げております】

素早い対応だ。リーエン＝オンラインの運営も、俺達の戦いをリアルタイムで見守っていたと見える。そして上位職とレベルキャップの解放。また、楽しくなりそうだ。

「みなさん、ありがとうございました。お疲れのところ申し訳ないですが、再度全体的な被害状況の把握と安全確認をお願いいたします。各部隊長は、討伐の反省点と今後の対応を軽く話し合いましょう」

「了解した」

「クランハウスで良いかな？」

通知の確認を終えたC級クラン『黎明』のメンバー達が、救護用に張っていた天幕や塹壕を手際良く片付けてくれる。俺と炎狼は一応部外者ということもあり、今回は眠兎に挨拶してから、先にお暇させてもらうことにした。

今度は是非クランハウスに見学に来てくださいね、と笑う眠兎からフレンド登録をお願いされて、ここは素直に了承する。

「スタンピードが終わっちゃったかぁ。これ、絶対早期決着だったよな」

「うむ。ボスに何が出てきたのか、ちょっと覗きに行きたかった」

ダンジョン産のモンスターから得られる素材は良質なものが多いので、各種のクラフトに役立つと聞く。暫くは、生産職も忙しいんじゃないかな。

ボスモンスターについては、後から『雪上の轍』のハル達にでも教えてもらおう。俺と炎狼の足は、そのまま自然と町の中心部に向かう。

「じゃあ、とりあえず冒険者ギルドにでも行ってみるか？」

「それより先にさ、キダス教会に行ってもいいかな」

肩の上に乗っているミケを撫でつつ、炎狼にペット登録について説明すると、彼はあっさりと俺の提案に同意してくれた。

◆

襲撃の余波で崩れた建物に視線を向けつつ、炎狼と並び、教会に向かって歩く。

「……スタンピード、か」

MMORPGでも大規模侵攻イベントなどによく用いられる、場合によっては、町を一つ簡単に壊滅させる、忌まわしい災厄。でも予想していたよりもずっと、リーエンの住人達が持つ防衛能力は高かった。国家間の連携も円滑で、対抗力の統率もできている。

だから、大きな被害が出ていない。多分、人的被害も少ないだろう。

つまり俺が最終目標を果たすには、この程度の災厄は意味を成さないことになる。

もし俺がこの町を襲撃するならば、どんな方法を取っただろう？

各地から駆けつけた冒険者達。

強い繋(つな)がりを見せた協力国家。

スタンピードすら制した戦力。

そして何より、世界を救う使命を胸にリーエンに降り立った［無垢なる旅人(プレイヤー)］達。


その全てを凌駕(りょうが)し、蹴落とし、踏みにじるためには。

きっといつか俺は、全てを捨てる必要に迫られる。


――たとえば、今は歩みを揃えて隣を歩く、友の信頼さえも。

「……もっと、強くならないと」

目指すべき【大虐殺】の高みは、もっと上になるみたいだ。

エピローグ

キダス教会はホルダの王城近くにあり、キダス教の総本山でもある。人影が少ない静かな教会の入り口を護(まも)っていた衛兵達の話では、今日はスタンピード襲撃の直後ということもあり、治癒魔法を使える神官達の多くは冒険者ギルドに応援に出向いているそうだ。

しかしもう少し時間が経(た)つと、今度は無事にスタンピードを乗り越えられた感謝の祈りを捧(ささ)げるために、多くの信徒が教会を訪れると予想されるらしい。

衛兵に礼を言った俺と炎狼(エンロウ)は、ミケのペット登録に必要な親密度測定とやらを早くやってもらおうと、教会内に設けられた受付に足を運んだ。

「……おや」

「「あ」」

受付に立っていた青年の笑顔に、俺と炎狼の足が止まる。そのままくるりと回れ右をしようとした俺の肩は、思ったよりも素早く伸ばされた腕に摑まれてしまった。

「シオンさん、何も逃げなくても良いではありませんか」

にっこりと一見穏やかそうに見える笑みは、俺と炎狼にとって、覚えのあるもの。

初めてリーエンに降り立った日に［無垢なる旅人］達を集めた王城内でミーティングをしてくれた神官ナンファだ。そして同時に［商人ルイボン］の仮面を持つ人物であり、俺が初めて仮面を剝いだ相手でもある。

「……ナンファ。何でこんなところに」

「おや、お忘れですか？　私はキダス教会の神官ですよ」

あ、そういえばそうだった。ぽんと手を打つ俺の横で、同じように思い出したのだろう、炎狼も「最初に自己紹介してもらっていたな」と腕を組んで笑っている。

「フフッ、まぁ、良いでしょう。それでお二人は、何のご用で教会に？」

「ペット登録に必要な親密度測定をしてもらいに来たんだ。この子なんだけど」

俺が肩に乗せていたミケを腕に抱え直してナンファに差し出すと、ミケは「ニャア」と鳴いて彼に挨拶をしてみせた。ナンファは目尻を下げ、ミケの頭を軽く撫でる。

「三毛猫ですね。可愛(かわい)いし、賢そうな仔(こ)だ」

「あぁ、今回の緊急クエストの時に、ヤシロまで一緒に旅をしたんだ。この先も、仲良くしたいと思っている」

「承知いたしました。それでは早速、親密度測定を行いましょう。こちらにどうぞ」

ナンファに促され、俺と炎狼、そして腕に抱いたままのミケが連れていかれたのは、双子の創世神が描かれたステンドグラスの真下だ。

淡い色彩を纏った光が差し込むそこには、スタンドに載せられた白磁の手水鉢が置かれている。鉢の中には透明な水が張られていて、中央には一輪の花が浮かんでいた。

「これは［友愛の漣］と呼ばれる魔道具です。シオンさん、ミケさんを抱えたまま、一緒にこの水の中に手を浸してみてください」

それがどんな変化を与えるかは、先に教えてもらえないらしい。

俺は頷き、ミケの手を自分の掌にのせるようにして、手水鉢の中に沈める。すぐに水面が輝きだしたかと思うと、花を中心に同心円を描く波紋が重なるように幾筋も現れ、手水鉢の縁を水飛沫が弾く。

「うわ!?」

「ニャウ！」

「ほう、これは素晴らしい」

「綺麗だな！」

当事者である俺とミケよりも、見守っていたナンファと炎狼の方が、感嘆の声を上げている。思わず、まだ何も言われないうちに水から手を上げてしまった。もう一度ミケの手を握って水に浸そうとしたところを、「充分ですよ」と笑ったナンファに止められる。

「友愛の漣は、誰かと同時に水の中に手を浸すと、その親密度に応じて煌きと波紋を作ってくれる魔道具です。煌きの色や強さ、波紋の数やその強さなどで友愛の深さを見極めるのは、神官の仕事になります。詳細はお伝えできませんが、シオンさんとミケさんの親密度は高く、ペット登録に問題はありません。すぐに証明書を準備いたしましょう」

「ありがとう！」

「良かったな、シオン」

俺に乾いた布を渡し、少しお待ちくださいと言い残して教祭壇の方に向かうナンファの背中を見送り、俺は濡れたミケの前脚と自分の手を拭う。

「それにしても、ペットの登録に、何故親密度測定が必要なんだ？」

炎狼は疑問に感じたみたいだが、既にシグマのような大型魔獣と遭遇した経験のある俺からすると、必要な処置だと分かる。

「炎狼は、ビーストテイマーの冒険者とかに会わなかったか？」

「テイマーか。残念ながら、まだ無いな」

「実は、ヤシロに行った帰りにさ……」

俺がヤシロの帰り道でビーストテイマーのハルとその従魔であるシグマと出会い、教団の手でシグマを奪われかけていたことを説明すると、炎狼は成るほどと頷く。

「無理やり魔法や道具を使ったりして、強力な魔獣を他人から奪い、勝手にペット登録されたりしないようにするための処置か」

「うん。でも、そうは言っても一番の理由は、相性が悪いとお互いにろくな事にならないからってところがメインだとは思うけどね」

「そうだな。しかし、ミケは可愛いよ。俺もペットが欲しくなった」

炎狼の指ですりすりと眉間を撫でられているミケは、瞳を閉じて気持ち良さそうだ。ゴロゴロと喉から漏れる音が、仔猫（こねこ）の上機嫌を示している。

「現実（リアル）でペットを飼ったりしてないのか？」

「してないな。俺はマンション住まいだ」

「あー、俺と一緒。モフモフしたペットって、憧れだよな」

「そうだな」

そうこうしているうちに、白い封筒を携えたナンファが戻ってきた。

「冒険者ギルドの近くに、テイマーギルドの本部があります。こちらの親密度証明書を持ってペットの登録受付に行ってください。問題なく手続きをしてもらえるはずですよ」

「ありがとうございます」

「よかったな、シオン」

　俺は渡された封筒をバックパックに入れてから、ナンファに向き直る。

　ナンファも何となく俺の聞きたいことが分かっているのか、こちらにどうぞと手招いて、俺と炎狼を教会の片隅に設けられた控え室のような場所に連れて行ってくれた。

　ソファに腰掛けた俺と炎狼の前にナンファが座り、一冊の本をテーブルの上に置く。

「……これは？」

「まずは［無垢(むく)なる旅人］であるお二人に、リーエンの歴史について軽くご説明しようかと思います。この世界(リーエン)が、双子の創世神によって創世されたことはご存じですか？」

「あぁ、知っている」

「確か、ハヌとメロだよな」

「そうです。太古の昔、世界にはただ澱(よど)んだ混沌(こんとん)だけがあったそうです。双子の神は天から降り立ち、生命を育む大地を築こうとしましたが、思わぬ妨害に遭いました」

　ナンファの指が、古い書物のページを捲(めく)る。

　見開きになったページには、白い衣を纏って手を握り合う二人の女性と、黒い線を無数に束ねた異質の造形を持つ巨大な何かが描かれている。

「禍ツ神であることは間違いないですが、未だに正式な名称はありません。混沌の闇より這い出たこの異形は【綻びを好むもの】と呼ばれています」

……わぁ、何だかラスボス臭。

顔を見合わせる俺と炎狼の前で、ナンファは更に本のページを捲る。そこには、異形の神に追われて逃げる双子の神と、彼女達を庇う他の神々が描かれている。

「邪悪な力を持つ異形に、神々は対抗する手段を持ちませんでした。【綻びを好むもの】は双子の創世神を呑み込むために、二人を追い続けます。神々は大いなる使命を持つ彼女達を護ろうと、ある方法をとりました。それが——」

「……もしかして、仮面？」

俺の言葉に、ナンファは静かに頷く。

「神々は双子に仮面を与え、自分達も仮面を被りました。【綻びを好むもの】は、目的であった双子の神か誰か分からなくなりました。そうやって、双子の創世神がリーエンの大地を創り上げるまでの時間を稼いだのです」

最後に捲られたページには、緑に覆われた大地の上で祈りを捧げる双子と、大きな手に掴まれて地の底に引き摺り込まれる【綻びを好むもの】の姿があった。

大地が創られたことで生命は芽吹き、双子の神は力を増し、その輝きに負けた異形は、ついに封じられた……という展開のようだ。

「つまり俺達が持つ仮面(マスク)は、創世神を庇った［他の神々］がつけていた仮面の名残？」

「その通りです。［無垢なる旅人］であるあなた達が仮面を持つのと同様に、リーエンの中でも人間(ヒューマン)だけが仮面を持ちます。これは我々の種族が、その昔に創世神を護ろうと尽力した古い神々の末裔(まつえい)である証(あかし)だと考えられています」

成るほど。感心して話を聞いていた俺は、ふとした疑問をナンファにぶつけてみる。

「ちなみに、創世神の末裔も実在していたりするのか？」

「後に双子の神は、二人ずつ子供を生みました。その子供達が大地の中央に生まれた最初の国家であるセントロより東西南北にそれぞれ旅立ち、四つの国家の礎(いしずえ)となった……と伝えられています。つまりは、各国の王族ですね」

「ということは、周辺国家の王家は、元を辿(たど)れば全部が親戚ってことに？」

「ええ、そうなりますね」

それはまた、驚きだ。

「子供が二人ずつ、東西南北の国に行って王族となったとして……じゃあ、セントロを治めている王家は、何処(どこ)から来たんだ？」

当然浮かんだ疑問に、ナンファは少し困った表情を浮かべる。

「実は、はっきりしていません。現国王、ディラン＝イニティム＝セントリオ陛下は古よりセントロを治める一族の末裔ですが、私達と決定的に違う性質をお持ちです」

「……どんな？」

「王家……セントリオ一族は、人間であるにもかかわらず、仮面を持ちません」

「ええっ!?」

「それって結構、深刻なのでは……」

驚く炎狼と俺の言葉に、ナンファも痛ましげに息を吐く。

「深刻です。しかしどんな高名な医師でも、研究を重ねた学者でも、長い時をかけても、その原因を突き止めることはできませんでした。そのうちセントリオ一族自身も、仮面の有無に拘り続けるよりも素の姿を研鑽しようという割り切り方をしたものですから、今となっては、その謎を解こうと積極的に試みている者は少なくなりました」

「……そうなのか」

その後は、文化の違いなどについて、当たり障りのない質問を重ねて時間が過ぎる。

またいつでもおいでください、と笑って送り出してくれたナンファに礼を述べて教会を後にした俺と炎狼は、そのままミケのペット登録に向かうことにした。

自然と話題は、ナンファに教えてもらったばかりの、リーエンの創世神話に纏わるものになる。確かに、なかなか興味深い話だった。

「しかし、俺はなんだか、違和感を覚えるのだが」

スタンピードの後始末で騒がしい町の中を歩きながら、炎狼は頻りに首を捻っている。

「ありがちといえばありがちな神話だ。リーエン＝オンラインの特殊システムである仮面の生まれとしても、よく出来ている。だが、シオン。何かおかしくないか？」

「……当然だろう？」

問いかけてきた炎狼の言葉に同じく疑問符で返すと、炎狼は俺を見下ろし、ぱちぱちと瞳を瞬かせた。

「シオンは、この違和感の正体に気づいているのか」

「うーん……気づいているというか、明らかというか」

俺は肩に乗っているミケを気遣いつつ、片手で二本の指を立ててみせる。

「まず、一つ。ナンファが語ってくれた神話には、多分、続きがある」

「……何故判る？」

「それは、仮面システムが証明している。だって、この仮面は何のためのものだ？」

「双子の創世神が、異形の【綻びを好むもの】から隠れるためのもの」

「そうだよな。でもその異形は、リーエンの大地に封じられたはずだろ？　じゃあ何で、俺達に仮面（マスク）が残っている？」

「あ……！」

「神々は、双子の創世神を異形から隠すために、自分達も仮面（マスク）を被った。もともと被っていたわけじゃない。必要に迫られたから、被ったんだ。でもそれなら、理由が無くなれば、外しても良い。でも、人間（ヒューマン）から仮面は外されていない。……それが指し示す事実は、一つだ」

炎狼もその意味を受け取り、声を潜めて呟（つぶや）く。

「……まだ、探しているんだな」

「そう。【綻びを好むもの】は封じられたけど、倒されていない。そして今も、探し続けているんだ。自分が呑み込むはずだった、双子の神を」

しかし既に、リーエンを創り上げた双子の創世神は地上から去り、天に昇ってしまっている。ならば地の底に封じられた【綻びを好むもの】が呑み込もうとしているのは、何か。

創世神の子孫達か、全く別のものか。それとも単に、神の不在に気づいていないのか。

さすがに今の段階では、判断がつかない。

肩を竦（すく）めつつ、俺は指を一本曲げる。

「それで、もう一つは何だ？」

　炎狼に指差されたもう一つの指を、俺は軽く揺らす。

「根本的に、おかしいと、思わないか」

「何が？」

「あの神話がリーエンの成り立ちで、人間の持つ仮面(マスク)が神々の末裔である証なら、何故(なぜ)俺たちは、相手の仮面を剝がすことができる？」

　正体を隠すためのツールを、誰もが解除できる手段を持っているのは、おかしい。

「それに仮面(マスク)システムにおいてアンクロークは、仮面を剝がす行為であって、奪う行為じゃない。相手のネイチャーが持つスキルの一部を得ることができるけれど、レベルダウンするとしても、相手から仮面(マスク)が無くなってしまうわけじゃない」

　そこに特別の理由がない限り、仮面(マスク)システムは、ひどく手緩いシステムだ。

　仮面(マスク)を剝ぎ、相手の正体を見抜いた後で、その仮面を再び被せてやっている。

　何故、そんな面倒なことになっているのか。ゲームのシステムと言えばそれまでかもしれないけど、サーバーの中で実際の歴史を紡(つむ)いできたリーエンで、確固たる理由に乏しいリソースが働き続ける可能性は低い。

「何かの理由がある。……たとえば、だけど」

俺は一旦、言葉を切る。

「居たと、したら？　神々の中にもユダみたいな存在が」

「っ！」

銀貨三十枚でキリストを売った、イスカリオテのユダ。裏切り者の代名詞。

「探しているのは、【綻びを好むもの】だけじゃないんだ。神々もまた、探し続けている。人間（ヒューマン）という種族の何処かに隠れた、裏切り者（ユダ）を」

それが明らかになった時。再び大きな激動が、リーエンを襲うのかもしれない。


『ピコーン！』


真剣な表情で見つめ合っていた俺と炎狼の間で、大きな電子音が重なって鳴り響く。

「わっ⁉」

「おぉ⁉」

驚く俺達に構わず、いつものテロップが、視界の真ん中に浮かんだ。

【秘匿クエスト『隠された神話と仮面の秘密』を受託したプレイヤーが現れました。秘匿クエストは二十三種類存在します。難易度は最高峰を誇りますが、クエストクリア時の恩恵は絶大です。皆様も是非、世界(リーエン)を取り巻く歴史の糸が織り成す物語をご堪能(たんのう)ください】

あとがき

　はじめまして、百瀬十河（ももせとーか）と申します。

『クエスト：プレイヤーを大虐殺してください』をお手にとっていただきまして、誠にありがとうございます。

　皆様無事に、リーエン＝オンラインの世界にダイヴすることはできましたでしょうか？

　本作は『第6回カクヨムWeb小説コンテスト　どんでん返し部門』にて、特別賞を頂戴した「仮面は二枚被れ」を改題し、加筆修正したものです。物語の大筋は連載しているものとほぼ同じですが、要所要所に登場人物の行動や、モノローグが新たに追加されました。より一層、シオンと共にリーエン＝オンラインの世界にダイヴできるよう、整えられていると思います。

　私自身、MMORPGは大好きで、これまでに幾つものゲームを渡り歩いてきています。

美麗なCGで彩（いろど）られた世界、歴史を紡（つむ）ぐNPC達、立ち塞がる強大な敵……現実では決して体験することができない世界の中に、リアルな体感で飛び込んでいくことができたら、どんなに楽しいことだろう。

そんな気持ちで書き始めた作品が、光栄なことに多くの読者の皆様方に支えられ、賞までいただくことが叶いました。

書籍化にあたりましては、ライトノベルの構成に不慣れな私を辛抱強くご指導くださいました、担当編集O様。素敵なイラストとキャラデザで、キャラクター達とリーエンの世界そのものに瑞々しい生命を吹き込んでくださったイラストレーターのtef先生。お世話になっております、ファンタジア編集部の皆様方。その他、出版にあたりご尽力いただいた多くの方々。そして何より、この物語を読んでくださっている読者の皆様方に、心からの感謝を捧げます。

シオンの冒険は、まだ始まったばかりです。幾重にも絡まる歴史を紐解き、善と悪の天秤を揺らし、先達の背中を追いかけて。彼は少しずつ、ゆっくりと、果たすべき目標に向けて成長していきます。

リーエンに生きる住人達の全てを、そして、愛すべき同胞達の全てを。
——踏みにじる『脅威』を目指して。

そんなシオンの冒険に、これからも同行（ダイヴ）していただけることを、祈ってなりません。
また2巻で、皆様にお会いできれば幸いです。

二〇二二年　八月　百瀬十河

本書は、２０２１年にカクヨムで実施された「第６回カクヨムＷｅｂ小説コンテスト」で特別賞を受賞した「仮面は二枚被れ」を加筆修正したものです。

お便りはこちらまで

〒一〇二－八一七七
ファンタジア文庫編集部気付
百瀬十河（様）宛
tef（様）宛

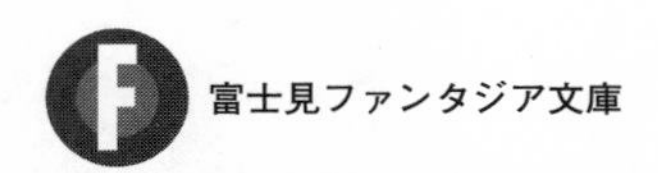

クエスト:プレイヤーを
大虐殺(だいぎゃくさつ)してください
VRMMOの運営(うんえい)から俺(おれ)が特別(とくべつ)に依頼(いらい)されたこと
令和4年8月20日　初版発行

著者――百瀬十河(ももせとーか)

発行者――青柳昌行
発　行――株式会社KADOKAWA
〒102-8177
東京都千代田区富士見2-13-3
0570-002-301(ナビダイヤル)
印刷所――株式会社暁印刷
製本所――本間製本株式会社

ISBN978-4-04-074659-3 C0193 ◇◇◇